风神之手

[日] 道尾秀介 著　吕灵芝 译

青岛出版集团 | 青岛出版社

Fujin no Te
by Shusuke Michio
Copyright © 2018 Shusuke Michio
Simplified Chinese translation copyright ©2020 QingDao Publishing House Co., Ltd,
All rights reserved.

Original Japanese language edition published by Asahi Shimbun Publications Inc.
Simplified Chinese translation rights arranged with Asahi Shimbun Publications Inc.
through Hanhe International(HK) Co., Ltd.

山东省版权局著作权合同登记号 图字：15–2023–93

图书在版编目（CIP）数据

风神之手 /（日）道尾秀介著；吕灵芝译 . — 青岛：青岛出版社，2024.4
ISBN 978–7–5736–1863–4

Ⅰ . ①风… Ⅱ . ①道… ②吕… Ⅲ . ①长篇小说 – 日本 – 现代 Ⅳ . ① I313.45

中国国家版本馆 CIP 数据核字（2024）第 015705 号

书　　名	FENGSHEN ZHI SHOU **风神之手**	
著　　者	[日]道尾秀介	
译　　者	吕灵芝	
出版发行	青岛出版社	
社　　址	青岛市崂山区海尔路 182 号（266061）	
本社网址	http://www.qdpub.com	
邮购电话	0532–68068091	
策　　划	杨成舜	
责任编辑	刘　迅	
封面设计	陈绮清	
照　　排	青岛新华出版照排有限公司	
印　　刷	青岛双星华信印刷有限公司	
出版日期	2024 年 4 月第 1 版　2024 年 4 月第 1 次印刷	
开　　本	32 开（880mm × 1230mm）	
印　　张	11.75	
字　　数	210 千	
印　　数	1–8000	
书　　号	ISBN 978–7–5736–1863–4	
定　　价	49.00 元	

编校印装质量、盗版监督服务电话：4006532017　0532–68068050
本书建议陈列类别：外国文学　推理　畅销

風神の手

目 录

第一章　心中花

如果那颗微小的沙砾没有进入贝壳之中，那么这两个人就不会失去生命。他们将来有可能行善积德，也有可能作恶多端。谁能分辨哪些事情重要，哪些事情琐碎呢？

——柯南·道尔《约翰·赫克斯福德的空白》

我凝视着大片盛开的向日葵，心想：这不对！这里不应该有向日葵，不应该有那种高大、傲慢且比黄色的花更为显眼的黑色的花！

"怎么了？"

妈妈走在我的身边，用手帕轻轻擦拭着面颊，低头凝视着我。

"没什么。"

妈妈告诉我，这里是一片油菜花田。因此，我想象着自己穿过许多油菜花,爬上被油菜花香气笼罩的斜坡,走向照相馆。

如果春天来临,或许能看到一片金黄的油菜花海。因此,妈妈告诉我,只要翻过油菜花田旁的斜坡,再往前走一段路,就能到达照相馆。妈妈说,自从搬到这里来,她只从照相馆门口经过了一次。那时一定是春天,周围开满了油菜花,而不是向日葵。然而,仔细想想,现在正值盛夏时节,怎么可能看到油菜花呢?妈妈在讲述这件事时,为何没有考虑到这一点呢?

我突然不想去照相馆了。

"小步,你走累了吗?"

我已经十五岁了,她还是叫我小步!

如果妈妈一直活下去,会不会有一天改口叫我步实呢?如果她在我成年的那天改口,那么还有三年的时间。然而,按照妈妈的说法,她可能无法坚持到那一天了。妈妈的身体已经很糟糕了。

"嗯,我有点儿累了!"

"再走一会儿就到了!"

"那家店里有空调吗?"

妈妈露出了为难的表情。

"小步,你可以不把它称为'店'吗?"

我们要去的是专门拍摄遗照的照相馆——镜影馆。等妈妈去世后,我们会把今天拍的照片摆放在祭坛和佛龛上。

"那就是店啊,我们还要给他们钱呢!"

我从包里拿出手机，拍下了周围那一大片盛开的向日葵。妈妈没有争辩，只是小声说了句"也对"，然后轻轻地笑了起来。汗水顺着妈妈的脖子滑落下来，她戴着假发一定很热吧！

妈妈去拍遗照这件事，我们没有告诉家里的人。所谓家里的人，指的是爸爸、外祖父和外祖母。

是妈妈提议对此保密的。因为大家都觉得，一旦开始"准备"，那一天就会加快脚步向我们走来。只要发现妈妈在"准备"，他们三个人就会哭丧着脸说"求你别这样"，就像拽着妈妈不让她出去的小孩子一样。因此，妈妈什么事都要偷偷地做。比如把数码相机里的照片打印出来做成相册，这件事要在爸爸和外祖父上班、外祖母不注意的时候进行。难道他们觉得，只要不做"准备"，那一天就不会到来吗？其实现实并不会有任何改变！

镜影馆位于斜坡顶上。

镜影馆的对面竖着一块孤零零的公交车站牌，还有四个像是柱墩的石台子埋没在杂草丛中，可能是候车亭被拆除后的痕迹。

"明明可以坐公交车来啊！"

"我就是想走过来！"

妈妈转向刚才走过的坡道。

"我只想多走走！"

我们生活的地方名叫下上町，初次听到这个地名的人大多会露出纳闷儿的表情。跨过北边的西取川，就来到了名字同样奇怪的上上町。西取川的水清澈见底,不远处就是入海口,所以每逢夏季,下上町和上上町都会挤满捞鱼和洗海水浴的人。除此之外的其余季节则十分冷清。这里的冬季很冷,春秋两季不冷不热。

五年前,我们一家人搬到这个地方,当时我正在上小学四年级。我对这个地方的了解就是从那时开始的,不过,外祖父、外祖母和母亲以前都在这里生活过。

"欢迎光临!"

我们推开拉门,走进镜影馆。这座建筑从外观上看很陈旧,但是里面似乎翻新过,既干净又整齐。一进门,左侧有一个木制柜台,柜台里站着一个面带微笑的女人。她看上去三十多岁,她的下眼睑有些肿胀,使得整张脸显得很柔和。

"我是藤下。"

妈妈报上名字后,女人不知何故有点儿惊讶,在柜台里翻了翻资料。

"您是藤下奈津实女士吗?"

她看了一眼墙上的挂钟,又看向了我们。

"那个……请您稍等片刻,摄影师正好出去了,我这就让他回来!"

"不好意思,我们提前到了!"

"你约了几点啊?"我看了一眼显示着一点二十五分的挂钟问道。

妈妈说她约了两点。我听完后,不禁翻了个白眼——又是这样!不知道为什么,妈妈总是这样!无论和谁相约见面,她总是提前很长时间到达约定的地点。

"要是约在外面见面也就算了,既然你要去对方那里,就应该准时到!"

"嗯,但是我习惯了!"

"而且你还带上我!"

柜台里的女人瞥了我一眼。一般人陪别人来这种店里,恐怕不会有这样的态度吧。这也是没办法的事,因为我就是这样!

"不好意思,能请两位到那边的沙发上坐一会儿吗?我这就去联系摄影师!"

妈妈点了点头,但没有立即落座,而是四处看了看。我也没有坐下,而是和她一起打量周围。这里的空调不太冷,可能是因为客人大都是老年人。

我的正前方和右侧的墙边设有木架子,前方是相框样品,旁边说明文字的字体都特别大,这可能是为了照顾视力不佳的老年人。右侧也摆着很多相框,但是都镶嵌了照片。我走到那个架子前,母亲也跟了过来,弯下腰,凑到我的耳边。每次妈妈跟我一起看什么东西,都会弯下腰来配合我的视线高度。在妈妈整理的相册照片上,她就是这样跟我一起在展望台上欣赏风景的,也是这样跟我一起蹲在路边凝视毛茸茸的蒲公英的。现在,我已经跟妈妈差不多高了,所以她只需要稍微弯一下腰就好。

"这些人的照片都是在这里拍摄的吗？"

"不知道呢……"

靠近一点看，妈妈的脸有点儿像小孩子，其实我一直都有这种感觉，现在她因吃药而导致脸部有些浮肿，更加像小孩子了。

"这些都是来拍过照片的客人。"

女人在柜台里打完电话后，走了过来。

"到这里来的客人多数是想拍照纪念自己的人生，他们希望把照片挂在家里。如果拍了好几张，客人往往难以做出选择……他们会觉得这些照片都挺好。"女人仔细地打量着相框里的每一张照片，继续说道。

"这些客人挑选到最后，基本上会剩下两张，从这两张中选择一张是很难的，有些客人两张都想要。当然，如果这些是普通照片，我们会把两张都冲洗出来。然而，由于这种照片具有特殊的意义，两张都冲洗出来可能会让客人的家人感到为难……于是我们就会提议，将其中一张放在店里。"

显然，很多客人赞成那个提议。

"这些照片里的人还有活着的吗？"我不禁问道。

女人的脸上闪过困惑的神情，但她还是回答了我。

"在客人健在的时候，我们不会把照片摆出来。只有当客人带回家的照片真正派上用场时，我们才会联系其家人，获得准许后，将照片展示出来。"

那么，摆在这里的照片上的人全都死了！

架子上有许多照片,有老爷爷的,也有老奶奶的。老奶奶的照片似乎更多一些。架子最下层的角落里并排摆着两张照片,照片上的人看起来像是正在上小学的男孩子。难道他们也是……光线太暗,我看不清楚。我正打算仔细打量那两张照片,旁边的妈妈突然倒吸了一口气。

我抬起头,发现妈妈正盯着一张照片看。

她抬起的手悬在空中不动了,仿佛碰到了一面看不见的墙壁。

我看着那张照片。照片中的人物是一位白发苍苍的老爷爷,他的眼角和嘴角都刻满了岁月赋予的皱纹。老爷爷在木制的相框里微笑,妈妈的眼中却流露出某种强烈的情感。她的心里仿佛有什么东西突然膨胀起来,急切地寻找出口,涌向她的眼睛。

"不好意思,让您久等了!"

门口走进来一个乍看之下有些吓人的大个子男人。他的手里拿着手帕。他似乎还想说些什么,但是妈妈抢先开了口。

"这位老先生是崎村先生吗?"她的声音有些颤抖。

男人有些惊讶,愣了一下,才扭着巨大的身躯看向照片。

"啊,是的……这位就是崎村先生。您认识他吗?"

母亲没有回答,而是追问道:

"照片是最近拍的吗?"

男人想了想,回答:

"是的。"

"外祖母，你认识一个叫崎村的老爷爷吗？"

回到家，我问外祖母。

"他是不是妈妈以前在这里认识的人？他当时肯定不是老爷爷！"

外祖母坐在桌旁，择甜豆角，嘴里嘀咕着"崎村"，突然抬起头来。那一刻，我立刻意识到，外祖母一定认识他！

"你为什么要问这个？"

今天我和妈妈去镜影馆的事不能告诉外祖母，我不知该如何回答她。我们出门的借口是去逛街，买夏天用的帽子，回来后又谎称没买到合适的。

"我们在商店街碰到妈妈的熟人了……她们正好聊到崎村先生。"

我随便搪塞了一番。

"妈妈听说那个崎村先生最近死了，突然变得有些奇怪。我很好奇那个人是谁，便问妈妈，但是她不告诉我！"

后来，妈妈并没有拍遗照，她说今天不想拍了。自从看到那个崎村老爷爷的照片，妈妈就变得有些奇怪，她恐怕很难摆出拍遗照时那种宁静的表情，因此，我也赞同她的决定。乘公交车回家的路上，无论我问妈妈什么，她都只是轻轻地摇头。到家后，她说她今天很累，现在正在二楼的卧室里休息。

8

"哎,怎么了?"

我惊讶地打量着外祖母的脸。她脸上的表情跟妈妈看见崎村先生照片时的表情一模一样。

"我听过一次那个名字!"

"是妈妈说的吗? 在什么时候?"

"那孩子没有对我说,是对你说的!"

我怎么听不明白?

"当时你刚出生,我们还住在神奈川租的房子里……"

外祖母偶然听见放置婴儿床的二楼房间里,传出了妈妈哭诉的声音。

"我以为她在跟谁打电话,就……虽然这样很不好……"

外祖母竖起耳朵,悄无声息地走上楼去,发现妈妈正在对当时只有一个月大的我说话。

"那孩子一边哭,一边对你说话,我分不清她的泪水是高兴的泪水还是悲伤的泪水。她啊,一直在说能生下步实真是太好了,见到步实的小脸真是太高兴了……"

我感到胸口一紧,慌忙做了个深呼吸,把那个念头抛到脑后。原来妈妈一开始就叫我"步实"啊!

"她还对你说,你一定要健健康康、长命百岁……可能觉得对婴儿说这些话太奇怪了,她哭着哭着又笑了起来。然后,你妈妈又小声哭了好长时间,我都准备转身下楼了……"

就在那时,妈妈对我说了这些话。

"很久以前,妈妈害死了一个人。"

"妈妈害死了崎村先生?"

"然后,那孩子又哭着对你说,希望你健康长寿。"

然后,妈妈又哭了好久,直到还是小婴儿的我也哭了起来,妈妈才停止哭泣来哄我,外祖母也下了楼。

外祖母虽然很在意这件事,然而那毕竟是偷听到的事,实在不好意思问,最后就不再想它了。

"难道是出现误会了吗?"

我抱臂思考了一会儿。

"妈妈可能误以为自己害死了崎村先生,其实他并没有死。因为他们说,崎村老爷爷最近才去世!"

外祖母盯着手上的甜豆角看了一会儿,然后缓缓吐出了一口气,抬起了头。

"有可能啊!"

我仍然难以释怀。试想一下,如果得知自己害死的人其实一直活到了最近,一般人肯定会松一口气吧?

就在这时,我突然想起了一件事!

我曾经撞见过妈妈偷偷地哭泣。那是五年前,在神奈川租的房子里。

那天,外祖父刚向我们提出要搬到现在这个地方。晚上,大家都已经入睡,我起床上厕所,突然听到楼下传来奇怪的喘息声。我悄悄地下楼,看了一眼起居室,发现妈妈的手肘撑在桌子上，尽管周围没有人，她却掩着脸小声地哭泣。她不想回到以前住过的地方吗？我总觉得那不仅仅是因为她不想重回故地，而是因为她在这里经历过某些不愉快的事。

我左思右想，最后还是决定假装没看见。当时，我跟学校里的同学关系不太好，听到要搬家，开心都来不及。如果这个时候关心妈妈的情绪，还跑去问她为什么哭，可能会引发更大的问题。要是大家最后决定不搬家，那可就麻烦了！

（一）

奈津实第一次见到崎村，是在二十七年前打火渔的晚上。

打火渔是西取川的传统香鱼捕捞法。渔民在黑夜里把船开到河面上，点燃火把，惊动香鱼，将它们赶入渔网中。这种捕捞方法也被应用于高知县的四万十川。虽然那里的打火渔名气更大，但西取川的打火渔也能吸引一批周边县市的人过来参观。

"啊，看见了！"

她们靠近岸边，真也子踮起了脚尖。

河面上一片漆黑，橙色的火光在夜色中留下残影，描绘出横向的"8"字形。火光中间有间隔，形成五个橙色的光点，大概有五艘渔船。

"渔民们嫌不嫌烫啊？"真也子兴奋地问着，脚步也加快了。

"不知道呢！我以前看过一次，他们好像拿着很长的火把！"

奈津实上小学时，被父母带来看过一次打火渔。奈津实在高中认识的真也子虽然也在下上町出生并长大，但是其父母的关系一直不好，从未有过一家人出门游玩的经历，因此，今天是真也子第一次看打火渔。她的父母已经离婚，其父亲在另一个地方独居。

"有多长？"

"火把吗？虽然没有晾衣竿那么长，但是也差不多！"

竿子的一端挂着铁笼，笼里放有燃烧的松木片。赶鱼时要拿着长竿慢慢地移动，可能需要花费不少力气。打火渔通常是两个人一组，一个人在船头摇火把，另一个人负责掌舵。是不是力气大的人负责摇火把呢？奈津实凝视着河面，却看不到渔民的身影，只能看见点点火光。

"你爸爸能批准你出来，真是太好了！"

"嗯，是啊！"

奈津实已经是高二的学生了，但她几乎从未在晚上出过门，原因是父亲不让她出门。有时候，朋友们会邀请她在晚上出去玩，但由于担心父亲生气，她总是不敢答应。

父亲对她十分严格，但是奈津实变得如此害怕父亲，是最近这一年的事。自从出了那件事，父亲就变了很多。只要奈津实做了什么不符合他心意的事情，他就会大发雷霆。虽然父亲不会对奈津实动手，但是她总会听见母亲在深夜里啜泣。其实她犹豫了很久,不知到底该不该跟父亲说看打火渔的事,后来想到这是她在这里生活的最后一个夏天,便咬咬牙去找母亲商量了。母亲答应跟父亲谈谈,第二天,她笑着说可以。然而,这样真的没问题吗?

"要去河边才能看到吧?"

真也子说完便走下了河堤,奈津实也跟着走了过去。空气里弥漫着草叶被打湿的气味。坡面很陡,两个人都穿着不习惯的浴衣和木屐,只能小心翼翼地迈着小碎步往下走。走到一半,她们被彼此的模样逗笑了,最后干脆往河岸边一跳,紧接着便撞在一起,大笑起来。她们的衣领口在冒着热气,周围还有蟋蟀在叫。在奈津实看来,黑暗中的声音、看不清楚的地面和夜晚的空气都是如此新鲜。

"现在,我们就是半个大人了!"

真也子说了句奇怪的话,然后伸长脖子,看向河面。

夏夜观看打火渔是当地女孩子眼中比较成人化的活动。如果有了第一个男朋友,两个人就会结伴来到河边,欣赏河面上摇曳的火光。当然,这不是什么习俗,只是大家都喜欢这样做。然而,奈津实和真也子都没有男朋友,她们是两个女生结伴来的,因此,真也子才会说出那样的话。

五点火光在暗夜中缓缓移动,画出"8"字形。光线逐渐变强。火光映照在水面上,形成细密的波纹,逐渐扩散并交融。岸边的观看者都成了暗淡光线中的剪影,她们勉强能辨认出那些人的身形和服装。在那些人中，似乎并没有她们想象中的那么多情侣。

"他们不是要用火光赶香鱼入网吗？网在哪里呢？"

"右边，下游。据说香鱼一定会往下游跑，所以要在那里张一面大网。"

这是她和父母来看打火渔时，父亲告诉她的。

那时，父亲虽然很严厉，但平时常常带着笑容，说话声音特别响亮，总是用笑话逗乐奈津实，让她开心。当时父亲创办的中江间建筑公司刚好走上正轨，尽管他很忙，但仍然会抽出时间，和母亲一起，带她去海边游泳，或者在西取川边教她钓鱼，甚至愿意开车一个小时带她去看电影。自从去年春天公司发生了那件事之后，父亲就再也没有笑过了。

"下游？二之桥那里吗？"

"往上一点儿，一之桥那里。"

"也对，二之桥那边已经是海水了。"

这里是西取川的下游，沿着河边的道路，骑自行车二十分钟就能到海边。先映入眼帘的是一之桥，进入汽水区后，就能看到二之桥了。由于两座桥都很窄且只有单向车道，因此驾车从下上町去上上町需要走一之桥，返回时则需要走二之桥。

她们沿着岸边慢慢地走，但总有沙子跑进木屐里，非常硌脚。

"干脆脱了吧！"

真也子甩掉脚上的木屐,奈津实也跟着脱掉了木屐。她们各自拾起木屐,继续往前走。沙地仍然保留着白天太阳照射过的余温,她们踩到的鹅卵石还是温热的。

两个人想过去等渔船,便往右侧的下游走去。下游聚集了许多人,那里有一块宛如被压扁的南瓜般的平坦大石头,她们紧紧地挨在一起,坐在那块石头上。左侧有点点火光浮动,清风掠过河面,吹在脸上,让人感到凉丝丝的。五团画着"8"字的火焰仿佛在给人们施催眠术,奈津实和真也子都看得入了迷。

"奈津实,下次我们再来看吧!"

她含糊地点点头。搬家以后,等她考上大学或是再长大一点儿,她或许会独自回到这里,走走看看。不过,那也是很久以后的事情了。

打火渔的光芒渐渐靠近,很快就到了眼前。人们三五成群地聚在她们周围。

背后传来踩踏沙砾的声音。奈津实回过头,看见两个男人朝这边走了过来。她想借着河面上的火光看清那两个人,但只能分辨出他们都穿着 T 恤。旁边的真也子站了起来。

"跟着船走吧。我想看看香鱼入网的样子。"

奈津实也站了起来,跟着渔船缓缓走向下游。

"打火渔的渔民只在这个季节工作吗?"

"应该不会吧。我也不清楚。"

她边说边回头,发现刚才那两个人也跟在后面。每次回头,他们之间的距离都会缩短。不一会儿，她又听见脚步声分成了两个方向，从她们左右两边包抄过来。

"那是什么东西呀？"走过一之桥的桥下时，真也子指着前方的黑影说道。

只见四五个人影聚集在水边，她还看见了机器的轮廓。就在那时，河面上传来了阵阵中气十足的喊声。那不是话语，而是渔民在向彼此发出暗号。火光停止不动，橙红色的光芒照亮小船，可以看见每条船上的渔民都忙碌起来了。两个人一组的渔民都弯下身子，将手臂探入水中，发出有节奏的喊声，同时配合节奏晃动上半身。不一会儿，他们就摸索到了水里的渔网，连带一片水声"哗啦啦"地拽了起来。从边缘开始，一点点地朝中间收拢——渔网就像网住了散落在水面的火光，发出微弱的光芒。那些闪烁的光芒，应该就是香鱼。

突然，眼前变得亮如白昼。

刚才那四五个人聚集的地方发出了强光。这是怎么回事呢？只见两个人影从炫目的光芒中小跑过来。

"晚上好……"

其中一个女人朝她们伸出了话筒，另一个男人则在她们的身后扛着摄像机。旁边的真也子兴奋地回了一句"晚上好"。

"你们是从附近过来的吗？"

"是的，我们是从附近过来的！"

真也子微微一笑。

"您以前看过打火渔吗？"

"没有，这是我第一次看，所以特别激动！我听说这样能捕到好多香鱼，没想到竟然有这么多，而且香鱼都非常漂亮，我都惊呆了！"

"真的很漂亮，对吧？"

奈津实想尽量不引人注意，偷偷地躲到镜头之外，但是麦克风还是追了过来。

"您觉得渔夫看起来怎么样？"

她不太理解这个问题的含义。

"怎么样？"

"是的，您觉得怎么样？"

记者见到奈津实想走，连忙提了一个问题。奈津实还是不太明白这个问题的含义，于是随口回答：

"我觉得很帅！"

"对吧？很帅吧！"

奈津实转过头去看河面上的渔船，但由于旁边的灯光太亮，她无法看清楚。

奈津实打开家门的那一刻，屋里传来了母亲的声音。

"啊，她回来了，你等一下！"

她顿时呆住，忘了做动作，觉得心脏仿佛被别人死死捏住。

她想：父亲在起居室吗？他会不会觉得她回来得太晚了，准备训斥她？早知道这样，她就不该去看打火渔！

不过，如果母亲正在对父亲说话，她的语气就显得太温和了。

她穿过黑漆漆的走廊，轻轻地打开起居室的门。只见母亲右手抓着牙刷，左手拿着电话听筒。

"你的朋友来电话了！"

她接过来一听，是真也子。

"奈津实，打开电视机！"

她让奈津实看当地电视台的频道。

"刚才那个……啊！"

"嗯？什么？"

"快点儿，打开电视机！"

"妈妈，打开电视机！"

母亲听见后，可能以为出了什么大事，紧绷着脸，快步走到电视机前，调到了奈津实说的那个频道，电视机画面上出现了她们刚才在河边见到的那个女记者。

"小奈，是这个频道吧？"

"没错！"

电视画面一转，出现了大量被渔网兜住的香鱼。这应该是从岸上拍摄的影像。香鱼在渐渐收起的渔网里奋力挣扎，身体倒映着火光，宛如披着一层金鳞。镜头再次转动，对准了收网的渔民。那一刻，奈津实忍不住惊呼一声，那个渔民的样子太让她意外了!

那个人一脸认真地拉着网。可是他的胸膛并不厚实,他手脚纤细,还戴着眼镜。他的年纪可能与奈津实相仿,动作和表情都显得有些不自然,他可能是个新手。

"啊,小奈!"

母亲叼着牙刷,走近电视机。

女记者旁边出现了奈津实和真也子。

"您觉得渔夫看起来怎么样?"

"我觉得很帅!"

(二)

几天后的某个下午,奈津实来到了真也子的家。

两个人隔着桌子相对而坐。桌上摆着冻成冰块的可尔必思①,她们一边聊天儿,一边嚼着冰块。

"奈津实的妈妈真坚强啊!她竟然能和你爸爸这样的人坚持住在一起。如果是我妈妈,早就和他离婚,带着女儿离开了!"

"她带我离开家,我们也无法生活呀!"

由于一直吃冰块,她连说话时吐出的气息都是冰凉的。

"总会有办法的,就像我和我妈妈一样!"

---

① 一种日本的乳酸菌饮料。

真也子在上初中的时候,她的父母就离婚了。现在母女二人相依为命,她妈妈在附近的"弥生屋"超市做收银员,还在某个地方的居酒屋当跑堂,身兼两职,赚钱养家。

奈津实经常在放学后和休息日去找真也子,在她住的出租屋二楼的房间里打发时间。虽然天黑前必须回家,但她还是很喜欢跟真也子一起看歌舞节目和电视剧的录像,一起喝饮料,再一起吃点儿零食或者冻成冰块的可尔必思。

"你知道吗?含着冰块喝饮料,饮料就会特别好喝!"

真也子含了一块可尔必思冰块,又拿起杯子里的苹果汁喝了一口。接着,她闭起眼睛,蠕动嘴唇,一脸很享受的模样,于是奈津实也试着喝了一口,的确很好喝!纱窗外面传来嘈杂的知了叫声,一刻都没停过。

"奈津实,你应该能在要搬过去的地方找到男朋友吧?"真也子突然说道。

"你问这个干什么?"

"你不是要搬到神奈川的大城市去吗?那里的约会场所肯定比这里多,我猜会有很多人约你!"

"我又不想要男朋友!"

"骗人!"

"真的!"

"如果你喜欢上一个人,你肯定想跟他交往!"

或许真的有人喜欢过她,但是只有一次。初三那年的春天,班上一个男生曾经在从学校去公交车站的路上等她。那个男生一头大汗,拉着她漫无边际地聊了一会儿班主任和理科实验,后来他又强行把话题转移到了怎么过周末。奈津实说,她就在家看看书,看看电视。男生便问:"下次要不要一起出去玩?"她已经猜到这也许是那种事,但是她毕竟没有经验,听了男生的提议后还是很慌张,正好公交车来了,她便逃也似的跑了上去。男生在窗外看着她,点了点头。奈津实也点了点头。

那个男生提议出去玩,可是他们要去哪里玩呢?回到家后,奈津实独自想了好久。这个地方根本没有适合男女一起游玩的场所。如果是夏天,他们还能到海边游泳。想到这里,她不禁想象起自己穿着泳衣站在那个男生旁边的情景,突然感到有些不情愿。后来,直到毕业,她都没怎么跟那个男生说话,但她清楚地知道,他在上课时和休息时总是看着她。每次他们的目光相遇,她的心里都会感到些许厌烦。

现在,这里肯定已经没人对奈津实怀有那种好感了,因为所有人都知道去年春天中江间建筑公司的事情。

"我想要男朋友!"真也子总是这样说。

"要是有了男朋友,你要跟他去哪里玩?"

"不知道。总之,我想要个男朋友!"

真也子想要男朋友,是否与她父母的婚姻状况有关呢?如果是的话,奈津实觉得自己无法帮助朋友解决任何问题,这让她感到有些孤寂。

她沿着西取川岸边的道路往家走。

河对岸的蝉鸣无法驱散她内心的孤寂。夕阳洒在身体的左侧，影子一直延伸到下方的河岸上——连那个影子也显得如此孤寂！

经过二之桥时，她看见一个男人蹲在河边，似乎在拍照片。可是，他在拍什么呢？他的相机有一个很长的镜头，他却把镜头对准了地面，几乎要完全贴上去。有这种摄影方式吗？长镜头不都是用来拍摄远距离的物体的吗？她漫不经心地边走边想，却发现自己的影子遮住了镜头对准的地方。

那个男人抬起头，一脸不可思议地看着奈津实的影子。奈津实发现自己挡了光，慌忙弯下腰，影子随之缩短。男人的目光又难以置信地追逐着她的影子，然后停留在她的脸上。他和她对上了目光。

这是一个奈津实曾经见过的人，但她想不起他的名字了。那个男人看起来与奈津实年纪相仿，但不是她学校里的同学。对方看着她，微微地歪着头。他也在回忆她是谁吗？不，不是！他那么看着她，肯定是因为她的姿势太奇怪了！她站在河堤上，半弯着腰，仿佛在扎马步！

她慌忙迈开步子。她总算想起来了，自己在电视上见过那个男人。奈津实又一次停下脚步，看向河边。对方依旧满脸困惑。这也难怪，谁叫她没走两步又停下来了呢？

她慌忙迈开步子。她终于想起来了,自己曾在电视上见过那个男人。奈津实又一次停下脚步,看向河边。那个人依旧满脸困惑。这也难怪,谁让她没走两步又停下来了呢?

　　"上次我看到了!"她辩解般地说了一句。

　　对方伸长了脖子,似乎更加疑惑了。

　　"我在电视上看到了!"

　　她重新说了一遍,对方想了想,然后微张着嘴,露出了为难的神色。紧接着,那个男人仿佛被发现做了恶作剧的孩子一般低下头,犹豫了一会儿,便转过脸,重新拿起了相机。奈津实见他手足无措,不太明白他为何如此慌张。就在这个时候,发生了一件惊人的事情!

　　镜头脱离相机飞了出去!尽管他端起相机的动作有些急促,但镜头真的那么容易脱落吗?飞出去的镜头落在他的斜后方,发出轻微的声响,然而,他却毫无察觉,一直盯着取景窗。就这样一动不动地看了一会儿,他才一脸茫然地抬起头,发现镜头不见了,露出了震惊的表情。

　　"在你后面!"

　　"啊?"

　　"落到后面去了!在那块大石头和草丛的缝隙里!"

　　奈津实指了一个方向,那个男人慌忙走过去,拾起了镜头。不,那不是镜头!

　　"那是万花筒吗?"

（三）

空中悬浮着许多茶杯。

奈津实站在二楼卧室的床头,低头观察着三棱镜。她将两侧的镜子合上一半,使三块镜子组成三角形,并在中间放置了一个茶杯。这就是一个简易万花筒。因为侧镜不够长且中间有一道缝隙,所以无法实现真正的万花筒那种无限反射的效果,但这样的效果已经很不错了! 茶杯的倒影在三面镜子上,映射出无数个分身,它们悬浮在空中!

"把这个装在相机上拍照,会特别好看!"

河边的那个男人脸上露出了欣喜的表情。他的嘴角上扬,眉毛挑到了眼镜框上方。

"无论是静物还是风景,都能装进万花筒!"

奈津实一边听,一边点头,但她想象不出他所描述的事物具体的样子。于是,她回家后用三棱镜做起了实验。然而,她只能看着茶杯,还是想象不出万花筒中的风景会是什么样子的。

"我上回在电视里看到你了! 打火渔的……"

奈津实又说了一遍,那个男人脸上的欣喜立刻变成了阴郁。

"我……我不知道他们拍了!"

难道电视采访都是这样的?

"我的动作是不是很生疏？"

"嗯,那个……"

奈津实不知道对方的姓名,于是向他打了个手势。

"哦,我姓崎村。"

"崎村先生的动作吗？"

"对！"

老实说,他的动作还真有点儿生疏,奈津实不知如何回答。崎村见状,勾起嘴角笑了笑。

"是很生疏,对吧？ 其实我去年年末才回到这里,最近才开始帮忙打火渔。换句话说,那是我第一次……"

原来是这样啊！

"我也在河边看,火光真的很漂亮！ 你摇火把的动作很棒！"

"摇火把的人不是我！"

打火渔由摇火把的"摇手"和划船的"桨手"两个人组成一组完成。崎村说,摇手是打火渔的看点,而且这份工作需要体力和诀窍,现在他还干不了。

"可是划船的人也很辛苦吧！ 每天晚上都要做吗？"

"不,今天休渔,天气预报说晚上有大雨。"

奈津实顺着崎村的视线看向西方,落日的左侧的确有一团像黏土一样发灰的云朵。她昨晚在卧室里看小电视时,天气预报确实说了今晚有雨。

"如果是小雨就没问题。"

对话中断，河那边又传来了蝉鸣。突然跟人家说话，说完了又突然离开，这可能有点儿奇怪，于是奈津实找起了话题。

"打火渔的渔民其他季节都在做什么呀？"

她想起了真也子那天在河边说的话。

"有的人去捕其他的鱼，有的人在家里务农。务农的人应该更多吧，只在河里捕鱼很难维持生计！"

崎村家在上上町有一片农田，平时种些甘蓝、土豆、油菜和菠菜。父亲开车带奈津实走过几次山边的公路，她记得那里房子很少。那些房子的其中一间会不会就是崎村家呢？

"所以现在这个季节都是白天种地，晚上打火渔。"

奈津实感叹：

"这样好忙！"

崎村眯着眼睛笑了，露出了整齐的牙齿。

"我还是个新人，有很多东西要学。不过只要有时间，我也会过来拍些照片。"

"万花筒的照片？"

"我没办法出远门，所以就想搞点儿小创意，拍一些有趣的照片。"

崎村晃动了一下手中的万花筒。奈津实原以为它会发出"哗哗"的声音，却什么也没听到。崎村大概已经将里面的玻璃珠等物取出，只剩下了镜子。

"直到去年年底，我还在东京的职业学校学习摄影。但由于家庭原因,我退学回来了。以后,我会继承父亲的事业——务农和打火渔。"

她想问他说的家庭原因是什么,但是还没说出口,就意识到对方是抽空来拍照的,自己已经在这里打扰他很久了。

"啊,对不起,请你继续拍照吧!"

"嗯,再见!"

崎村爽快地点点头,他试图将万花筒安装在相机镜头上,然而尝试了很长时间都没能成功。万花筒原本是用胶纸固定在相机上的,但刚刚掉落在地上,可能沾满了泥土,现在很难再粘回去了。不久后,崎村放弃了努力,决定直接用手拿着它。因此,他左手握住万花筒,右手举着相机蹲下来。他将镜头对准了一根从石头缝隙中伸出的东西——那是什么?奈津实见过那个东西,但不知道它的名字。它的外形非常像一根特别长的芦笋,全身皱巴巴的。

"这种草叫木贼,以前人们把它当锉刀用。"

"木贼?"

"哦,我是说这种草的名字。"

崎村掐断草茎,用指甲轻轻剖开了细长的木贼。茎里面是中空的,摊开后就像一张纸。奈津实接过来一看,它的表面很粗糙,触感的确有点儿像锉刀。

"人们会用这个锉指甲。"

"你知道得好多啊!"

"这都是小时候父亲告诉我的……唉,用手拿着万花筒有点儿难拍啊!"

"需要我帮忙吗?"

"不用,两个人弄可能更难!"

说完,崎村仿佛想起了什么,突然转头看向河堤。奈津实也看了过去,发现硕大的落日已经触碰到了右侧的云朵,像倾洒的颜料一样化作一片橙红。

"不好意思!"

崎村走向河边,奈津实也跟了过去。

他们顺着河岸的石子儿地,朝着右侧的二之桥一路向前走。西取川的水清澈透明,浅水处能清楚地看见河底。清风拨动水面,在水底描绘出了随意而美妙的纹路。小鱼被他们的脚步声惊吓,激起一小片细沙,消失得无影无踪。

河边有一片水花飞溅的地方,层层叠叠的石头从河面上突出,被河水拍打着。因为水流缓慢,透明的水滴先变成完整的圆形,然后飞溅成无数细小的水珠。每颗水珠都吸收了两个人背后的夕阳,散发出淡淡的金色光芒。

"好漂亮啊!"

"对吧! 其实我想……"

崎村说到一半,没有再说下去。

"如果用万花筒拍,一定会很好看吧……"

"你要看看吗?"

"啊,你有照片吗?"

"没有,不过你可以这样……"

崎村蹲下来,把相机递给她,奈津实接过相机,也蹲了下来。她手中的单反相机有些重。

"你看看吧!"

她把右眼凑近取景窗,闭上左眼。她只看见一片方形的水流……不,下面冒出了一个圆形的东西。

下一刻,壮美的风景就充满了她的右眼。

"看见了吗?"

她愣了一会儿才想起来要回答他。

"看见了!"

映照在夕阳中的圆形水滴在无数个切割成三角形的"小屋子"里四处流动。那个光景让奈津实联想到了时间机器,还有宇宙。与此同时,她又想起了打火渔之夜看到的闪闪发光的香鱼。

如果拍成照片,水滴的流动会更清晰。根据水滴的流动调整快门速度,可以拍出水滴的残影,它就像流星后面拖着一条长长的尾巴。不过,说流星可能不太准确,其实更像气体的……"

崎村陷入沉思时,奈津实已经沉迷在右眼看到的景象中了。她记得刚上初中时,社会课的老师曾经讲解过关于西取川水质的内容。那时,老师给他们看了数据图表,并指出其中一条折线显示了近年来一直在增加的数据。她忘了那具体是什么,但它意味着西取川的水质正在逐渐恶化。然而,现在看着这些透明的水珠,她开始怀疑老师的观点是否正确。

她抬起头看向下游。过了二之桥就是海边,岸上修建了长长的水泥护堤。那是今年春天完成的工程,负责那项工程的是她父亲经营的中江间建筑公司。因为那是前所未有的大工程,所以父亲当时特别高兴。然而她万万没想到,就是因为这项工程,父亲的公司没了,她也不好意思告诉别人自己姓中江间,最后一家人还要远走他乡!

旁边传来了水声。

只见两个孩子站在二之桥上,探出身子,朝河面张望着。那两个孩子都像是小学高年级的学生,他们的体形却相差甚远。一个孩子又高又壮,另一个则又矮又瘦。小个子伸出手去,朝河里扔了一个什么东西。

“他们在玩水母弹子。”

那是什么东西?

“你没听说过吗? 就是在二之桥上扔石子儿,去打河里的水母。这一带是淡水和海水交汇的地方,有很多水母。如果正好打到水母的中心,水母就会‘呼’地沉下去!”

“用石子儿打沉水母?”

“没错,不过那很难! 如果只打中它的边缘,水母是不会沉下去的,有时还会打碎它。我上小学时也总玩这个,大家都这样玩!”

也对,她记得走过二之桥时,总能看见男孩子站在栏杆边,原来大家都在玩打水母!

"崎村先生打得准吗？"

又是"啪嚓"一声,桥上的男孩子简单地交谈了几句。

"哪有！我一点儿都不擅长那个,不过我爸爸擅长打水母。我上小学时,经常跟爸爸一起在桥上打水母,他还会告诉我诀窍。我怎么都打不中,爸爸却每次都能打中！"

在此之前,她可能从未与年龄相仿的男性进行过长时间的交谈。难道所有人都能如此愉快地回忆起与爸爸共度的时光吗？

"我爸爸小时候曾与同学比赛,并获得了冠军！那时他们称这个游戏为'打水母'！"

又传来"啪嚓"一声,这次似乎是大个子扔出的石子儿,不知道他是否命中目标。从奈津实所在的位置,无法看到他们的战果。

两个人蹲在水边,看了一会儿远处的水母弹珠游戏。没过多久,小个子注意到了他们,转头对另一个男生说了些什么。两个人可能害怕被大人骂,慌忙离开了护栏。奈津实看了一眼手表,该回家了。于是她站起来,轻轻地拍了几下裙子,崎村也跟着站了起来。

"真不好意思,拉着你说了这么久的话！自从我回到这边,几乎找不到同龄人聊天儿,所以一高兴就忘记了时间！"

奈津实把相机还给崎村,两个人回到了河堤上。清风徐徐,斜坡上的花草随风摇曳,仿佛有许多鱼儿在水中游动。

"我想看看用万花筒拍摄的照片!"

她鼓起勇气说出了一直想说的话。崎村闻言笑了,一口答应下来。

"当然可以啊!不过很难找时间给你看,因为我白天要种地,晚上要打火渔!"

"那下雨天呢?"她试着问了一句。

崎村轻呼了一声。

"啊,对呀!下雨天不能打火渔,地里能做的事也不多,我能抽出时间来!"

不过,最近应该不会下雨。她记得昨天的天气预报说,明天过后会有一个星期的晴天。

"那就定在满月那天吧。"

"满月?"

"满月的夜空很亮,一般不打火渔。据说是因为火光不会惊动香鱼,可我觉得那应该算是渔民的休息日。下一次满月是……"

崎村抬头看了看天。

"大后天。"

"那很近呢!"

"傍晚的时候,你能放学吗?"

"现在是暑假！"

他们约定三天后的傍晚五点半在河边碰头，然后，奈津实就回家了。

她走下床，来到三棱镜前，打开了侧镜。大号万花筒被分开，只剩下一个孤零零的茶杯摆在那里，里面的水早已没有了热气。她真的回忆了那么长时间吗？应该不会吧！她摸了摸茶杯，发现茶杯只剩下一点点余温。

镜中映出了她的身影。她拿起发梳，轻轻地梳开从小学高年级开始就格外讨厌的自来卷。她的头发遗传了父亲的基因，是自来卷。虽然她的卷发没有父亲的那么夸张，但总是无法夹到耳后，下雨天还会显得头特别大。尽管这只是她自己的感觉，但她就是讨厌这种卷发，常常因此而烦恼。不知在哪一个下雨天，真也子对她说，干脆把头发留长，头发的重量能让其变直。然而，若是她留了长发，就算头发能稍微变直一些，也不可能跟天生直发的人一模一样，反倒会更显眼。因此，奈津实每次看到头发快要长到肩膀时，就会骑上自行车去美发店理发。

她看向缠了几根断发的梳子，梳柄为木质，父亲说那是黄杨木的。这是她上初中一年级时，父亲买给她的"好东西"，木柄上还刻着奈津实的名字缩写"N·N"。

道别前，崎村问了奈津实的名字。

"我叫奈津实。"

她不想报出中江间这个姓氏。后来崎村也问了她姓什么，但她不明白他为何要问。他是不好意思对一个刚认识的人直呼其名，还是随口问问？

　　"姓秋川。"

　　她情急之下撒了谎。秋川其实是真也子的姓氏。她只是想随意报一个姓氏，但出乎意料的是，她竟然说出了这个姓氏。

　　自去年夏天以来，每当她向初次见面的人介绍自己的名字时，都需要鼓足勇气。有时，她甚至会尝试用各种方法来避免说出自己的名字。

　　一切的开端，发生在奈津实初中升高中的春假期间。天还没亮，家里的电话铃就响了。他们以为是有紧急情况发生，便三个人一起来到起居室，父亲接了电话。电话是父亲公司的人打来的，当时，父亲接了电话，他们谈了一会儿，父亲的声音突然变得很紧张且低得几乎听不见了。没过多久，父亲便挂断了电话，一言不发地走出家门，坐进车里。母亲追到门口，只听到他说了一句话："今天回不来了"。

　　第二天早晨，父亲回来了。奈津实和母亲几乎一夜未眠，一直坐在沙发上等待父亲归来。那时，天空尚昏暗，窗帘的缝隙中透出微弱的光线。

　　奈津实永远无法忘记那一天父亲的表情。他眼窝深陷，嘴巴一直合不拢。无论母女俩问他什么，他都只是摇头。因此，母亲一直在追问到底发生了什么事，父亲突然大吼起来。然而，他仍然没有说话。这可能是奈津实有生以来第一次听到父亲的怒吼。

最后，父亲始终没有告诉她们究竟出了什么事。从那天起，他变得寡言少语，但至少还会跟她们一起吃晚饭。

又过了三个月，那个夏天的深夜，家中的电话又响了。看到父亲接电话的样子，奈津实不禁想起了那个春夜的电话，或许母亲也是如此，因为实在太像了！

这次，父亲挂断电话后没有马上离开家，而是愣愣地站了好一会儿，然后转向她们，目光闪躲地低声说：

"我们的生活会有一些改变。"

那天，父亲终于把一切都说了出来。

三个月前，中江间建筑公司的人在二之桥另一头的护岸工地施工时，发生了事故。夜间作业过程中，由于工人操作失误，工业化学品流进了西取川，导致大量鱼虾死亡。泄漏的化学品是氢氧化钙，俗称消石灰，是用于加固水泥的材料，一旦在水里溶解，就会让水变成强碱性液体。父亲试图隐瞒事故，召集了部分工作人员一直捞死鱼，直到天亮。可是三个月后，还是有媒体打探到了消息，将一切曝光了出来。

这起事故最终被曝光并成为了一个事件。

从那以后，父亲再也没有和她们同桌吃过饭。那段时间，父亲每天都深夜才回家，公司倒闭以后，他便几乎不出门，闷在二楼的工作间里。奈津实不知道父亲在屋里干什么，母亲偶尔跟他说话时，屋里会传出模糊的谈话声，父亲的声音低沉而烦躁。有时母亲会把饭菜送到二楼的房间去，有时，父亲会突然走下楼来，在空无一人的厨房里，打开冰箱翻找食物。每当这种时候，奈津实都会悄悄地走上二楼，躲进自己的房间。

父亲公司的事故还上了报纸和电视新闻。西取川本来就存在水质恶化的问题，因此，市民们对这个消息的反应特别强烈。马上就有人组织起了抗议运动，于是，在县政府的一声令下，护岸工程被转交给了与中江间建筑公司规模相近的野方建筑公司。中江间建筑公司转眼间失去了所有工作，甚至无法支付员工的工资，最终人心离散。今年春天，野方建筑公司在完成西取川护岸工程后，父亲决定关闭公司。

后来，父亲在县外找到了一份工作，一家人计划在秋天搬走。搬家的时间预定在两个半月后的十月十六日。父亲即将就职的企业是神奈川县某个家族经营的小型建筑公司，那里的老板曾经得到过父亲的关照。虽然她不知道父亲会一直在那里工作，还是会以后重开公司，但至少现在那位老板收留了他们。奈津实一家马上要搬去的出租屋也是那位老板为他们准备的房子，租金不高，因此，他们不需要担心生活问题。

从事件曝光的那一天起，刚认识的那些高中同学就开始疏远奈津实。他们或许并无直接的愤怒或恶意，只是不知如何与她相处。然而，这并未改变奈津实的处境。日子一天天地过去，她在教室里变得越来越沉默，也越来越不敢直视大家。唯有真也子对奈津实的态度跟以前一样,奈津实也能正常地与真也子相处。

中江间这个姓氏很少见,这一带更是只有他们一家,而且崎村家还是西取川的渔民。根据县政府的调查,那次消石灰泄漏并没有造成实质性的水质污染,但是奈津实听说,中江间家在捕捞香鱼的渔民中好像没什么好名声。

"秋川?真的吗?"

崎村瞪大了眼睛。奈津实以为崎村发现了她说的话是假话,但事实似乎并非如此。

"又是秋天,又是夏天,好奇怪啊!"

她现在才发现,秋川奈津实这个名字的确很奇怪。[①]

"很多人都这样说!"

她拿起扔在床上的挎包,取出里面的木贼皮。崎村把木贼皮给了她,而她不知该怎么处理,于是塞进了包里。她摊开了卷成一团的木贼皮,将失去了水分、有点儿干燥的木贼皮缠在食指上,磨起了指甲。

"过去的人……"她漫不经心地嘀咕着,却发现自己的声音在安静的房间里显得无比响亮,猛然意识到自己是孤零零的一个人。没过多久,窗外响起了雨声。不打火渔的晚上,崎村会在

---

① 奈津实日语罗马音为"Natsumi",其中"Natsu"也是"夏"的读音,故有此说。
（译者注）

家里做些什么呢?

（四）

"可是我明天约了朋友!"奈津实脑中一片空白,愣愣地回了一句。

"你爸爸说登门拜访,必须要全家人都去……"

"你们为什么不问问我就决定了呢?"

明天,他们一家三口要去神奈川拜访关照他们的建筑公司老板,然而明天就是她跟崎村约好见面的满月之夜!

"小奈啊,真对不起,这件事已经定下来了!"

根据之前的经验,她明白无论怎么解释都没有用!即使奈津实亲自去找父亲,他也不会理会。如果让母亲去说,反而会让母亲受到他的斥责!

"知道了!"

奈津实只能屈服,然后转身朝大门走去。

"小奈……"

"我去跟朋友说!"

"打电话就好啦,都这么晚了!"

"我不知道……"

"啊?"

“我不知道他的电话号码！”

奈津实不再理睬欲言又止的母亲，转身穿上了运动鞋，然后从鞋柜的托盘里拿起自己的自行车钥匙。当她跨上自行车时，鼻子已经有些发酸了。一上路，她的眼泪就涌了出来。她使劲儿瞪着眼睛，咬着嘴唇，迎着夕阳疾驰。可是来到二之桥旁，看到她跟崎村聊过天儿的那片河岸时，她的眼泪还是不争气地流了下来。于是她任凭眼泪流淌，吸着鼻子用力蹬自行车。进入上上町通往山边的道路后，路边的景色变得很荒凉，随处可见坑坑洼洼的土地。

崎村家可能就在附近。

这里的房子间隔很大且都建在道路右侧，而左侧则是大片的农田。随着天色逐渐暗淡，奈津实不断地从那些外观相似的陈旧民宅门前走过。这些房子都有形状相似的黑色门柱，门柱上挂着门牌，然而她却找不到写着“崎村”的门牌。

不是这家，也不是那家。这……啊！

她将自行车停在珊瑚树篱旁，仔细擦干眼泪后，便走向那个挂着“崎村”门牌的门柱。

这里的房子跟左右两边的房子一样安装了门柱，但是没有大门。高大的黑松在头顶形成伞盖，树干与门柱之间形成了院子的出入口。正前方是一座二层小楼，小楼右侧那座木头房子应该是仓库。双开的门扇敞开着，门口停着一辆轻型卡车。

奈津实感到既紧张又尴尬，她试图控制住自己疯狂的心跳，走进了大门。太阳即将落山,周围的景色变得模糊不清。她回头看了一眼,远处的树梢上还残留着一抹斜阳,但那微弱的光芒无法抵挡夜色的侵蚀,很快就消散了。不知何处传来了犬吠声。

正对走廊的屋子亮着灯,纸门虽然开着一条缝,她却看不到里面的情况。纱门那头露出了方形矮桌的桌角,还有一个大箱子。其他窗户都没有透出灯光,崎村会在这里吗?

就在这时,房子里传来了吼声。

"都怪我啊!"

那不是崎村的声音,而是一个更年长的男人的声音。

接着,她听到了崎村的声音。

"不是,不是啊!"

他仿佛在恳求……

"我已经说过很多次了,不怪爸爸,这不是爸爸的错!"

"就该怪我!"

"那就该怪我!"

两个人的声音重叠在一起,接着又传来了激烈的碰撞声。那个声音又响了一次。紧接着,是一连串摔碎碗碟的声音。奈津实愣在原地,耳边的怒吼让她想起了父亲的咆哮。去年夏天的消石灰事件曝光后,她已经听过好几次这样的咆哮了。愤怒、悲伤、悔恨等似是而非的感情在体内猛然爆发,话语硬是从喉咙里冲了出来,最终变成了那样的咆哮。奈津实突然觉得自己仿佛正蜷缩在这座房子的一角。他们为什么会发出这样的声音?

人们为什么要让别人产生这种情绪？

过了一会儿，声音和响动都消失了。

周围一片寂静，仿佛什么都没发生过。清风拂面，背后的黑松发出"哗哗"的响声。

奈津实转身离开崎村家，回到了夜幕笼罩的小路上。她伸手握住自行车的把手时，身后隐约传来了收拾碗碟碎片的声响。

（五）

当他们从神奈川回到家时，已经是八点多了。

父亲在回家的车上一直保持沉默。刚一进门，他就抓起一升装的日本酒和茶杯上了二楼。过了一会儿，奈津实也走进了自己的房间。确认父亲不会走出房间后，她又静悄悄地下了楼梯。洗澡间里传来了水声。她轻手轻脚地穿过漆黑的走廊，拿起自行车钥匙，走出了家门。

她用自行车灯照着几近全黑的路面一路狂奔，在满月的光照下，向着二之桥奋力疾驰。

桥上有个人影，双手撑在栏杆上，低着头。她握紧刹车，那个人影抬起头来。奈津实停在桥头仔细凝视，那个人影向她挥了挥手。

她停好自行车，走到桥上。

海边吹来的细沙落在水泥地上,踩上去发出"沙沙"的声音。

"对不起,今天……"

"临时有事,对吧?没关系的!"

他差点儿被放了鸽子,为何还能露出这样的笑容?

"我们一家人要去一个地方,怎么推都推不掉……"

奈津实不敢说自己昨天去找过他,因为她在黑松旁听到了那些声音。

"给你。"

崎村从背包里拿出一个信封。

"我带了照片来,但天色已晚,可能看不清楚。"

"对不起……我刚刚才回来!"

奈津实提议找个有路灯的地方看照片,崎村想了想,摇头否决了。

"借着路灯来看,照片可能没那么漂亮。你还是拿回家慢慢看吧!"

奈津实双手接过了崎村递给她的信封。

"下次见面时再告诉我你的感想!"

不远处的栏杆上靠着一辆自行车。那是崎村的自行车吗?奈津实觉得崎村随时都会对她挥手说再见,转身走向他的自行车。于是,在慌乱之中,她开口说道:

"就像上次那样!"

对,就像上次那样!

"聊一会儿好吗？"

两个人走到河岸上，踩着石子儿漫步。月光映照在河面上，映照出粼粼波光。

崎村突然停下脚步，转过身来，握住了奈津实的手臂。她不禁绷紧了身体，却见崎村凑上去，几乎贴着她的手表看了一眼。

"满月。"

崎村抬起头。奈津实顺着他的目光看过去，对岸的草木都变成了细细的剪影，空中挂着一轮圆月。

"大家都说某一夜是满月之夜，其实满月还有确切的时间！"

过了一会儿，她才理解了崎村的话。对啊，月亮并非一直盈满，而是一点点地充盈起来，并在某个瞬间变成满月。

"现在就是那个时间吗？"

"没错，你瞧，这是月亮最圆的时候！"

那是肉眼无法察觉的差别，但奈津实就是觉得崎村指给她看的满月，是她有生以来见到的最圆满、最明亮的月亮。不，这可能是奈津实有生以来头一次见到的真正的满月。月光无声地渗入她朝向夜空的脸庞，她想说点儿什么，却无法开口。崎村站在旁边，同样一言不发地凝视着满月。

两个人坐在水边的大石头上，水滴飞溅的地点就在旁边。河水发出宛如窃笑的响动，浑圆的水滴在月色下散发着银白的光芒。

"秋川同学，你是几年级的学生？"

"高二。"

"那你比我小三岁。"

被人称呼假姓氏比她想象的更加使她难过，可能是因为秋川是她闺蜜的姓。

"我不喜欢自己的姓。"

"因为又是秋天，又是夏天？"

"我的名字是'奈良'的'奈'，'三点水'的'津'，'果实'的'实'。"

"奈津实……那我直接叫你的名字，好吗？"

奈津实说了句"对不起"，崎村也不好意思地笑了。

"崎村先生家……"

她还惦记着昨天听到的对话，但不知如何问起。

"是什么样的？"

崎村愣了一下，但是没等奈津实收回那句话，他就回答了。

"我上小学时，母亲生病去世了，家里剩下父亲和我。他一直独自操劳，务农和打火渔。他希望我将来继承他的事业，而我一开始也打算这样……可是上高中时，我有了梦想！"

他的梦想是拍电影！

崎村鼓起勇气把自己的梦想告诉了父亲。父亲不仅没有反对，反而大力支持。

"我父亲借钱供我读书，这样我才能上学！等我离开后，家里就剩他一个人了！尽管如此，他还是很支持我，我很感谢他！"

崎村凝视着河对面的圆月。月光皎洁，在他耳后和下颚留下了浓浓的影子。

"可是去年秋天，父亲受了重伤，再也无法务农和打火渔了。因此，去年冬天，我就退学回来了。父亲一直说不用回来，可他无法工作，我们就无法生活呀！学费更是交不起！"

奈津实似乎明白昨天崎村家的对话是怎么回事了。

"回来后，我偶尔会拍一些那种照片……"崎村看着奈津实放在腿上的信封说道。

"我平时都在上上町的真锅相机店冲洗照片。那里的店主是真锅先生，他平时特别冷漠，但是对我的万花筒照片很感兴趣，我每次去冲洗照片，他都跟我聊几句。不久前他对我说，要不要认认真真学摄影……于是我就提到自己以前上大学时学的是映像专业，还把家里的情况告诉了他。真锅先生说我是笨蛋。"

"为什么？"

"他说我父亲受伤只能怪他自己，我这个儿子没必要放弃梦想，回到这里。我交不起学费，可以四处找亲戚借……可是那不行啊！"

奈津实含糊地点了点头。

崎村说自己并不后悔。

"我父亲是一个耿直的人，他想让儿子实现自己的梦想，就不会考虑别的事情，而是拼尽全力支持我。我虽然没办法继续上学了，但父亲支持我的事实不会改变，所以我也想尽全力报答他的恩情,努力学习务农和打火渔。虽然自己说自己努力,有点儿自卖自夸的嫌疑。"

崎村看着月亮,默默思索了一会儿,然后看向奈津实,露出了笑容。这个人总是对她露出这样的笑容。

"谢谢你听我说这些!"

奈津实不清楚他是在感谢自己倾听他的话,还是感谢她主动问了他家里的事。她摇了摇头,很想知道崎村等她到现在的原因。上次崎村说,自从回到这里,他就很少有年龄相近的朋友了。说不定三天前的晚上,崎村就想对奈津实倾诉父亲的事,以及自己放弃梦想的事。她迟到了那么久,现在还冒出这种想法,可能只是自我安慰。尽管如此,刚才抱歉的心情还是稍微缓和了一些。同时,奈津实还想为崎村做些什么。她该做些什么呢?想来想去,她竟不知说什么好。

崎村见她没有说话,突然露出了羞怯的表情,就像小孩子意识到自己做错了事,慌忙移开目光。奈津实不希望他露出那种表情,于是她抬起手,几乎要触摸到崎村的背部。他的体温通过微小的间隙传到她的指尖,然而,奈津实最后还是抽回了手,转头看向了夜空。

"满月过去了吗?"

"嗯,应该是!"

月亮依旧散发着皎洁的光芒,落在对岸的树梢上,晕染出一片银白。她看着这片景色,听着夜晚的水流声和远处传来的虫鸣,心中暗想:她一定会永远记住这一刻!

"你说什么我都愿意听!"

"真的吗?"

"真的!"

不过,崎村应该抽不出时间来经常见面。因为他白天要务农,晚上要打火渔,实在太忙了!从现在算起,到下次满月休渔的日子,还有一个月的时间!

就在那时,崎村突然问道:

"我们下雨天还能见面吗?"

"嗯,可以!"

"如果天气预报说有雨,我可以联系你吗?"

如果崎村打电话到家里来,就会知道她谎报姓氏的事情。万一父亲接了电话,恐怕就无法收场了。不过,解决这个问题的方法很简单。

"我打给你吧!"

(六)

"哇,都淋湿了!"

"不过照片没事,我把它们放在塑料袋里了!"

"你等等,我去拿毛巾。你的自行车停在哪儿了?"

"在外面的树篱那里！"

"那样会生锈的，还是推进仓库里吧！"

她是撑着伞骑车过来的，不过雨实在太大了。到崎村家时，她的腹部以下都湿透了，她原本仔细梳理好的头发也变得乱七八糟。

那一夜过后，奈津实每天都很关注电视上的天气预报。当她发现一连串晴天标志中出现了一个雨天标志，就每天默默祈祷那个标志不要消失，最后到了前一天，也就是昨天傍晚，那个标志还没有消失，她就给崎村打电话。拨打电话时，奈津实想起那天隔着纱门听到的咆哮，有点儿害怕崎村的父亲接电话。但是听到对方声音的瞬间，她的不安就消失了。

"喂，我是崎村。"

他父亲的声音十分温和，还有点儿随意。

她报上了秋川奈津实的姓名，随即想起自己不知道崎村的名字，便问：

"您儿子在家吗？"

他父亲高兴地说：

"在，在，你等一会儿！"

又过了一会儿，崎村便接了电话。

奈津实先发表了自己对那些万花筒照片的感想。虽然她早就想好了台词，然而说着说着，她就回想起了看到照片时的感慨，声音越来越兴奋了。蒲公英的白羽、整齐的油菜花、鲜红的夕阳、地上排成圆形的石子儿……虽然鸽子的照片有点儿吓人，但是那些万花筒照片全都特别漂亮，特别神奇！其中还有一张可能是在其他地方拍到的圆形水滴。正如崎村所说，水滴在照片里拖着细细的长尾巴，显得更加美丽了！奈津实说话时，崎村也愉快地回应着她的话。聊完照片后，她又提到了天气预报的事，发现崎村也知道要下雨了。

她把自行车推进仓库，再次走到门口，用崎村拿来的毛巾擦拭头发和衣服。接着，奈津实说了一句"打扰了"，走进了发出电视机声响的起居室。在那里，她看见一个身材瘦削，留着寸头且头发花白的男人坐在矮桌的另一头，对她露出了笑脸。

"哎呀，我儿子承蒙姑娘关照了！"

崎村的父亲半仰着头，对她咧嘴一笑。崎村介绍完奈津实后，他了然地点了点头。

"这就是你说的那位朋友吗？"

"嗯？"

"不，奈津实小姐，我只是说有朋友要来而已！爸，你别说这么奇怪的话，好吗？"

他父亲龇着牙笑了，晒得黝黑的大手拿起茶杯，发出了异常响亮的啜茶声。他穿着软塌塌的短袖T恤，脖子上挂着一个旧护身符，面部似乎浸染了笑意。让人难以相信竟是这个人在那天傍晚发出了那样的声音！他好像刚打完电话，电话机直接放在了背后的榻榻米上。不，电话机可能一直放在那里！这个人受了那么重的伤,不能务农和打火渔了,恐怕他在家里行动也很困难。只不过奈津实看不出来他伤在哪里。从外表来看,他的身上没有伤痕。伤痕是在衣服遮挡起来的地方,还是藏在矮桌底下的腿上?

"这个……谢谢你!"

她把装着万花筒照片的信封还给了崎村。

"我还有别的,这就拿给你!你在这儿看,可以吗?"

奈津实冒雨骑车过来的时候,还有点儿担心她要跟崎村单独待在房间里,听到这句话,她顿时松了口气。

"别在意我,上楼去呀!胜美姑娘,跟我这个大叔待在一块儿不舒服吧?"

"没关系,真的没事!我叫奈津实。"

"奈津实姑娘,抱歉!抱歉!"

"我去拿照片。"

崎村上了二楼。

"哎,你坐吧!来,就坐在那儿!"

崎村的父亲向她对面的方向努了努嘴,但是她坐在那里会挡住电视,于是奈津实就坐到了他斜对面的座位上。

崎村的父亲大大咧咧地看着电视上的综艺节目,不时发出"哈哈"的笑声,低声自语道:"耿直真好玩儿。"耿直是红了好几年的年轻搞笑艺人,全名叫"耿直佐藤"。

"啊,抱歉!家里难得来客人,我怎么只顾着看电视呢?"

"没什么！"

"嗨！"

崎村的父亲拿起放在旁边的细竹竿，朝奈津实肩膀戳了过来。竹竿擦着她的身体，正好戳中了电视机电源。

"您真厉害！"

"因为我每天都在练习啊！我这根竹竿的前端还切了个口子，可以调音量旋钮呢！你瞧，看到没有？不过，我听说现在有一种遥控电视机，可以远远地开关电视，还能换台呢！"

"好像是有！"

她家起居室里的电视机就可以遥控，可是这句话她有点儿说不出口。

电视机的声音消失后，屋里突然安静下来，只能听见"沙沙"的雨声。二楼隐约传来崎村的脚步声，可他迟迟没有下来。矮桌对面的崎村的父亲虽然关了电视机，却似乎无法忍受这种寂静，他心神不定地看着天花板，挠了挠脸，然后又转向窗外看起了雨。奈津实最不擅长在这种时候找话题，只能默默祈祷崎村早点儿下来。然而，当崎村的父亲开始喝茶的时候，她终于想到了一个话题。

"您是左撇子吗？"

刚才他用竹竿关电视机的时候，用的也是左手。

"嗯？哦，对，全都用左手。那方面也是左撇子！"

"那方面？"

"这个……"

崎村的父亲用左手做了个举杯的动作。

"你不知道吗？爱喝酒的人都叫'左撇子'。你看啊，木工不是都用左手使凿子吗？所以左手是凿子手（日语罗马音 nomite），后来人们就把爱喝酒（日语罗马音 nomi）的人叫'左撇子'了！"

这个人说话的时候跟不说话的时候给人的感觉完全不同！这种强烈的对比很有意思！奈津实微笑起来。

"那叔叔您就是左撇子里的左撇子了？"

"嗯，没错，就是这样！"

"你们在说什么呢？"

崎村拿着相册走了过来，但没有等奈津实和他父亲回话，他就走进厨房泡茶去了。

"小源，再拿些点心和零食出来吧！"

这让她有点儿意外。奈津实独自待在卧室里时，想象过崎村的名字究竟是什么，然而"源"这个字并没有出现在她的想象中。

"家里有点心吗？"

"冰箱里不是有渔业协会送来的水羊羹嘛！"

"奈津实小姐，你吃水羊羹吗？"

"嗯，我很喜欢吃！"

厨房里传来开冰箱的声音和餐具碰撞的声音。

"您儿子叫小源啊!"她压低声音说了一句。

崎村的父亲点点头,然后又摇摇头,抬手指了指上面。只见墙壁挨着天花板的地方挂着一张照片,照片上有个圆脸的婴儿,还有看起来很年轻的崎村的父亲以及一个白皙纤瘦的女人。两个人在婴儿的头顶上拉开一张纸条,纸条上用俊秀的字迹写着"源人"。

"他叫源人(日语罗马音 gento)。"

"这个名字把我害得好苦!"崎村好像听见了他们的对话,在厨房说道。

"它不仅听起来像'猿人',而且真的有人那样叫我!"

"我老婆也很反对取这个名字!"崎村的父亲压低声音说道。

"可是你想啊,源人,源泉之人,这不是很好吗?那是能创造出什么东西来的人啊!'源'这个字经常被用在很重要的地方,比如'水源''根源'。我一想到这个,就彻底喜欢上了这个字!"

"托你的福,我上小学的时候,周围的同学都冲着我学猿猴叫!"

崎村端着放有茶水和点心的托盘,腋下夹着相册走了回来。

"我不是一个个上门去骂了他们吗?后来没有人再找你麻烦了!"

"那是因为大家都觉得我爸有问题,对我敬而远之!"

"您去戏弄源人的同学家里了?"

"去了,挨家挨户地去过了!"崎村的父亲挺起胸膛说道。

"我太生气了！那帮臭小子竟然嘲笑我宝贝儿子的宝贝名字，这简直糟糕透顶！正美姑娘，我最讨厌把情绪憋在心里了！"

"是奈津实！"

"我是故意的！"

"我爸从来都不说谎，不管对别人还是对自己。我上小学时，老师要求我们写一篇关于父亲的作文，我当时选择的标题就是《诚实的父亲》！"

"还好你没在'父亲'前面加个'笨蛋'！"

"我是想过，可是作文已经交上去了，来不及改了！"

两个人都笑了。崎村的父亲一笑起来，眼角就会出现深深的皱纹。奈津实想，崎村老了以后笑起来大概也这样，于是也跟着笑了起来。她很难相信自己来到这里还不到十分钟！她的笑意残留在脸颊上，心中突然充满了温暖。她在家里的紧张和烦闷，仿佛变成了遥远的回忆。

崎村拿来的相册上不仅有万花筒的照片，还有他在镇上拍到的各种画面的照片。这些照片包括下雪的河岸、春天盛开的山樱、赶海的人群以及夏日的向日葵花田……秋天的照片可能也快要加进去了。

"小源，过来一下！"

相册还剩最后几页时，崎村的父亲说了一句，像是要找儿子说悄悄话。

"厕所？"

"嗯,茶喝多了!"

崎村站起来,走向父亲,用左肩挨着父亲的右肩,撑住他的身体。他父亲弯曲左腿,两个人同时站了起来。

崎村的父亲被搀扶着,走出了起居室,半路回头对奈津实苦笑了一下。

"抱歉,我受伤了!"

那天回家时,崎村告诉她:父亲去年受伤后留下了后遗症,身体右侧不能动了。现在他的饮食和说话能力已经恢复到了从前的水平,但是手脚迟迟没有恢复,他也不知道以后能否完全恢复!

奈津实去推自行车时,崎村呆呆地看着仓库门口的轻型卡车,自言自语道:"我得去考个驾照啊!"那辆轻型卡车被雨水拍打着,地面的凹陷处积满了浑浊的雨水。

(七)

奈津实有生以来第一次如此盼望下雨!

他们并没有明确约定,可是奈津实每天都不忘守在电视机前观看天气预报,看到下雨的图标就会心跳加速,假如那个图标一直没有变化,她就会激动地联系崎村。同时,奈津实也第一次知道,人原来真的可以发出带着笑的声音。因为崎村的声音总是那样,奈津实的声音可能也一样。

可能是因为她在窗边挂了倒过来的晴天娃娃①,所以那年夏天的雨水特别多。雨水从天而降,给她带来了快乐。几乎每隔三四天,奈津实就会去崎村家一次。

每次到他家,奈津实都会被雨淋湿,头发也变得乱蓬蓬的。她试图用雨衣解决被淋湿的问题,但是穿着雨衣骑车很热,她又担心自己到崎村家时会一身汗味,所以只穿过一次。另外,她还想用帽子控制打卷的头发,可是她在崎村家上厕所时对着镜子一看,根本没有效果,于是也只戴了一次。

每次他们都在一楼起居室里,跟崎村的父亲一起围着矮桌聊天儿。她有点儿想跟崎村去二楼房间,不过,跟崎村的父亲一起聊天儿也特别开心。她不知道崎村是怎么想的。有时,他们聊到小学的毕业相册,或是高中美术课画的画作,崎村都会起身到二楼去拿。他每次走到起居室门口,都会停下来,转头看她一眼。

可能是出于客气,每次崎村的父亲都会找个话题跟奈津实聊天儿,所以崎村最后总是自己去二楼拿东西。那幅画描绘的是从二之桥俯视西取川的景象,它就像照片一样逼真。在毕业相册上,有一个缩小版的崎村,他跟其他人保持了一定的距离。

---

① 日本人用来祈求天晴的娃娃。晴天娃娃有两种挂法,头朝上为祈晴,头朝下为祈雨。(译者注)

“真的，你捡一把干柴，捆起来并点上火，在晚上，靠近西取川，就能听见‘哗啦哗啦’的声音了。”

崎村的父亲很喜欢谈论香鱼。

“那是香鱼发出的声音吗？”

“对，它们会搅动水体。过去有很多香鱼，现在越来越少了。常言道，‘水至清则无鱼’，然而香鱼却偏爱清澈的水域。现在渔业协会每年都得投放鱼苗，一投就是两千千克，也不知道那得有多少条鱼。奈津实姑娘，鱼苗就是鱼的小宝宝啊！”

“我知道！”

“不过，即使有很多香鱼，渔民也不一定能捞到很多吧？”

崎村很喜欢谈论父亲。

“我爸总是那个能捞到最多香鱼的人，大家现在还会经常提起呢！松泽先生也说，我爸真的很厉害！”

松泽就是在崎村的船上负责摇火把的渔民前辈。据说，他以前总是跟崎村的父亲组队。

“对，我们几乎每次都是第一名，只有两次是第二名，一次是你刚出生没多久，还有一次是你妈去世。这两个时间正好都在夏天！”

崎村的父亲抠着牙笑了。他说起这种事也不会故意夸张，而是像拉家常一样，因此，奈津实很喜欢听。当然，他应该是跨过了一些坎儿，才能如此平淡地谈论这些事。

“我也得加把劲儿了……他们好像都很希望我像我父亲一

样能干,但是我的表现却让他们大失所望,尤其是松泽先生。"

"小源还是新人,不用太着急!今后慢慢学就好!"

"就算我学会了,可能也没法儿像您那样厉害!何况我从来没得过第一名!爸,您从小无论干什么都是第一名,对不对?"

"比如打水母弹子?"

奈津实想起了第一次见到崎村时聊的事情。父亲闻言,马上露出了严肃的表情。

"怎么,你也玩那个?"

"没有,我不玩,就是听崎村先生说您很厉害!"

"那也要讲诀窍!打水母和当渔民都有诀窍!人生啊,离不开诀窍!"

他因受伤而半身不遂,却依旧能有说有笑地过日子,这说不定也需要诀窍!很多时候,人不一定能每天都想起那些诀窍,比如奈津实隔着院子听见他咆哮那天。

奈津实看了一眼旁边的人,崎村露出了率真的笑容。那天他告诉奈津实,自己放弃梦想回到这里时,一度露出了寂寞的表情。可是后来,她就再也没见过那种表情。这对父子说不定各自掌握了一些诀窍,有时可能会暂时遗忘那些诀窍,然后重新记起,就这么彼此扶持着过日子。

奈津实觉得,每下一场雨,自己就会长大一些。

（八）

　　暑假已经过了一大半。

　　奈津实骑车过来,像往常一样,用崎村拿来的毛巾擦拭头发,正好碰见邻居把崎村的父亲送上了车。据说,他要到医院接受定期检查。

　　奈津实提出想看看崎村的房间。那句话没有什么深意,崎村可能没有多想就答应了。可是走进房间的那一瞬间,两个人同时沉默下来。奈津实感到脑子一片空白,甚至很难相信刚才两个人为什么能若无其事地聊天儿。

　　房间里的气味跟其他地方不太一样,这是她有生以来第一次走进异性的卧房!如果他们不坐在地上,就只能坐在床上,他会不会介意别人坐在他的床上?这些想法纷纷涌了出来,让她更加无法开口说话。崎村吸了吸鼻子,但他好像并没有流鼻涕。然后,崎村看向纱窗外面,闷闷地哼了几声。

　　房间里很整洁,这很符合崎村的性格。书桌和圆凳是一套的,都是用黑色钢管制成的。书架上塞满了书。不,不仅有书,还有很多有手写电影标题的录像带。最下层全是电影杂志。窗户下方有个木制开放式置物架,那里放着胶卷盒、笔筒、胶带……啊,还有万花筒和相机!

　　"你从什么时候开始练习摄影的?"

她总算能发出声音了。

"练习用单反相机摄影是从高三开始的。"

"你有在东京拍的照片吧？"

"嗯,有啊！"

奈津实原以为他会问她是否想看照片,但他并没有问。

"我想看看那些照片！"

"是吗？"

崎村走到书架前。一堆书的右边夹着两本相册,右侧那本上次她已经看过了。他抽出另一本,盘腿坐在地上,把床当作靠背。奈津实也在他旁边坐了下来。他把相册放在他们两个人中间的地上。

东京的照片几乎都是风景照。成排地放在仓库门口的赤裸的塑料假人,神社院子里来往的行人,夏日集市的摊贩,酒馆一条街的拱顶,正在嗅自己尾巴的狗,并排坐在车站里的要去毕业旅行的初中生……由于黑白照片比较多,大部分照片透着一种寂寥感,可是,每一张都像电影的经典剧照,让人翻过去后忍不住翻回来再看一眼。奈津实本以为自己会看到闪烁着霓虹灯的浮夸照片,但当她看到这些照片时,她稍微安心了一些。

"这里面没有那种大城市感觉的照片呢！"

崎村好像察觉到了她声音里的释然,体贴地解释道:

"因为我没去那种地方！"

这里还有一些在校园里拍的照片,上面有好多奈津实不认识的人,他们似乎是崎村的朋友,其中有不少女孩子,还有几个特别漂亮的。不,她们都很漂亮! 她突然感到心头一凉。他们会一起出去聚餐或玩耍吗? 说不定他以前有个女朋友,他回到家乡后,他们还经历了很戏剧性的分手。

"有些人一开口就谈论电影,我经常跟他们混在一起,节假日或者晚上找个地方,喝酒聊天儿。聊的都是自己喜欢的导演、电影里的经典场面,什么都聊! 我们还自己拍一些微电影! "

她本应该认真地听他说话,但心里总想着照片上的女孩子,因此没怎么回应他。崎村没有主动让她看东京的照片,是因为担心她会这样吗?

"不过,你可别对我爸说这些! "

"啊? "

"你别告诉他我很喜欢提起学校的事! "

崎村的父亲要是知道了,的确会很伤心。不过,奈津实也很伤心。如果他能一直留在这些照片上的东京,他一定能遇到比奈津实更可爱、更漂亮、更成熟的女生,然后两个人亲亲热热地坐在一起。

"你后悔回到这里吗? "

"没有,没有那回事! "

真的吗?

"在这里也能学习。我可以坐电车去图书馆,这里也有录像带店! "

崎村抬起双手,伸了个懒腰,然后看向前方的书架。

"那上面还有好多我没看过的电影。之前我把电视上深夜播放的电影都录下来了,就是没时间看!"

奈津实想到自己可能打扰了他,顿时更伤心了。

"等火渔季过去了,我就能抽出时间来看电影了。我特别期待!"

"火渔季会持续到什么时候啊?".

"每年都是七月初到十月中旬。十月中旬到来年夏天都是禁渔期。我听说今年的最后一天是十月十五日。"

奈津实搬家的日期是十月十六日。

她还没告诉崎村她要搬家的事。其实有好几次她都想说,但是想到自己对崎村的感情,还有崎村可能对她怀有的感情,她就说不出口了。无论以后他们之间的距离有多远,一旦崎村知道奈津实将要离开,他可能会想,不如把时间花在别的女人身上。奈津实知道崎村不会这么想,可她还是没有勇气说出来。

如果她远走他乡,那么她会不会再也见不到崎村了?

相册翻到了最后一页,静静地躺在两个人的腿边。崎村似乎在想事情。奈津实有点儿想看他,又害怕他注意到现在的沉默,便没敢抬头。外面雨声不断。如果换作平时,雨声只会让她无比欣喜,但今天这雨却像下在了奈津实的心里。崎村在看哪里? 他怎么不说点儿什么? 哪怕是说说东京的快乐往事也好呀! 奈津实终于忍不住,尽量保持脸上的表情不变,眼睛使劲儿瞥向崎村那边。崎村低着头。她微微转过头,终于能看清他的侧脸了。奈津实吓了一跳,崎村竟然半张着嘴睡着了!

很快,他又醒过来了! 崎村似乎也被吓了一跳,瞪大眼睛看了过来。

"你是不是特别累?"

她并非嘲讽,而是真的很担心崎村。刚才崎村看过来时,脸上似乎闪过了她之前没有察觉到的疲惫。

崎村故意耸了耸眉毛,笑着说:

"昨天熬夜了。"

"学习吗?"

"不是,我在准备许多事。"

"准备什么?"

"许多事。"

崎村含糊地回答完,躲开了她的目光。如此一来,奈津实更加好奇,便直直地盯着他的侧脸,等他给出答案。崎村察觉到她的目光,朝她瞥了一眼,然后无力地笑了。

"我不想把活儿留到雨天,所以就在前一天加把劲儿干完!"

他不是说雨天干不了多少农活儿,可以抽出时间来吗?因此他们才约定在雨天见面的呀! 奈津实道出自己的疑问,崎村的表情越发为难了。

"嗯,的确是这样! 不过,那个……农活儿也不是完全没有。"

这时,奈津实终于明白了!

她怎么那么天真呢?

"你真的很忙吗?"

"那倒不是!"

崎村使劲儿摇头,连眼镜都甩到了一边。他慌忙扶正眼镜,看看窗外,再看看奈津实的脸,最后目光徘徊在二者之间。

原来崎村特意为她腾出了时间。虽然雨天农活儿少,但崎村去年年底才开始干这一行,必然还要花许多时间才能完成那些工作。然而,每个季节的农活儿都不一样,所以崎村现在也是每天都在做以前从未做过的事。奈津实要来,他需要熬夜提前完成那些工作。

她知道这样很任性,但还是忍不住感到高兴。她第一次意识到,人真的可以满心欢喜。她心中充满了感激和欢喜!不知不觉间,奈津实的身体就紧绷了起来,仿佛捧着满满一杯水。

不知为何,她想起了小学二年级时,父亲开车带她去看过的百货公司的橱窗。那里展示了许多童装和背包,可是奈津实一眼就看到了装饰在橱窗角落里的那个雪白的小猫玩偶。那只小猫坐在一顶红帽子旁边,看着奈津实。她顿时觉得,这只小猫比她以前见过的所有玩偶都可爱! 每当她动一下,小猫的目光就会追过来。她真的有那种感觉!

于是,她对父亲说她想要那个玩偶,父亲去前台询问后发现,那并不是店里的商品,而是摆在那里作装饰的物品。尽管如此，奈津实还是没有放弃。她平时很不擅长表达自己的意见，但那次真的闹起了别扭。她真的很想要那只玩偶，想在别人发现它之前抢先将其拿到手。店员见状，联系了百货公司的相关人员，查到卖玩偶的商家就在百货公司的大楼内部，于是父亲把奈津实带过去，买下了玩偶。

回家时，奈津实坐在车上，紧紧地抱着玩偶，不时地跟它说话，回到家后，她也不愿放开它，甚至想将它带到洗澡间去，母亲骂了她一顿，她号啕大哭。最后，母亲同意她把玩偶放在更衣间里，奈津实则敞开浴室门，一边泡澡，一边看着它。

此时的奈津实抓住了崎村的 T 恤，崎村带着不可思议的表情转过头来。他的脸慢慢地凑近奈津实，两个人的唇瓣贴在一起，可能只有两秒钟，甚至更短。

（九）

已经是九月了。

时隔一个多月回到教室，见到班上的同学，奈津实的感觉与以往不同，这似乎并非是因为太久未见。

课间休息时，她可以做些其他事情来转移注意力，可是一到上课时间，奈津实就会握着铅笔，回想起崎村的面容、声音和气息。她会越过几个同学的头顶，凝视着窗外的天空，期待下一场雨的到来。即使在预报有雨的日子里,她上下午的课时,也时刻担心乌云悄悄地溜走,恨不得伸出双手,抓住那些灰色的云朵。而且她会出一身汗,就像真的进行了体力劳动一样。这项体力劳动有时能成功,有时会失败。

一想到崎村,她就好像咽下了一块海绵,痛苦的同时又有种紧缩的感觉。有好几次,她梦到自己变成了香鱼,在水中抬头眺望崎村被火光照亮的脸。梦醒之后,她的心总是剧烈地跳动。倒水时,只要缓缓地倾注,水就不会溅出来,但是奈津实无法掌控自己的感情,就像水猛地倒入杯中,溅得到处都是。独自一人待着的时候,她经常会突然有种想哭的冲动,或是突然轻轻地笑起来。

“还真是一点儿都没变啊!”

午休时间,真也子来到她的旁边,抱着胳膊环顾教室。

“新学期都开始了,一个多月没见,班上的男生还是不怎么起眼啊!哪怕有一个突然变帅的也好呀!”

真也子抱怨自己没有男朋友候选人,还打了个大哈欠。

奈津实没有对真也子提起崎村,一是因为害羞,二是因为她擅自借用了真也子的姓氏。其实,还有一个原因,那就是真也子总喊着想要男朋友。

她还是只能在雨天跟崎村见面,但是他们做的事跟以前不一样了。奈津实会在仓库里尽量帮他干一些农活儿,还会跟他一起准备或保养打火渔的工具,她不希望崎村因熬夜干活儿而缺乏睡眠。奈津实鼓起勇气提出了这个建议,崎村和他的父亲竟然很爽快地答应了。

奈津实会在被雨水包围的仓库里帮忙制作液肥,切开准备种植的土豆种,在切口涂一层灰,将渔网上的垃圾和落叶收拾干净,按照崎村和他父亲的方法补上渔网破损的地方。崎村的父亲告诉她,那种渔网被称作"建网",意思是"建起"一道墙,挡住鱼的路。镀锌钢板的大门总是敞开着,他们从来不担心有小偷进来。两扇门都用小孩儿脑袋大小的石块儿顶着,奈津实有一次管它们叫"顶门石",其实她没有开玩笑的意思,崎村父子却哈哈大笑起来。

快到黄昏时,三个人就会围坐在起居室的矮桌旁。在仓库和主屋之间走路时,崎村的父亲都需要有人扶着他,其他的时候他都能拄着拐杖一个人走。他们跟以前一样,在起居室聊天儿,吃泡菜,玩文字接龙,打扑克牌。他们聊到打火渔,聊到满月,又聊到月球等天体的引力作用,奈津实第一次知道,原来地球上潮汐是因月球等天体的引力作用而形成的。

崎村告诉她,月球接近地球时会对海水产生吸引力,导致退潮。崎村的父亲告诉她,在低潮的晚上称体重会比平时轻一些。这是他的玩笑话,但奈津实天真地相信了,于是父子俩都露出了不知该不该笑的神情。这件事让奈津实想起了很久以前她和父亲一起走在秋天的夜色中的情景。父亲告诉她,草丛里的虫鸣声是虫子在为死去的同伴念经,她也曾对此深信不疑。然而,她现在只是回忆起这件事,并没有太多感触。

每次准备回家时,她都会在玄关与崎村接吻。

崎村的父亲总是坐在一个看不见玄关的地方,然而,每当他们在他看不见的地方接吻,她总有一种欺瞒他的感觉。这让她充满了罪恶感。每当听见起居室传来"现在的雨也越来越凉了吧"这样的话,他们就会急忙分开,然后就像共犯一样,同时发出无声的窃笑。那一刻,她心中的罪恶感就会消失得无影无踪。

"后天是满月。"有一次,崎村站在玄关说道,"我们一起出去吧!"

"去哪里?"

"一起去吃饭!"

这是崎村第一次邀请她出去。

两个人反复亲吻着对方的唇,奈津实感到身体发热,几秒钟后,她的身体仿佛完全消失,只剩下火热的胸口飘浮在空中。

"可是……"

奈津实有点儿担心崎村的父亲,与此同时,起居室传来一句"去吧,去吧"。

"别什么事都瞎担心,我们都已经不是小孩子了!"

他那句话不知是对奈津实和崎村说的,还是对他自己说的。奈津实始终没搞清楚。她走出了崎村为她拉开的门,打开了雨伞。

"真的可以吗?"

崎村走在奈津实的前面，笑着回答道：

"没事！"

"我出去干农活儿或者打火渔的时候，我爸也是一个人在家。在我回来之前，他也一直是一个人！"

崎村的父亲受伤后，有专门的人过来照顾他的生活，但是他觉得那样浪费钱，一段时间后，就把那人辞退了。因此，在崎村回家前的两个月，他都是一个人对付过来的。

"其实，我爸还说过，我们俩偶尔也要出去玩一玩！"

"啊，真的吗？"

"嗯，只要奈津实觉得可以……"

崎村探头看了一眼奈津实被雨伞挡住的脸。

有问题的，可能是奈津实这边。

（十）

两天后的下午，时间还不到四点，奈津实走向他们约好碰头的公交车站。

秋风推着她走在路上，奈津实意识到，这是自他们认识的那天以来，自己第一次在晴天见到崎村。她突然觉得自己马上要见一个陌生人——不，她马上要见到陌生的崎村。然后，她又觉得自己马上要见到那个熟悉的崎村。奈津实又紧张又期待，一会儿长吁短叹,一会儿做深呼吸,步伐也时快时慢。空气仿佛充满了香甜的气息,眼前的风景变得无比清晰而真实。天空布满瓦片状的卷积云,就像一幅美丽的画。飞舞在空中的蜻蜓似乎也在暗暗窥视着奈津实,路旁的树上传来阵阵蝉鸣。去年夏天中江间建筑公司的事闹大之后,她一直觉得周围的景色像覆盖了一层薄雾,现在则完全相反。

"我跟班上几个朋友约好了去看打火渔。"

吃饭时,她跟母亲提起了要出去的事。父母似乎都不知道满月之夜没有打火渔,而且他们显然并不关心满月的具体日期。

"我马上就要搬走了,所以想跟大家再去一次!"

母亲对此毫不怀疑。

奈津实也从未想过自己会如此大胆地撒谎。

快到公交车站时,奈津实看了一眼手表,发现离四点还有二十分钟。她想坐在车站的长椅上等待崎村的到来,因此提前离开了家。

可是,崎村已经到达了他们约好的地点。

他站在长椅前,正在跟一个人说话。

奈津实不知不觉地放慢了脚步。崎村对面的人穿着白色T恤,看起来四十多岁,样子粗鲁,他的脸晒得黝黑,可能是个渔夫。对了,这里确实离渔业协会很近。

崎村一直低着头,像被欺负的孩子一样弯着腰,不时地点头回应,他的身体缩得更小了。

那个人是谁？他在对崎村说些什么？

就在这时，崎村的左肩猛地一抖，紧接着后退两步才站稳了身子。由于崎村挡住了那个人，奈津实愣了片刻才意识到，是那个人推了崎村一把！崎村倒退两步之后，那个人也逼了上去，用她听不见的音量说了些什么。奈津实觉得自己的双腿好像变成了铅块，动弹不得。虽然她无法判断他是在开玩笑还是怀有恶意，但是她能看出他的力气非常大。看到崎村踉跄了几步，奈津实不受控制地发出了声音。

"崎村先生！"

崎村惊讶地回过头来。

奈津实朝他们走去，那个人盯着她看了一会儿，很快就绷紧了脸。走近后，奈津实总算看清了他的面容。他的眼窝深陷，看起来特别可怕。路边的站牌在他的脸上投下了一道斜斜的影子。

那个人再次看向崎村，对他说了几句话。奈津实听不清他的话，但那个人应该是在说她。她又听见了小孩子的声音，一个小学低年级的男生拿着一罐饮料站在不远处的自动售货机前。男生又喊了一声，好像在叫爸爸。男人回过头，粗声粗气地回应了一声。

他又看了奈津实一眼，没有再对崎村说话，转身走向了那个男生。男生抓着父亲的裤子，一个劲儿地对他说话，两个人渐渐地走远了。

"刚才那个人是谁？"

奈津实走到车站后，崎村对她笑了。

"哦，那是松泽先生。"

他是以前跟崎村的父亲一起打火渔、现在跟崎村一起打火渔的渔夫前辈。

"我们正好碰到了。因为我学东西太慢，所以松泽先生把我骂了一顿。昨晚他家里有事，一上岸就回去了，没来得及训斥我。"

"我觉得他很坏啊！"奈津实冲着松泽离开的方向，气哼哼地说道。

"松泽先生是负责带我的师父，所以对我很严格。可能是我爸请他带我的吧。好多前辈都说，我爸以前带新人特别热心，包括松泽先生在内，好多人都跟着他学会了怎么捞到更多的香鱼！"

"他最后对你说什么了？"

崎村先是愣了愣，可能觉得搪塞不过去，就用反省的语气答道：

"他说我现在光顾着玩。"

其实那句话后面可能还需要加上"女人"两个字，但奈津实并不关心松泽说了什么，她更在意的是崎村重复那句话时的语气。她很想说："这有什么错？"今天他们确实是出来玩了，但平时他们都在仓库里做农活、保养渔具。然而，如果现在说出来，崎村可能会认为她在责备他，因此，奈津实选择保持沉默。

"今天去哪儿？"

"先坐公交车去电车站，然后再坐一段电车。"

崎村说，两站路以外的一个地方有家店，在那里可以吃到千层面，但奈津实不知道那是什么。

"其实我也没吃过，只是听说过。上回我到一个大书店去找摄影集，正好路过那家店，看到门口的菜单上有这个，据说特别好吃，面的表面浇了一层肉酱，底下不是意大利面，而是层层叠叠的好像饺子皮一样的面皮。"

那种面听起来似乎并不好吃。崎村看见奈津实的反应，马上又强调真的很好吃。她又故意露出了很怀疑的眼神，刚才的快乐心情瞬间回来了。原本想象中像在散开的饺子上浇上番茄汁一样的食物，很快就变成了冒着热气的优雅西餐。她又想象那道菜配上花纹精致的盘子，摆在有漂亮木纹的圆形餐桌上。他们点了千层面，还要点饮料吧。要不等崎村点完，她再说"我也要一样的饮料"吧。这家餐厅感觉如何呢？

这家餐厅的感觉特别好，只是门口挂着"今日休息"的木牌。

"对不起……我应该事先查好才对！"

崎村抱着头，看起来很懊恼，仿佛犯下了天大的错误。

"不如找一找别的店吧！"

奈津实左右张望，想寻找其他餐馆，却发现选择有限。周围几乎没有餐馆，只有右侧的居酒屋和前方马路对面的拉面店。

"拉面一会儿就吃完了吧？"

崎村的目光转向了居酒屋。

"可是我还在上高中……"

他们真的能进去吗？

"里面应该有软饮料。"

"那应该就没问题了！"

两个人在渐渐暗淡的天光中走向小小的居酒屋。崎村把手搭在玻璃发黄的拉门上，先吸了一口气才把门拉开。店铺的天花板很低，里面传出了热闹的说话声和烟味，还有食物的香气，那好像是烤鱼的香气。

进门后，右侧是吧台，那里坐满了人。看起来像是店主的男人在吧台里忙碌，他那头发花白的脑袋在上下摇晃，正在制作料理。一个女人走过来，她的年龄和奈津实的母亲差不多大。她把奈津实和崎村领到了旁边的地台座位上。

那里有两张空桌子。女人冲他们指了指靠近门口的桌子，于是奈津实和崎村在那里面对面坐下了。他们环顾了一下店内。桌子上没有菜单，墙上贴着许多泛黄的纸条，上面写着各种料理和酒水的名称。桌面有些黏腻，坐垫和榻榻米上都有烟头烫过的痕迹。她突然觉得自己已经长大了，不禁感到有些兴奋。但是，这样的店里真的会有软饮料吗？

"来点儿喝的吗？"

刚才那个女店员端着湿毛巾回来了。崎村点了生啤和软饮料，店员又说软饮料有橙汁和苹果汁，奈津实选了苹果汁。说完，她觉得自己又变回了小孩子。

店里的菜品大多是海鲜，不过也有香鱼。"盐烧""背片""天妇罗""杂炊饭"……这里的菜品是不是用西取川的香鱼制作的呢？崎村那条船捞到的香鱼，是否也被卖到了这家店里呢？奈津实问了一句，崎村高兴地点了点头。

"因为香鱼上面不会写渔夫的名字，所以我也不太清楚。"

难得来一趟，她决定点一道香鱼料理。不过背片是什么呢？

"背片就是刺身。把香鱼连着脊骨切成薄片，骨头和肉一起吃。香鱼骨头也很香，因此，这是最奢侈的吃法！"

就在那时，店主在吧台里喊了一声。

"秋川！"

奈津实还没来得及反应，崎村就已经先转过去了。他看到刚才那个女店员正大步走向吧台。

"你们同姓呢！"崎村指着店员，对奈津实说道。

"啊，真的呢！"

此时，她早已忘记自己用了秋川这个假姓，她愣了一会儿才笑着回答他。那个姓秋川的店员在吧台准备好啤酒和苹果汁，给他们端了过来。此时，奈津实脑中闪过一个念头，慌忙低头躲开了店员的目光。真也子不是说过她母亲在居酒屋当服务员吗？

不过仔细想想，即使店员是真也子的母亲，也没有关系，她们以前没有见过面，她没有必要把脸藏起来。

"这是两位的饮料和小菜!"

"现在可以点菜吗?"崎村问道。

可能是真也子的母亲的秋川阿姨让他稍等片刻,从吧台上拿来了记事本。奈津实偷偷地看了一眼,想确认她跟真也子长得是否相像。就在这时,突然有人粗鲁地拉开了店门。

两个长得很凶的中年男人走了进来。秋川阿姨看过去,立刻皱起了眉。

那两个人中的一个留着平头,另一个烫了像佛像一样的卷发。两个人往店主和客人那边看了一眼,走向奈津实他们旁边的座位。他们要坐在那里吗?只有那里空着,应该是这样的。

"两杯啤酒,还有背片。"

烫着卷发的人还没坐下,就粗声粗气地点了菜。不知为何,秋川阿姨有点儿惊讶,随后店主也在吧台里道了歉。

"不好意思,今天的香鱼已经卖完了。中午有团体客包了场,香鱼全都卖完了。"

"没有了呢!"崎村凑过来对奈津实说道。

那两个人低声交谈了几句,然后点了其他的菜。店主再次道歉,接着转向其他客人。他们在旁边的座位坐下,留着平头的男人正好和崎村背对背坐着。

秋川阿姨走过来给他们写菜单,她和崎村抬头看着墙上的纸条,点了炸鸡块和烤鸡肉。一张纸条上写着"豚平烧",她问崎村那是什么,得知那是类似御好烧①的鸡蛋料理,觉得应该好吃,就点了那个。

两个人轻轻地碰了碰杯,坐在隔壁桌的人却抽起了烟。要是衣服上沾上了烟味,那该怎么办?回到家会不会被父亲发现?

"好期待豚平烧啊!"

听了崎村的话,奈津实点点头。隔壁桌靠墙坐的卷毛也对平头说了些什么。她听不太清,只听见了几个词儿,好像是在说把贝壳从岩石上撬下来的撬壳棒。

"很像御好烧的鸡蛋料理跟苹果汁搭配起来好吃吗?"她看着自己的杯子问道。

但是崎村没有回应她。奈津实纳闷儿地看过去,发现他的表情有些呆滞。

隔壁桌的对话传了过来。

"上次又有几个人被逮住了!"坐得近的平头说道。

"大白天出手,活该被逮住!"

卷毛压低声音笑了。

"哦,要夜里干吗?"

"要趁夜……"

"要是被警察或者渔业协会那帮人看到了……"

"那就把弄到的东西和工具一起扔进水里。只要没有那些,

①一种日本小吃。

77

他们就不能抓人！谁也没规定半夜不能下海！"

这叫什么来着？

对了，这叫盗渔！奈津实记得自己在房间里看天气预报时，也看到过相关的新闻。最近，在这一带海域偷偷捕捞鲍鱼和海螺的人变多了，导致下上町和上上町的渔业遭受了严重的经济损失。

"要是别人看到我们装车怎么办？"

"我们就说那些东西是从地上捡的。反正只要不被抓现行，就绝对不会被捕。再说了……"卷毛笑了一声，继续说道，"就算被逮住也没什么。如果是初犯，只要交罚款就好！考虑到干这个能赚的钱，那点儿罚款简直就是九牛一毛！要是第二次被逮到，蹲一年也能出来！规规矩矩地做生意能赚几个钱啊？那帮人都是白痴！"

奈津实听见崎村猛地吸了一口气。他盯着桌上的一个点，全身一动不动。

"不如我们取消订单，出去吧？"奈津实小声问道。

崎村没有看她，用力地摇了摇头。坐得远一些的卷毛吸了一口香烟，喷吐着烟雾，还想再说点儿什么。

就在这时，旁边响起一个声音。

"请两位回去，好吗？"

奈津实惊讶地抬起头，发现刚才还在吧台后面的店主已经出现在了隔壁桌的旁边。

“我们这儿没有供两位享用的酒菜！”

卷毛斜眼看了一眼店主，嘴唇一抿，质问他：

“你这是什么意思？”

“我不想做你们的生意，麻烦你们离开！”白发的店主平静地说道。

平头缓缓站起身，向店主逼近，但是店主毫不理睬，仿佛没有看见他，只是目不转睛地俯视着卷毛。

“如果闹到警察那里，你们两位恐怕也会感到不便吧？”

平头的脸色变得有些难看，他进一步逼近了店主，店主依旧一动不动，他们两个人的脸几乎要贴在一起了！卷毛站起来，向店主走去。那个人要动手了！奈津实从未亲眼见过别人打架，可她还是忍不住这样想。她感到手脚冰凉，气都喘不上来，然而卷毛只是把手搭在了平头的肩膀上。

“我们走吧！”

卷毛抓起桌上的香烟和打火机，转身离开座位。他瞪了一眼故意不看他们的客人，径直朝门口走去。落在后面的平头也抓起自己的香烟和打火机，快步跟了上去。拉门发出一阵粗暴的拉扯声。

“那种人真讨厌！”

她总算发出了声音，但是身体依旧冰冷，声音也有些颤抖。店主回到吧台里面，继续跟客人有一句没一句地聊天。奈津实也想说些话来平复心情，可她不知该说什么好。崎村为什么不看她？他为什么一直盯着桌子不动？

突然，崎村站了起来。他的动作就像脸和肩膀在一个劲儿地往前走，下面的身体被迫跟上一样。直到崎村推开拉门走出去，奈津实才回过神儿来，追了上去。外面传来很大的声音，是崎村的声音。她听不清崎村在说些什么。就在她走出店门时，声音又响了起来。右侧的巷子里露出了崎村的背影，他在跟刚才那两个人对峙。

奈津实张开嘴，正要说什么，却看见崎村的身体朝那两个人撞了过去！

（十一）

"……是有原因的。"崎村的父亲头也不抬地说道。

他的左手握着一直挂在胸前的护身符，目光一直停留在崎村的伤口上。奈津实正在为崎村的伤口消毒。崎村的父亲注视着被染成红色的脱脂棉，不，他注视的恐怕不是脱脂棉！

"这是有原因的。"

崎村猛地扑向两名盗渔者，结果遭到了更猛烈的反击。那两个人仿佛要发泄在居酒屋里受的气，将崎村打倒在地，狠狠地踢了一顿。崎村一站起来，立刻又被打倒。车站门口的人不多，正要走过来的几个人也在听到骚动声之后转身躲开了。

奈津实两腿发软,动弹不得。因为动弹不得,所以她想大声呼救。可是,她的嗓子好像被堵住了,一点儿声音也发不出来。崎村站起来,立刻被打倒;又站起来,再次被打倒。不知重复了多少次,他再也没有站起来。就在这时,尖厉的喊声冲出了奈津实的喉咙。她不记得自己喊了什么。

盗渔者离开后,奈津实搀扶着崎村站起来,走到旁边那条小路的自动售货机旁,颓然地坐在地上。没过多久,居酒屋的店主走出来,担心地查看了一下周围的情况,但是他没有发现被售货机挡住的奈津实和崎村,于是,他又回到了店里。

奈津实一直问他有没有伤到骨头,有没有伤到脑袋,但崎村只是摇头,并不回答。仅仅是做出这些反应,他就痛苦万分。奈津实只能跪在地上,焦急地看着崎村。

大约坐了三十分钟,崎村才动了动手臂,从裤子后面的口袋里掏出钱包,交给奈津实,让她去把居酒屋的账结了,但是不要提刚才的事。奈津实不知如何是好,正在迷茫时,崎村又说了一遍,于是她快步跑到居酒屋,按照他的吩咐结了账。收银的人是秋川阿姨,她一直问奈津实刚才发生了什么,奈津实一个劲儿地搪塞。结完账后,她好不容易回到了崎村的身边。那时,崎村已经能自己站起来了,但由于受伤,他的双腿无法用力,所以需要有人搀扶着才能行走。

他们走到电车站,又换乘了一趟公交车,好不容易回到了崎村家。进门前,崎村让她别说受伤的原因。奈津实为他处理伤口时,崎村也一直没有回答父亲的发问。然而,奈津实却无法保持沉默。

由于被踢到腹部,崎村一路上似乎都在忍耐,回到家中,他终于忍不住去厕所吐了。趁他不在,奈津实把事情的经过都告诉了崎村的父亲。崎村的父亲全程都紧紧地盯着奈津实,等她说完,他移开目光,长叹了一声。其实奈津实也想得到解释。崎村为什么突然跑出去?虽然那两个人说了渔民的坏话,但是以崎村的性格,他应该不会如此冲动。奈津实提出疑问后,崎村的父亲说:"这是有原因的!"同时,他的左手一直捏着胸前的旧护身符。

崎村的父亲没有再说下去。

崎村走出了厕所。他没有回起居室,而是打算上楼,于是奈津实慌忙站起来,扶着他进了房间。

崎村躺在床上,让奈津实先回家去。

奈津实听了他的话,一直忍着的眼泪还是涌了出来。

"请告诉我……你为什么要做那样的事?"

"以后再告诉你。"他盯着昏暗的天花板低声说道,"今天不行,对不起!"

"以后不行!"

她知道崎村浑身都是伤,可是话语就像泪水一样止不住地流了出来。她的胸口感到一阵钝痛。

"我马上就要搬到很远的地方去了,再也不能待在这里了!"

崎村扭过头,看着她。

"因此,在那之前,我想多了解一些你的事!"

过了很久,崎村才再次开口。

(十二)

"我爸是被盗渔者害的!"

崎村告诉了她事情的真相。

去年秋天,他的父亲因盗渔者的暴行而受了重伤。

那是一个不打火渔的满月之夜。那天,临近黄昏时,崎村的
父亲驾驶着轻型卡车沿着西取川沿岸行驶。由于打火渔用的松
木屑所剩无几,他要到西取川上游的木材厂仓库去采购。就在
离仓库不远的地方,崎村的父亲突然发现河边的小树林里有人。
西取川上游的岸边生长着郁郁葱葱的树木,在路边完全看不见
河面。没有人会到那个地方玩水,而且这里属于禁渔区,也不会
有渔民靠近。崎村的父亲觉得有点儿奇怪,但还是先开车去了
木材厂仓库,完成了采购。回去的路上,他依旧惦记着这件事,
便把车停在刚才有人影的地方,走进树林,观察河面。

"然后,他发现有人用最有害的方法捕捞香鱼!"

崎村说,有一种捕捞方法是给鱼下毒。

那些人在上游释放有害物质,感受到水质异常的香鱼就会

浮出水面躲避，并且逃向岸边。这时他们只要撒网，就能捞到很多香鱼。他们只需要在香鱼开始代谢有害物质之前，剖开鱼腹，取出内脏，就不会影响人们食用香鱼。

"那些盗渔者好像不打算这么做，他们将带着内脏的香鱼卖给别人，毕竟那也不是会置人于死地的毒药！"

未经渔业协会认证的鱼通常价格较低，所以有人愿意购买，有些餐饮店的店主也愿意批发。只要量足够大，卖鱼的人就有可能赚到一大笔钱。

"我爸说，那些盗渔者都戴着口罩和墨镜，他们收网的动作特别熟练，有可能是惯犯！"

崎村的父亲正要上前去骂，突然发现上游有一个装了液体的塑料桶。他意识到，眼前这些人是最不择手段的那一种盗渔者！

"河水一旦被投毒，河里的生态系统就会崩溃！"

中江间建筑公司出事那阵子，新闻也是这么说的。

"老爸当时的生活真的很拮据。为了让我实现梦想、供我上大学，他必须想办法攒出学费，因此一个人在家里拼命工作，省吃俭用……"

崎村的父亲冲出去，盗渔者顿时惊慌失措，企图逃进树林中。但是崎村的父亲紧追不舍，一把抓住他，不让他逃走。盗渔者拼命挣扎，但崎村的父亲就是不放手，最后那个人踢中了崎村的父亲的肚子。他的动作越来越狂乱，崎村的父亲紧紧地抱住他,同时大声呼叫警察。那种地方根本叫不到警察,他的话刺激了盗渔者。最后,盗渔者猛地挣开崎村的父亲的束缚,崎村的父亲立刻扑过去,试图重新制伏他。

"那个盗渔者可能觉得自己必须逃脱吧……他朝着老爸胸口狠狠地踹了一脚!"

后来的事情,崎村的父亲就不记得了!

从受伤的情况来判断,他应该是跌出了小树林,后脑勺撞到了河边的石头上,失去了意识。

"到了晚上,有渔民看到停在路边的卡车,认出那是我爸的车,就一边呼唤我爸,一边在附近寻找他。可是无论那个人用多大声音喊,也没有人回应……"

那个渔民猜测,我爸可能是出了什么事,就召集同伴在停车的地方展开搜寻。那天是满月,所以他们的视野还算清晰,不一会儿就有人找到了倒在树林旁边的崎村的父亲。他们很快把他送去了医院。他伤到了脊髓,虽然后来他的外伤痊愈了,但还是落下了半身不遂的毛病!

"报警了吗?"

"没有!"

奈津实吃了一惊,崎村解释道:

"我和其他渔民都坚持要报警,可是我爸说是他先动手的,他也有责任,就没让我们报警!"

崎村说到这里,露出了疲惫的笑容。

"他那就叫一根筋吧！"

九月结束，搬家的日子越来越近了。

奈津实还是像以前那样，雨天放学后就到崎村家去。

她在仓库帮忙干活儿，保养渔具，傍晚时分则与崎村父子围坐在矮桌旁聊天儿。谁也没有再提起那天晚上的事情，以及打伤了崎村的父亲的盗渔者。有时，其中一人会想到那天晚上的事情，其情绪会传染给另外两个人，就像乌云遮蔽太阳一样，瞬间改变仓库里或起居室里的气氛。不过，这种事发生的次数渐渐地变少，他们很快就恢复了从前的状态，至少奈津实觉得是这样。

每次回家前，她都会在玄关与崎村接吻。嘴唇相碰时，崎村会轻轻地扶着奈津实的肩膀，仿佛在触碰一件柔软而易碎的物品。奈津实则攥着崎村的衣服。每当此时，或是回家后独自待在房间里，她就会觉得很害羞，这种情绪的背后还隐藏着茫然的欲求。但是，奈津实会刻意忽视那种感觉。有时躺在被窝里，她会觉得天花板的灯泡突然消失，眼前一片昏暗。那种情绪有点儿像高兴，又有点儿像伤感，剧烈的心跳会透过身体，一直传到冰冷的背部。

崎村答应奈津实，搬家后也会去看她。他的父亲也笑着说，等儿子考到驾照，就让他带着自己到奈津实住的地方去兜风。如果这是真的，那该多好啊！

"我会把新住址告诉你的!"

但是,她决定等到离开那天再告诉崎村自己的新住址,并且也对他这样说了。

奈津实很想告诉他自己真正的姓氏,还有父亲公司的事。如果现在说出中江间建筑公司的事,父子俩可能会再也不想见到她。她相信那是不可能的事,却很害怕所剩无几的日子突然变得充满伤痛。

"难怪你最近总是发呆!"

一个晴天的午休时间,她对真也子说了崎村的事。她问真也子的母亲在哪里工作,得知那天的店员果然就是她,于是便顺势说出了一切。

一开始她只打算做个简单的汇报,但在不知不觉中,她把什么都说出来了。唯有一件事,她借用了真也子姓氏这件事,奈津实不好意思说出口,其他的事都说了,包括每次离开时她都会跟崎村接吻的事。其实,是真也子问了她,她才说的。

"被奈津实抢先了一步啊!"

然而,真也子并没有露出不甘心的表情,反倒显得很高兴。

"只在雨天和满月相见的情侣……真好啊!"

"可是我们很少两个人单独相处,只有刚才说的河边那次,还有居酒屋那次。"

"如果我是你,我肯定会想办法跟他独处!"

真也子大笑了几声,接着沉默片刻,突然露出一脸坏笑,勾着眼睛看向奈津实。

"干什么?"

真也子没有马上回答,而是隔着桌子凑过去,几乎碰到了奈津实的刘海儿。

"既然都发展到这一步了,趁你还没搬走,不如留下一点儿美好的回忆吧!"

"美好的回忆?"

"对,美好的回忆!"

河边那一夜和在崎村家度过的时光都是美好的回忆,她不太明白真也子在说什么。"发展到这一步"又是什么意思?奈津实正不知该如何回答,真也子突然拍了一下手掌。

"不如用我家的房子吧!"

"用它来干什么?"

"那个人的爸爸不是一直待在家里吗?"

"是啊!"

"我妈要上班,很晚才回家,我也可以出去随便转转,打发时间,所以你们可以用我家的房子啊!咱们齐心协力计划这种事好刺激啊!"

奈津实又想了一会儿,这才意识到真也子刚才说的"美好的回忆"并不是话语本来的意思,而是指某件具体的事。那一刻,她感到浑身发烫。

"不要啦！在朋友家见面好奇怪！"

"你可以骗他说那是自己家啊！哦，不过门口写着秋川，会被他发现的！"

听了真也子的话，奈津实心中一惊。

不会被发现！因为崎村一直以为奈津实姓秋川！

奈津实的心跳猛地加速。怎么会有这种巧合？她并非想做真也子心里想的那种事，虽然她不确定真也子心里想的是什么，但是为什么不利用这个巧合，答应真也子的计划呢？如此一来，她说不定能跟崎村度过一段像新婚生活一样的时光。那太吸引人了！

"我……觉得可以！"

听到奈津实细若蚊蚋的声音，真也子顿时瞪大了眼睛。

"真的吗？真的要试试吗？"

由于台风逼近日本，天气预报说四天后有雨。

过了一天，过了两天，过了三天，天气预报依旧没变。

（十三）

"我不熟悉这里，不认识路。我们快到了吗？"

"还有一段路，就在前面！"

她与崎村并肩走在雨中。两个人各自撑着伞，崎村的肩上还背着一个冰盒,里面装着他昨天捕到的香鱼。崎村答应要亲自为她做一道香鱼料理。昨天在电话里提到这件事后,奈津实一直很期待看崎村做饭,以及两个人一起吃饭。

"我还带了一罐啤酒!"

"还是大白天啊!"

"偶尔放纵一下!"

崎村抬头看着她,表情有些僵硬。奈津实也有些紧张,不,是特别紧张!她心里很激动,与崎村相反,她一直忍着,没有抬起头来。她微微地倾斜雨伞,眼前的景色被十月的雨幕所笼罩,仿佛整个小镇只剩下她和崎村两个人。

"能在你搬家之前去一趟你家真是太好了!我一直很想看看奈津实生活的地方!"

奈津实默默地点点头,伸手摸了摸肩上的背包。背包里装着真也子借给她的钥匙。今天在学校,真也子故意用颁奖的动作,把钥匙交给她。奈津实立正站好,恭恭敬敬地将钥匙接了过来。

"就在这里!"

两个人收起伞,走上了楼梯。出租屋共有三层,真也子和她的母亲住在二楼。奈津实虽然来过很多次,但做梦都没想到自己有一天会亲手用钥匙开门。

拉开门,屋里飘出了家中无人时特有的气息。奈津实的母亲是家庭主妇,她很少有回家时家中无人的体验。不过,有时母亲出门买菜,不在家,奈津实不用查看玄关的鞋有没有少,就会先感觉到这种气息。

"我去泡茶!"

虽然崎村带了啤酒,但奈津实还是想泡两杯红茶。

她把崎村带到平时她跟真也子一起玩的里屋,然后去厨房烧水。

过了一会儿,她端着两杯冒着热气的茶回到房间,将茶放在矮桌上。崎村正在翻找冰盒里的东西,好像在刻意回避奈津实的目光。这样一来,奈津实也不好意思看崎村了。崎村从冰盒里提起一个塑料袋,里面装着四条大香鱼。

"这个要马上吃吗?"

"我刚泡了红茶。"

"啊,也是!不好意思!"

两个人在矮桌边相对而坐。

这个房间是起居室兼真也子母亲的卧室,隔扇后面的房间则是真也子的房间。可是那间屋的私人物品太多,进去了可能会露馅儿,所以她已经跟真也子商量好了,不会进去。隔扇也是真也子早上帮她关好的。尽管考虑了这么多,奈津实还是不知道怎么引出话题。

她喝了一口红茶,崎村也喝了一口,茶杯碰到茶碟的声音显得特别响亮。窗外雨声不断。即使两人面对面坐着,屋子里还是充满了寂静的空气,因为这里是别人家吗?崎村会不会也察觉到了异样？奈津实突然有些担心,而崎村则眨着眼睛看了看周围。

"这里跟我家不一样,好像有股香味呢!"

她不太喜欢这句话。

"可能是因为房间比较小吧。"

对话中断,两个人又喝了一口红茶。奈津实突然想起真也子煞有介事的笑容,和她那句"不如留下一点儿美好的回忆吧"。她当时到底在想什么？奈津实没有马上问,后来也没有再追问。她只是借了真也子的家,想跟崎村度过一段独处的时光。她想假装两个人正在享受新婚生活。

崎村放下茶杯,撑起身子,似乎下定了某种决心,奈津实不禁紧张起来。最后崎村说,他想去洗手间。

"在那扇门后面,进了更衣间就能看到。"

崎村走进洗手间后,奈津实开始后悔了。

她没想到气氛会如此尴尬。可是,难得真也子把房子借给她,她也不想白白浪费。洗手间传来流水声,不一会儿,崎村走了出来。奈津实不想让他发现自己在一动不动地等他,慌忙拿起茶杯,假装刚刚喝过一口,又将其放回茶碟上。

两个人再次相对而坐。他们聊了外面的雨,聊了台风,聊了渔期,又聊了奈津实搬家的事。崎村看了看周围说:"你们还没开始做准备呢。"奈津实回答:"我们想到最后一刻一口气收拾完。"事实上,奈津实的母亲早已开始做准备,家中摆满了纸箱,而奈津实一点儿都没有整理自己的房间。

"该做饭了吧？"

崎村拿着冰盒站起来，奈津实也跟了过去。

"我可以用菜刀和砧板吗？"

"可以。"

她已经跟真也子说好了，临走时会把厨房收拾干净。

崎村拿出香鱼，将其放到砧板上，在四条香鱼中，正好有两条的嘴巴吸在一起。崎村见状，连忙拽开那两条鱼，而奈津实则装作没有看见。

"先做背片吧。"

他拿起菜刀扎进鱼腹，前后划动着切开鱼身，取出内脏，将其扔进装香鱼的塑料袋里，再用流水洗净其腹腔。他的动作不太熟练。剖完两条鱼的内脏后，崎村又把鱼身切成了片。"啪嚓、啪嚓"，鱼的骨头切断的声音响起，空气中弥漫着新鲜植物般的清香。奈津实闻着这种香味，想起了什么。

"啊，西瓜！"

"这气味和西瓜的气味很像，对吧？"

香鱼平时吃的都是河底石头上的水藻，因此才会散发出这种气味。

"野生香鱼每天进食水藻的重量跟自己的体重差不多！"

香鱼吃的水藻越新鲜，身上的西瓜味就越浓。为了吃到新鲜的水藻，它们必须争夺地盘，因此，那种气味就会渗透全身，变得更好吃！这也是香鱼强悍的证据。

"我可以用纸巾吗？如果用布来擦砧板,会沾上腥味！"

"我去拿！"

奈津实回到房间,拿起纸巾盒,顺便看了一眼窗外渐渐变大的雨势。窗户朝着停车场,正好有一辆小车闪着转向灯开进停车场。透过雨刷,奈津实看到了司机的脸,那是一个眼熟的女人……

"崎村先生！"

"在！"

"妈妈回来了！"

开车的人是真也子的母亲！她不是整个下午都要上班吗？

"啊,那很糟糕吗？"

"很糟糕！不好意思,我们得赶紧收拾！"

奈津实飞快地拿起茶杯,走进厨房,打开水龙头,草草将其冲洗干净,倒扣在滤水篮里,随后又觉得不行,慌忙拿起来,用洗碗布擦干净,放进了原来的餐具柜里。

"崎村先生,对不起,香鱼！"

奈津实拿起冰盒,崎村把切好的和没切好的香鱼一股脑儿塞了进去,又抓起装着香鱼内脏的塑料袋扔了进去。崎村扣上冰盒盖子时,奈津实飞快地洗干净了砧板。还有什么？应该都收拾好了！她抓起放在房间里的包,拿出钥匙,快步走向玄关……

等一等!

"你先出去!"

奈津实冲进洗手间,打开门一看,马桶圈果然没有放下来。她用力一扣,再次跑向玄关,穿过大门后,转身上了锁。糟糕,还有伞!她强忍着惨叫的冲动,打开门,一把抓起伞架上的两把伞,重新把门锁上。崎村一直在旁边捂着胸口,喘着粗气,然后被奈津实拽着胳膊,跑向楼梯。

就在他们要下楼时,下面传来了甩伞的声音,接着是有人上楼梯的脚步声。真也子的母亲要上来了!奈津实慌忙拉着崎村跑到了三楼。两个人停下脚步,屏住呼吸,竖起耳朵。脚步声穿过了二楼走廊。他们听到了插钥匙、开门和关门的声音。奈津实和崎村蹑手蹑脚地下了楼,经过二楼之后,突然加快了脚步。

"对不起,妈妈她……很严格!"

奈津实费力地解释完,崎村大口喘着气,摇了摇头。

"吓了我一跳!"

他的嘴角浮现出笑意。那个笑容真诚爽朗,仿佛刚打完一场爽快的比赛,与他们的处境毫不相称。看到他的笑容,奈津实也忍不住笑了起来。两个人靠在一起,笑了好一会儿。

没等笑声平息,他们就离开了那里。还没走多远,奈津实就转头回去,按照约定,把钥匙塞进了邮箱,又回到崎村身旁。明天到学校后,她得问问真也子,她母亲有没有起疑。

"真对不起,浪费了你带来的香鱼!"

雨打在伞面上,雨水落下来的声音比刚才更密集了。

"没关系。不过这些香鱼该怎么处理呢?"

崎村看着冰盒想了想,很快就有了一个主意。奈津实也想到了。他们都说出了自己的想法,竟然不谋而合。

前往上上町的公交车很空。

"还有十天啊!"崎村低声说道。

崎村跟奈津实并肩坐在最后一排,凝视着窗外雾蒙蒙的风景。

"还有十天!"

奈津实用手帕轻拭被雨水打湿的袖口。

公交车行驶在空旷的道路上,无数雨滴打在车窗上,时而连成一线,时而分道扬镳,在风中颤抖。奈津实凝视着雨水,突然觉得自己成了一个沙漏,心中的细沙正在一点点流失。

"很久很久以前,地球刚刚形成的时候。"

崎村的声音在嘈杂的引擎声中响起。

"地球自转的速度比现在更快,每五个小时就能转一圈。"

"一天只有五个小时吗?"

"没错。不过,地球的自转慢慢减速,现在它需要二十四个小时才能完成一次自转。而这个让地球减速的物体,就是月球。"

"为什么?"

因为月球的引力……

"月球吸住了地球上的海洋水,导致海平面上升。但是这个过程并不是一蹴而就的,当海平面上升时,地球已经转动了一定的角度。因此,只有在月亮划过天空之后,海面才会上升。"

"上升的海平面比陆地更容易受到月球引力的影响。"①

"这就是地球的自转一直受到限制的原因,月球的引力拉住了上升的海面。"

那月球为何不再增加一些力量呢?那样一来,地球的自转就会更慢,搬家的日子也就没那么快到来了。她和崎村就能待在一起久一些。崎村可能也有同样的想法,才会说起这个话题吧。

后来,直到公交车到达目的地,崎村都没有再说话。奈津实也沉默着,在引擎声中思考着搬家的事情,她与崎村共度的时光,以及那个虚假的姓氏。她一定要在搬家前去看今年最后一场打火渔!她要亲眼看到崎村工作的样子!

而且,明年她也会再来!

---

① 地球在早期历史中的自转速度可能与现在不同,一天的时间长度有变化。地质记录和天文模型表明,地球的自转速度经历了变化,但确切的古代自转周期并不清楚。目前地球需要大约二十四个小时完成一次自转。月球通过潮汐力与地球相互作用,这种力量会稍稍改变地球的自转速度,并且导致地球上的水体产生潮汐现象,即海水的周期性升降。因为水体更容易受到月球引力的影响而产生潮汐,相比之下,固体地表的反应则不那么明显。本小说的部分情节与客观事实略有出入。

"我出门时说了会很晚回来,老爸看到我们肯定会很吃惊!"

崎村拉开门喊了一声,但是里面没有回应。

"老爸会不会去仓库了?"

"我去看看!"

"好,那我就去做饭了!"

崎村提着冰盒走进昏暗的厨房。

奈津实又打开伞,走向了仓库。那里的大门依旧敞开着,被奈津实称为"顶门石"的石头静静地躺在雨幕中。

仓库里传来了崎村的父亲的声音。

有人来了吗?

奈津实不禁放慢了脚步,听见里面传出了另一个人的声音。

"……不骗你。"

她伸头窥视仓库内部,发现那是她上次在公交车站看到的崎村的前辈。她慌忙把头缩了回来。

松泽坐在干农活儿用的箱子上,面朝仓库内侧,另一边则是崎村的父亲。

"我说这种谎话有什么意义?"

他的声音压得很低,似乎压抑着自己的感情。

"你肯定吓了一跳吧!"

崎村的父亲没有回答。

不,他回答了。

"你为什么要做那种……"

"为了生活！如果不那么干,生活就无以为继。万一养殖的鱼传到了这边,我们这些河上的渔民就更没有收入了！我跟你不一样,我就是个单纯的渔民,现在想搞副业也没有土地。虽然我尝试过找工作,但是别人根本不想雇我！"

"那你就往河里下毒吗？"

这到底是怎么回事？

"又不会毒死人！"

"可是你把河里的鱼虾都……"

"人更重要,生存更重要！难道不是吗？老叔！"

奈津实动弹不得,双腿仿佛陷进了湿滑的泥土里,雨声渐渐远去,只剩下剧烈的心跳声。

"但是我不敢再隐瞒了……我知道我必须对你坦白,因此,我才过来找你！不只是你,我打算等今年火渔季结束,就去警察局自首,把一切都告诉他们。当然,你也可以随时报警,你现在就可以打电话报警！"

说到这里,松泽发出了意味深长的笑声。

"不过,你肯定说不出口吧？"

奈津实难以相信接下来那句话竟然是真的。

"在河边推倒你的盗渔者,竟然是与你同船打火渔的人！你怎么说得出口呢？"

耳边传来了鞋子踩在水泥地板上的声音。松泽出现在仓库门口,奈津实迅速贴到了墙上。只见他打开伞,头也不回地踩着泥水走向了大门。他穿着 T 恤的背影和湿漉漉的脚步声渐渐远去。

（十四）

第二天,包括奈津实的学校在内,区内所有的学校都因台风而停课了。

地方电视台的新闻一直在报道受灾情况,部分地区房屋破损,港口也出现了一些损坏,一之桥的桥墩因被西取川的泥沙冲击而受损,整座桥禁止通行。相关部门准备等雨势减弱后展开修复,但不确定要花多少时间。

她扳着指头数了数距搬家还有多少的日子。因为她数了好多遍,所以不可能弄错,就是九天! 只剩下九天了!

昨天,松泽离开后,奈津实回到了崎村身边。崎村正在厨房串香鱼片,他问她父亲的情况,她只好骗他说,松泽正在跟他父亲说话,自己不方便打扰,就直接回来了。说话时,她根本不敢看崎村的眼睛。后来,崎村好不容易做了一桌香鱼料理,奈津实吃到嘴里,却味同嚼蜡,满脑子都在想松泽说的话。她已经很努力了,还是无法装出若无其事的表情。崎村似乎误解了她的心不在焉,一直对她说,自己完全不在意刚才在她家发生的事。最后,奈津实既装不出笑容,也说不出话,只好临时编了个借口,离开了崎村家。而崎村的父亲一直待在仓库里没有出来。

去年秋天，让崎村的父亲受重伤的人，就是他！

那个戴着口罩和墨镜的盗渔者，就是当时跟崎村的父亲同船工作，现在又跟崎村同船工作的松泽！

崎村的父亲后来告诉崎村了吗？现在崎村家的情况如何？从昨晚到现在，奈津实好几次已经走到电话机前，可是就算她拿起了电话听筒，也不敢拨打崎村家的电话号码。

她坐在自己的床边，抱着膝盖，低下头。她的心里也有一场暴风雨，她的心情无比沉重。三棱镜、刻着姓名缩写的梳子、坐在床角的白色小猫玩偶……无数回忆在她的脑海中流转。昏暗的庭院里传来的崎村的父亲的吼声，三个人围坐在矮桌旁聊天儿的时光，崎村的父亲被搀扶着行走的身影，开朗率真、扑向盗渔者的崎村，凝视着血色脱脂棉的崎村的父亲，第一个满月之夜，崎村向她倾诉的梦想——那个不得不放弃的梦想，崎村愉快而又怀念地向她提起的学校的事……

她很害怕，而且难以遏制心中的愤怒，但是与此同时，奈津实也有几个疑问。

松泽为什么对崎村的父亲说那种话？他说不敢再隐瞒，但是他究竟在害怕什么？还有……

"不过，你肯定说不出口吧？"

那是什么意思？

八天后，津奈实搬家的前一天，是西取川火渔季的最后一天。她早已下定决心,那天她一定要去看崎村打火渔。如果在此之前,崎村的父亲没有对崎村提起松泽的事,她该怎么办?她应该告诉崎村吗?如果她告诉了他,又会发生什么事呢?

(十五)

她还没做出决定,那一天就到来了。

黄昏前,奈津实来到了崎村家的仓库。

"大家都说今天是新月,最适合作为火渔季的高潮。因为天很黑,香鱼更容易对火光产生反应,所以我们可以捞到更多的香鱼!"

崎村正在准备渔网和火把。看他的模样,崎村的父亲显然没有提及松泽的事。这八天里,奈津实一直没去找崎村,但他也没问原因。台风过后一直是晴天,崎村可能觉得这就是原因。当然,那的确是原因之一。只不过奈津实之前一直想,最后这几天,就算不下雨也要过来,她只看看崎村的脸,不打扰他干活儿。

崎村的父亲坐在仓库深处的水泥地上,左手抓着杯子,他的旁边放着一升装的酒。奈津实来之后……不,可能在她来之前,他就一直喝个不停。

"我去泡壶茶吧。"

工作结束后,崎村转身走出仓库,奈津实也跟了上去。崎村

从厨房里拿出茶杯,叹着气说:

"老爸这几天一直这样,大白天就喝个不停,喝醉就睡,我做了饭,他也不好好吃,问他怎么了,他又不说!"

接着是一阵餐具碰撞的声音,谁也没有说话。

"之前有一次,老爸喝醉了,突然发酒疯,搞得我很头痛!"

"那是在什么时候?"

"就在我跟奈津实刚认识没多久的时候。那天,他一直说我辍学回来是因为他,情绪激动,怎么劝都不听!"

他说的应该就是奈津实在院子里听到他怒吼的那天!

"我当时特别伤心,后来老爸也很后悔,因此每次看到他毫不节制地喝酒,我就很担心他,他到底在想什么?可是这次他一句话也不说,我就更担心了!"

他一边倒茶,一边开玩笑说:

"他是不是舍不得奈津实搬家啊?"

她努力抬起头,却说不出话。崎村停下倒茶的动作,转头看着她。

"明天一早,你一定要过来!"

当然,她没有忘记两个人的约定!

"我把新住址写好带给你!"

还有她的真实姓名。

崎村端着茶壶和茶杯返回了仓库。他泡了供三个人喝的茶,可能是希望父亲别再喝酒了吧。但是崎村的父亲挥挥手,拒绝喝茶,又拿起酒瓶,给自己倒了酒。崎村的父亲那低垂的双眼仿佛两个空洞。洞底好像深藏着什么东西,深藏着某个人。奈津实坐在崎村的身边喝茶,不时偷瞥他一眼。崎村的父亲几次放下杯子,把手伸向胸口,仿佛在确认那个护身符还在不在。

"对了,我有一件事想拜托奈津实!"

崎村假装开朗地说着,抬头望向货架上方。他的单反相机就在那里,镜头上还贴着万花筒。

"今天是火渔季的最后一天,我想让你帮忙拍一些纪念照片!"

他希望奈津实在岸边帮他拍一些用万花筒拍出来的照片。

"其实我一直很想拍,但是我必须在船上,拍不了!"

奈津实那黯淡的心中亮起了一丝曙光。她想起刚刚认识崎村时看到的万花筒照片拍摄的景物——蒲公英的飞羽、成片的油菜花、火红的夕阳、排成圆形的石子、细小的水滴拖着长长的尾巴。如果打火渔的火把也在万花筒中摇曳,那么它一定很美!

"如果你愿意把相机交给我,那么我可以试试!"

"真的吗?"

这次崎村的声音不再是假装的开朗。

"我过会儿教你怎么使用相机。如果要拍出长长的火光,就要将快门的速度调慢一些。不过,我会用胶带固定住旋钮,这样你就不用自己调了。还有,我希望你把镜头对准我那条船。虽然是松泽先生负责摇火把,但我也在船上!"

"可是我不知道你的船是……"

她想起自己跟真也子去看火渔的那天晚上发生的事。她只能看到河面上的火光,几乎看不清船上的人。

"是啊,毕竟什么记号都没有!"

就在那时,坐在仓库深处的崎村的父亲突然开了口。他的话没头没尾,而且很模糊,听起来像是"什么多放点儿什么"……两个人看过去,只见他盯着水泥地面,又重复了一遍。

"往火笼里多放点儿木屑就好!"

崎村明白了他的意思。

"让火把更亮,对吗?"

原来如此! 这样一来,在岸上的她就能分辨出哪一条是崎村的船了!

"火把更亮,我们能捞到更多的香鱼吗?"

奈津实问了一句,但得到了否定的回答。

"如果是那样就好了! 打火渔不是火光越亮,抓鱼越多! 我以前问过松泽先生,他是这样回答我的。大家平时都只点最小的火。木屑也要钱,而且木屑放多了,火把会变重……啊,对了,火把会变重啊! 松泽先生可能会不愿意!"

"别管那家伙!"崎村的父亲又在仓库深处嘀咕道。

"那家伙就……"

他半张着嘴,没有说出后面的话。

黄昏时分,渔民们聚集在河岸上。

包括崎村和松泽在内,一共有十个渔民,五个执火把的人,五个桨手。

急性子的看客们已经来到河边,他们或是找彼此的熟人低声聊天儿,或是走到水边观察渔船。鳞片状的云朵被染成了红色,风轻云淡。

崎村教了奈津实如何使用照相机,然后跟松泽一起带上渔具,乘坐卡车离开了。两个人把工具装上车时,崎村的父亲一直坐在地上没有抬头,松泽也没有看他。装车结束后,崎村坐上卡车的副驾驶座,出发前往西取川。奈津实则骑上自己的自行车,稍晚一步来到了河边。离开崎村家时,奈津实又回头看了一眼,崎村的父亲一动不动地坐在仓库里,仿佛下一刻就会融化在黑暗中。

"听说今天会有很多看客。"

崎村正在跟松泽一起做开工的准备。

"今天是最后一天,一之桥又禁止通行,无法在桥上俯视河面,那些看客可能都会聚集到河边来。"

因台风而受损的桥柱至今还在修复。打火渔的建网设在桥边,夜间无法施工,才会拖延到现在。施工期间,原本单向通行的二之桥改为双向通行。虽不至于堵车,但下上町和上上町的车过桥时,行驶速度都会有一点儿缓慢。刚才奈津实骑自行车过来时,就看到了许多车辆在二之桥前方排队。

周围迅速暗了下来。

她回过头,太阳渐渐地落到了河堤的另一头,最后一刻,红色光芒凝聚成一线。

"跟你说过了……"

她听见松泽低沉的声音。

"这不是越多越好!"

奈津实的目光转向渔船,松泽正皱着眉,看向放在船底的火把。

"啊,那是因为这个……"

看来崎村还没对松泽解释火把的事情。他神情慌张,似乎想说话,但是说不出口,只能低头看着火把,过了一会儿,他又抬起手抓起一把火笼里的木屑,看起来像是要将其取出来。就在这时,奈津实忍不住开口了。

"我想拍照片!"她举起挂在脖子上的相机继续说道。

"我想在岸上拍火渔的照片,但是怕找不到崎村先生的船,所以希望他能将火把弄得亮一些!"

她并没有故意把这件事揽到自己身上,但话一出口就变成了这样。崎村马上纠正道:

"是我想请她拍照,老爸出了多放木屑的主意!"

松泽毫不掩饰脸上的烦躁。他看了看崎村,又看了看奈津实,接着重新看向崎村,然后喷了一声。那不像是不由自主的举动,而是故意要让别人听到。这让奈津实感到很意外,因为她觉得那是老渔夫对爱徒的态度。

"那你来摇！"松泽看向河面,粗声粗气地说道。

"啊?"

"你来摇火把！"

崎村面露惊讶,接着,他的表情慢慢地变成了喜悦。

"真的可以吗?"

松泽没有回话,也不看他,草草地点了一下头。

很快,夕阳落下去了,夜色笼罩了河岸。由于没有月光,黑暗迅速降临,再也看不见河面,只能听到看客的声音。

黑暗中浮现出一朵小小的火光。火光向旁边移动,忽地膨胀成明亮的火焰,发出"噼噼啪啪"的声音,越烧越旺。两侧的黑暗中又各出现了两点火光,五道光芒几乎同时亮起。没有人喊口令,但是所有人都在此时点亮了船上的火把。看客们发出了低低的议论声。

在火光的映照中,崎村转头看向她,表情很僵硬。

奈津实双手举起了相机。

她看向取景器。朦胧的橙色光芒在万花筒中无限扩散。她按照崎村教的方法转动镜头聚焦,所有朦胧的光点瞬间变得鲜明,在黑暗中有了清晰的轮廓。许多张崎村的面孔在取景器里对奈津实露出了微笑。奈津实按下快门,听见一声脆响,取景器变暗,但很快又出现了同样的景象。

有点儿奇怪。

虽然这是她第一次使用单反相机,但她已经用过好几次普通的傻瓜相机了。每次按下快门,她都能听到胶卷转动的声音。难道单反相机和普通相机在这一方面不一样? 不,难道是……

"崎村先生!"

那天傍晚,崎村在仓库教奈津实使用单反相机。当时,崎村把还剩几张的胶卷全部卷好,拿了出来。他说出发前会放一卷新胶卷进去,可是她亲眼看到那个动作了吗?

"相机的胶卷……"

火光中,崎村的脸突然绷紧,然后扭曲了。他几乎随时都会哭出来。

"对不起,奈津实!"

看来情况跟她想的一样。

"别在意拍照的事情了! 不好意思,让你白白地拿着相机……没胶卷也没办法,算了吧!"

"可是我想拍! 我这就去买胶卷。上次你说的那个上上町的照相馆卖胶卷吗?"

"有是有……"

"上船!"松泽下令道。崎村再次道歉,然后举着火把上了船。松泽把船推出水面,站在船边蹬了一脚。火光渐渐远去。

她真的想拍!

奈津实转身跑上河堤,跨上自行车出发了。她很快就超过了河面上的火光,继续奋力蹬车。前面就是一之桥。由于禁止通行,那上面既没有车,也没有人,连路灯都没亮,整条桥成了一道黑色的影子。她从那个影子的旁边一闪而过。桥头拉着黄色的警戒线。打火渔的建网应该就在下游的不远处。她必须赶在渔船到达那里之前回来，否则就拍不到崎村摇火把了。奈津实拼命蹬车，很快靠近了二之桥。那里依旧排着长长的车龙，但是自行车可以走人行道，所以不用担心！

奈津实全速穿过比一之桥亮堂许多的二之桥。崎村说，真锅相机店就在刚进入上上町的斜坡顶上，然而奈津实担心自己找不到，因为她只知道它大概的位置。她还听说斜坡两边都是油菜花田，但现在已经是秋天了，肯定看不到油菜花。而且，照相馆这个时间还开着吗？如果费尽周折找到了那家照相馆，却发现里面没有亮灯，她该怎么办呢？

这时，奈津实猛然意识到，这里离崎村家更近。上次去崎村的房间，她看到架子上摆着很多胶卷盒子。她不如直接去崎村家，向他的父亲说明情况，从那里拿胶卷，那样更快！

下了桥，奈津实转而朝沿山道路骑去。认识崎村后，她已经骑车走惯了这条路，但这还是她第一次晚上经过这里。她没想到，这条路竟然这么黑！她是不是该放慢速度？不过，这里很少有汽车经过，应该没问题！奈津实没有放慢速度，她顺着自行车上圆锥状的灯光，骑向了漆黑的道路。

她在崎村家门前用力捏紧刹车。车胎摩擦着沙砾，发出沙沙的声音。她停好自行车，穿过门柱与黑松之间的入口，快步跑向玄关。家里没有灯光，难道家里没人吗？如果进不去，那么她跑这一趟就没有意义了。她拍了拍玄关的拉门，没有人回应。她拉了一下门，门没有锁。

奈津实喊了一声，还是无人回应。她索性换上拖鞋，走进去，随手打开了照明灯。她跑上二楼，打开崎村房间的灯，架子上果然放着胶卷。奈津实把相机翻过来，打开其背后的盖子。单反相机安装胶卷的方法好像跟傻瓜相机差不多。她从架子上拿起一个盒子打开，从塑料圆筒中取出胶卷，将其稍微拉出一些，装进相机，盖上盖子，机器立刻发出了转动声。她应该是装对了！

她什么时候能再看到崎村的房间呢？返回玄关时，奈津实心里一直在想这件事。她突然感到一阵强烈的悲伤。她不得不强忍住涌出的泪水，一路小跑地下了楼梯，然后穿上鞋，跑出玄关，途中回头瞥了一眼仓库。崎村的父亲怎么样了？他喝了不少酒，会不会在仓库睡着了？她就这样离开真的好吗？

奈津实跑向仓库。其中一扇敞开的门板已经被风吹得快关上了。她扶着门板往里看，但是里面一片漆黑，什么都看不见。尽管如此，她还是能感觉到里面没人。为了保险起见，她又走进去看了看，崎村的父亲果然不在这里。她的心中同时腾起了释然与担忧，奈津实转身离开了仓库。门前的沙石地面显得莫名空旷。

她跑出去，跨上自行车，掉转车头，冲上黑暗的道路。门口的黑松在自行车灯的光线中一闪而过，树干上的一部分树皮被蹭掉了。

她心里一惊,但不知道其原因。此时的奈津实过度专注于眼前所见,没有察觉到自己看不见的东西。

　　她穿过二之桥,回到沿河的道路,火光已经到达了十分靠近下游的位置。奈津实握紧刹车,顾不上放下自行车脚撑,任凭自行车倒在地上。她匆忙捧起了相机,按下快门,她听见了一声脆响,接着又听到了胶卷转动的声音。她连续按了几下快门,奋力冲向河岸,留下一串响亮的脚步声,吸引了黑暗中的看客们的目光。

　　左边的火光离她越来越近了。她喘着粗气,觉得自己整个肺部都变得苍白,双腿还有些发软。五团火光贴近河面,中间隔着一段距离,缓缓划着"8"字。她一下子就认出了崎村的火把。第二团火光格外明亮。随着火光的移动,对岸的树丛不时被照亮。她端起相机,看向取景器。五团火光化作无数光球,崎村的火把照亮树丛时,她的眼前忽地变亮了。她以前看到过如此美丽的景象吗?奈津实按下快门,等待胶卷转动,接着再次按下快门。以后,她一定要请崎村寄一些照片给她!

　　她已经决定了,在明天搬家的卡车到达前,她要先去崎村家告诉他自己的新地址和真正的姓氏。到时候,她要请崎村把照片寄到新地址去。如果奈津实向他坦白了中江间建筑公司的事情,他还会给她寄照片吗?如果怎么等都等不到,那就打电话给他吧!然后,等她攒够路费,就回到这里来……奈津实正要再按一次快门,却突然停下了手上的动作。

她看见了什么？没有看见什么？

那些景象突然涌现出来。

崎村的父亲不在家里，仓库的半扇门被风吹得关上了，仓库门前空无一人，门柱旁的黑松树的树干上留有剐蹭的痕迹。

她刚才见到平时停在那里的卡车了吗？见到顶住仓库门的石头了吗？

"往火笼里多放点儿木屑就好！"

这是坐在仓库深处喝酒的崎村的父亲说的。

"别管那家伙！"

他的声音如同他的双眼，阴沉而空虚。

"那家伙就……"

火光已经近在眼前，但是奈津实无法按下快门。

"我爸爸小时候跟同学比赛，还拿过冠军呢！那时候他们都管这叫'打水母'。"

五团火光缓缓流动，流向一之桥前方的建网。

"在河边推倒你的盗渔者，竟然是与你同船打火渔的人！你怎么说得出口呢？"

奈津实转头看向身后的黑暗。

"你来摇火把！"

她开始奔跑。

奈津实跑上河堤，扶起地上的自行车，跨了上去。火光渐渐地靠近一之桥。等奈津实来到桥头时，第一团火光快要消失在桥下了。她甩开自行车,越过桥头的警戒线。黑暗中有一个影子,那是一个人影。他站在桥中央,仿佛一个扭曲的木瘤。那个人影一动,桥下便传来了巨大的响声。奈津实趴在栏杆上探出身子。火光不再描绘"8"字,只在黑暗中困惑地颤动。不,有一点火光没有动。她又听见一声大喊,紧接着是好几声大喊。她眼角的余光瞥到那个人影离开栏杆,一瘸一拐地消失在黑暗中。

(十六)

"在这里等我!"

她从父亲的车上下来,这里是医院的停车场。

"求求你!"

奈津实艰难地挤出这句话,然后迅速转身,背对着父亲,穿过漆黑的停车场。现在已经是深夜了,周围一片黑暗,只有急诊大楼门口的灯光还在闪烁。

奈津实从一之桥走到河边时,打火渔的船已经全部靠岸,看客也都疑惑地围了过去。不一会儿,人群就聚集在其中一条船的周围。船上有两个人,其中一个半跪着,不停地大喊着。那是松泽。松泽面前的火光中躺着一个人,那是崎村。他一动不动,不,他的一只手仿佛发条用尽的玩具一样,轻轻地颤动了一下。他满脸是血,整个人被火光映照得通红。

救护车到了。急救人员发出此起彼伏的喊声,将崎村转移到担架上。松泽紧随其后上了车。救护车打开急救灯,忽明忽灭的红光照亮了周围的景物,随着鸣笛声远去。奈津实向周围的大人打听救护车的目的地,但是每个人的回答都很含糊。离这里最近的急救医院远在二十公里之外,然而并非所有需要急救的患者都会被运送到那里。她不知所措,决定寻求父亲的帮助。只要知道崎村被送到哪里,她就能请求父亲开车带她过去。

她骑车回到家,却没有看到父亲的车。

"这边的一些朋友要给你爸爸开送别会。"

母亲正在起居室封箱,看到奈津实那副样子,便站了起来。

"小奈,发生了什么事?"

奈津实说,她需要爸爸开车带她去一个地方。

"你爸是开车出去的,应该没有喝酒。"

但是母亲不知道他什么时候回来,也不清楚送别会的地点。

幸好电话机并没有被装进纸箱,于是奈津实决定给急救医院打电话。她找不到电话簿,就转身问母亲,可是母亲已经不记得把它放在哪个纸箱里了。奈津实冲出家门,找到最近的电话亭,翻阅电话亭里的电话簿,给周边的急救医院打电话。打到第三个,她终于问清了崎村的去向。她在电话里无法得知崎村的情况,便记下了医院地址,一边反复默念着地址,一边跑回家,将地址写在了便笺上。

深夜,父亲终于回来了。她对一直很担心她的母亲和父亲解释说,她的一个好朋友受了伤,被送到医院去了。父亲带着她,开了将近一个小时的车来到了那家医院。

她走进了亮着灯的急救大楼。

医院里面很安静,让人难以相信几个小时前,满脸是血的崎村被送到了这里。前台没有人,桌子上放着一台对讲机。

当她走向前台时,发现大厅深处的墙边有个人影。

崎村的父亲拄着拐杖,目不转睛地看着她。

奈津实站在寂静的大厅里,一言不发地接受他的凝视。崎村的父亲目光浑浊,但是目光深处却隐藏着几分锐利。此时,奈津实明白了,这个人知道奈津实在桥上看见了他。

"崎村先生……"

奈津实一步一停地走过去。崎村的父亲的表情没有变,他那布满血丝的眼睛一直注视着她。

"死了!"

尖厉的耳鸣穿透耳膜,瞬间在她的大脑中回荡起来,宛如宣告一切已经终结的警报。崎村的父亲目光一转,看向了通往大楼深处的走廊。他的身体开始挪动,拐杖支撑在瓷砖地面上,一点点地转身,然后迈开步子,走向他目光看向的方向。他的动作跟奈津实在一之桥上看到的身影一样,颤颤巍巍,一起一伏,继而消失在了拐角处。

奈津实想不起后来的事情。她只记得自己不断重复着"死了",在父亲的搀扶下回到车上,窗外不知何时落下了雨滴,无数的雨点在路灯的映照下,拉着长长的白色尾巴,如同烟花一般,覆盖了她的视野。

我没想到自己会听到这样的故事。

母亲结束了漫长的讲述,似乎已经精疲力竭,她靠坐在房间的角落里,凝视着地面。

我面向母亲,旁边的衣橱门微微开了一条缝。我小时候用过的婴儿床被拆解,用塑料绳捆成一包,放在衣橱的角落里。

十五年前,母亲跪坐在那张婴儿床前,哭着对还不会说话的我倾诉了许多事。十五年后,我又从母亲口中听到了详细的故事。

我说我想趁她还在世时听到她的故事。母亲犹豫了很久,拉开卧室衣橱,凝视着已经好久不用的婴儿床,对我讲述了这些事。

虽然有个人因母亲而死,然而并不是母亲杀死了那个叫崎村的人。动手的人是崎村的父亲。尽管如此,母亲还是为此后悔了整整二十七年!她的性格真是让她自己遭罪!

"没想到外祖父竟然是那样的人!"

我双手撑在身后,伸直了双腿。

"虽然他现在也很严厉,但我没想到他以前是个喜欢大吼大叫的人!真是出乎意料!"

母亲花这么长时间对我坦白了如此重要的事,而我却说出这样的话,她一定感到很困惑。

"我觉得,他大吼大叫并非出于本意。公司倒闭了,又不得不搬家……当时父亲一定很痛苦!"

"哦……"

外祖父带着一家人搬到神奈川后,先在熟人开的建筑公司里工作了一段时间,然后辞了职,开了自己的新公司。这次,他没有创办建筑公司,而是创办了一家专注于研究净化水质的药品和机器的公司,目前,这家公司已经在日本全国拥有五家分公司。妈妈在神奈川县读完短期大学后,进入外祖父的公司担任文员,并与身为公司业务员的爸爸相识并结婚。五年前,外祖父将公司总部迁至下上町,我们全家也随之搬来这里。如今,我父亲担任了公司的副社长。

"外祖父把公司总部搬到这里,是因为他以前不小心泄漏了那种东西,导致西取川受到了污染吗?"

母亲听后,点了点头。

"他刚开始经营公司时就曾说,未来一定要改善西取川的水质。尽管泄漏出的消石灰本身不足以对水质产生重大影响,但在我们还没搬走时,西取川的水质就已经恶化。此后,水质一直没有得到改善,你外祖父一直对这件事感到忧虑!"

去年春天,外祖父公司研发的水质净化药剂终于被县政府批准上市,可以用于西取川的污染治理了。

我想,消石灰泄漏到西取川时,如果外祖父没有隐瞒,而是如实公布消石灰泄漏的情况,说不定中江间建筑公司就不会丢掉那个护岸工程的项目,也就不会倒闭了。简而言之,正是因为外祖父的隐瞒,西取川的水才能变干净。看来,谎言和隐瞒有时也会带来好的结果。想到这里,我不禁感到有些高兴。

"我终于明白妈妈为什么不愿意搬到这里来了!"

"你知道我不愿意搬过来吗?"

我告诉她,外祖父提出搬家那天的深夜,我看到妈妈在独自哭泣。

"如果你不想搬过来,直接说就是了!"

母亲慢慢地点了一下头,似乎在沉思。

"其实我也希望父亲能实现自己的心愿。那时,我们不得不离开,父亲真的很后悔,也很悲伤!"

母亲总是这样,做什么都要为别人着想。她把数码照片打印出来,做成相册,是为了等自己去世后,家人能尽快调整好心情;她先去拍好遗照,是为了让大家做好心理准备。母亲虽然没有说出来,但是我明白她的想法!我们大家都明白!

"在你去世之前,我们去给崎村先生扫墓吧!"我盘起双腿,说出了一直藏在心里的想法,"我可以陪你去!"

"可是……"

"如果你不知道他的墓在哪里,可以问问他的邻居。你还记得崎村先生家在哪里吧?他的父亲也死了,现在他的家里可能没有人,但是我们也可以过去看看,向邻居打听一下啊!"

母亲花了整整一个星期，才下定决心故地重游。

"这里跟母亲搬家前一模一样吧？"

山边的道路年久失修，到处坑坑洼洼。

道路左侧是一大片农田，右侧是间隔很远的住房，每座房子都很古老，偶尔会出现一座崭新的房子。所有房子都有特别大的庭院，这在我们住的市区肯定是见不到的。

我的背包里放着一台单反相机。那是二十七年前崎村先生交给母亲，后来母亲再也没有机会还回去的东西。母亲平时把它放在衣橱最深处，跟自己不穿的衣服一起保存在同一个纸箱里，今天才拿出来。

母亲说，如果我们能打听到崎村先生的墓地，她想把相机带过去。但是，如果一直把相机放在那里，墓地管理机构的人可能会为难，所以，最后我们可能还会把相机带回来。以后该怎么处理它，母亲还没想好。我则暗自打算把相机据为己有。如果将它放回衣橱里，母亲去世后，别人看见它，一定会问它是从哪儿来的。与其在那一刻含糊其词，我还不如将其拿来用。我决定，回来的路上就跟母亲商量这件事。

母亲的步子变慢了。

前方出现了珊瑚树的篱笆，还有水泥门柱。门柱前面有一片笔直纤细的褐色竹子，那应该是箭竹。箭竹丛中间还有一个已经变得漆黑的老树桩。

是这里吗？

门柱上贴着名牌，但是从侧面看不清。我走过去想看看这家人姓什么，突然，一个男孩儿从门里跑了出来。他可能是一个小学低年级的学生，也可能是一个长得比较稚气的小学高年级学生。见到家门口有人，男孩儿像漫画里的人物一样，猛地举起双手，停下脚步，害羞地笑了笑，然后慢悠悠地走了起来。

"源哉，水壶……"

院子里传来一个声音。

我转过身去，看见一个戴眼镜的男人拿着水壶，站在新建的两层小楼门口。

"来，请用吧！"

我和母亲并排坐在矮桌旁。

"那里还有点心，请随便吃！不过，那都是邻居们因为父亲的事送过来的……"崎村先生困惑地说道。

他一定不知道，我们比他困惑几十倍！

"那个……真是好久不见了！"

崎村先生尴尬地笑着，慌乱地坐了下来，"夏天、秋天"地念叨了一阵，然后眨着眼睛问：

"你现在姓什么？"

"藤下。"

母亲的声音如同耳语。那当然不是因为见到了过去的恋人而害羞,而是因为本应死掉的人竟然活着!

"藤下女士,"崎村先生重复了一遍。我在旁边目不转睛地打量了他一会儿,觉得这个崎村先生比我想象中更苍老一些。他的身后有一座佛龛,佛龛上摆着一位老者的遗照。遗照中,那位老者的表情跟我在照相馆看到的遗照中的老者的表情很不一样。照相馆里的遗照中的他面带微笑,而这张照片却咧着嘴大笑。线香的轻烟拂过遗照表面,那是我和母亲刚才点燃的线香冒出的轻烟。

"刚才",母亲扭捏地解释道,"我们在照相馆看到了崎村先生父亲的照片,才找到这里来。"

其实,她说的话真假参半。崎村先生说,他的父亲几年前得了心脏病,大约两个月前去世了。

"刚才那个男孩儿是你的儿子吗?"

母亲看向左侧的窗户。院子里的草坪在艳阳下显得格外翠绿,不过,屋子里的空调让人感到凉爽。

"嗯,是的,他今年十岁了。他叫源哉,跟我的'源'相同,都是那个带有'三点水'的'源'字,'哉'则是'呜呼哀哉'的'哉'。"

崎村先生慌慌张张地挥舞着双手解释了一番,然后含蓄地看向我。

"那位也是……"

"对,是我女儿。"

接着,大家都沉默了。

母亲和崎村先生都不说话,过了一会儿,我忍不住想开口问:

"崎村先生不是死了吗?"

我还没来得及发出声音,母亲就说话了。

"那个……崎村先生很久以前打火渔的时候……不是受伤了吗?"

"你不是受伤后死了吗?"我在心里补充道,同时观察着崎村先生的反应。他的反应让我很意外,因为他缩着脖子笑了笑,露出羞涩的表情:

"那次是挺糟糕的!"

他差点儿被他的父亲杀死,怎么还能笑得出来呢?

"我不知道你究竟知道多少。当时有人从桥上扔了一块石头,狠狠地砸中了我的脑袋,后来我就被送进医院了。幸亏石头没击中天灵盖,我没有颅骨骨折!"

也就是说,二十七年前,崎村先生的父亲在医院对我的母亲撒了谎!崎村先生明明没死,他为什么要骗她说他"死了"呢?

"等我醒过来,治疗已经结束了。不过,我毕竟是伤到了脑袋,还需要接受很多检查,就一直在医院待到了第二天傍晚。虽说我受的伤不算致命,但还是挺严重的。跟着救护车送我到医院的松泽先生——你记得他吗?就是那个渔民前辈,那个眼神很凶的人。那年渔期结束后,他就不当渔民了,后来一直在做别的工作。那位松泽先生当时特别担心我,可见我的伤势真的挺严重的！"

崎村先生抬起双手，拨开头发，露出了额头旁边靠近右耳的位置，那里有一道纵向的伤疤，长度大概有四五厘米。

"要是击中头顶，我可能就死了！"

母亲肯定也跟我一样，满脑子都是疑问。她沉默了片刻，愣愣地看着崎村先生的脸。我则在旁边陷入了沉思。崎村先生的父亲之所以对母亲撒谎，会不会是因为这件事？因为松泽先生害崎村先生的父亲受了重伤，间接导致他的儿子放弃了梦想，所以崎村先生的父亲想报复他。可是中间出了点儿差错，他搬起石头砸了自己的儿子，闹了个大乌龙。母亲跟崎村先生在一起，可能会揭穿他父亲，所以他父亲决定骗母亲说崎村先生死了，让她忘掉崎村先生，搬到神奈川去……

不对，这有点儿说不通！

母亲在旁边缓缓吸了一口气，然后发出了宛如叹息的声音。

"你知道……是谁对你……"

崎村先生闻言，马上凑了过来，仿佛母亲问到了特别重要的问题。

"我也不知道！"

"不知道……"母亲喃喃道。

"当时台风不是把一之桥冲坏了，那座桥禁止通行了吗？因此，桥上和桥的两端都没有人，没有人看见是谁扔的石头！警察好像还做了调查，没有一个人看见！"

看他的样子,不像是在撒谎。

我能猜到母亲此时正在想什么。她该从何说起,怎么说呢?那天夜里,她看见的那个桥上的人影,会不会就是崎村先生的父亲? 一定是他! 崎村先生的父亲不可能与这一切无关! 她赶到医院时,崎村先生的父亲就站在那里,仿佛在等她,还对她撒谎,说崎村先生死了!

"后来,我回到家,查到了崎村先生被送去的那家医院。"

崎村先生露出意外的表情,眉毛耸到了镜框之上。

"然后,我请父亲开车送我去了医院。"

"真的吗?"

"真的。我到医院后……"

母亲突然停住了。

然而,过了一会儿,她再次开口,却撒了一个谎。

"我问了医院的工作人员关于崎村先生的情况,他们说暂时不能探视,所以我只好回家了。第二天早上,我搬走了,再也没有机会联系你了!"

"原来是这样啊! "

崎村先生的目光落在矮桌上,缓缓地吐出了一口气。

"后来,我很想联系你,可是你搬家后……"

他抬起头,看了我一眼。

"没关系,我已经把崎村先生的事告诉这孩子了。"

母亲并没有说那是短短一周前的事。

崎村先生喝了一口茶,独自沉思了片刻,再次开口道:

"由于我不知道你搬家后的地址,实在不知道怎么办,就到你原来住的地方去了,结果那里竟住着人!我猜测你们的搬家计划可能延期了,于是对来开门的阿姨说:'请问奈津实小姐在不在?'谁知她露出了很惊讶的表情,对我说,她的女儿叫某某某,是一个陌生的名字。我听后,整个人都蒙了!"

那个人说的名字,应该是真也子。

母亲和真也子后来再也没见过面。她把神奈川的新地址告诉了真也子,所以搬家后很快就收到了真也子的明信片。可是,母亲没有回复她。这件事的确让人感到惋惜,然而母亲说,她真的不想回忆起这个地方了。如果母亲回复了她,把新家的电话号码告诉了她,并且跟真也子保持联系,她说不定会得知崎村先生还活着的消息!毕竟有人从桥上扔石头砸到打火渔的渔民且害渔民受了重伤的消息,应该算是一个大新闻!

我们搬到这里后,母亲好像去过一次真也子住的地方。因为那一带已经被改建成了大型公寓楼,所以她没找到真也子。

"因为我看到那门口的确写着秋川的姓氏,所以直到现在都想不明白这究竟是怎么回事。不过,那也已经不重要了。"

崎村先生虽然这样说,但其实他应该想知道答案,因为他偷偷地看了母亲一眼。

母亲会把一切告诉他吗?她会告诉他,自己用了虚假的姓氏吗?她会告诉他,住在出租屋的其实是她的朋友,秋川也是她借用的姓氏吗？她会告诉他,其实她叫中江间奈津实,是往河里泄漏了消石灰并被迫离开这里的中江间建筑公司社长的女儿吗？不,她一定不会说。相反,她会这样说:

"会不会是你弄错地方了？"

果然如我所料。

"那应该不是我住的地方,因为那里正好住着一户姓秋川的人,所以你以为是同一座出租屋！"

"果然是这样啊……"

崎村先生被骗了。他使劲儿挠着清爽的短发。

"我只去过一次,而且那天还下着大雨,所以我也不太确定……那天,我凭感觉走到那一带,正好看见那个出租屋,门上又挂着秋川的名牌……"

"原来是弄错了啊……"崎村先生再次挠了挠头,然后扑哧一笑,紧接着大声笑了起来。他果真和母亲描述的一样,我忍不住也跟着笑了,连旁边的母亲也笑了起来。

大家的笑声渐渐平息,谈话终于来到了关键时刻。

崎村先生的父亲为何对母亲撒谎？如果不问清楚这个,我们都不会甘心。

"你的父亲是在家里去世的吗？"母亲问道。

"不是,他是在医院去世的。现在应该很少有人在家里去世了吧。照相馆里的那张遗照,是父亲最后一次住院前突然想起来去拍的。后来趁源哉去上学,我就跟他一起去了。"

当时,崎村先生恐怕没有想到,多亏有了父亲的遗照,母亲才会带着我出现在他家的门口。

"对了,关于我父亲,其实我有些话要告诉你。可是说出来真的好吗?怎么办呢?"

崎村先生回头看向佛龛。那里供奉着他父亲的遗照,照片上是他爽朗的笑容。我们刚才点燃的线香不知何时已经燃尽了。

"唉,说吧!"崎村先生苦笑着低声说道,他重新转向母亲。

"我必须替父亲向你道歉!"

"是向我吗?"

"是的。我父亲不是受了伤,腿脚有点儿不灵便吗?虽然这个病在逐渐好转,但最终没有完全康复……我想道歉的是我们没有把他受伤真正的原因告诉你。"

崎村先生停顿了一下,再次转头看向佛龛,但在半途中改变了主意,又转了回来。

"原来,他并不是被盗渔者打伤的!"

母亲和我同时惊呼一声。

"什么?"

"他说他被盗渔者打伤了,其实是假的!"崎村先生深吸一口气,继续说道,"父亲去世前,突然在医院向我坦白了。二十八年前,他在河边发现盗渔者,并与之发生冲突,随后受伤。这是他之前的说法,对吧?他确实与盗渔者在河边发生了冲突,但这件事发生在我父亲受伤的一个星期前!他为何在与盗渔者发生冲突后的一个星期才受伤？"

他为何在与盗渔者发生冲突后的一个星期才受伤？

"发现盗渔者后，我父亲跳出树丛，吼了一声，接着就跟他打起来了。到此为止，他说的都是真的。可是他打不过对方，说白了，就是他和对方的体能差距太大。后来我父亲害怕，就退回去了。对方见他那样，就大摇大摆地收拾东西离开了！"

崎村先生的父亲耻于说出这件事，就没有把真相告诉任何人。

"他一方面觉得羞耻，一方面又特别不甘心。从第二天起，父亲每天都开着车到西取川上游去，有时还下车到河边去蹲守，想再遇到那个盗渔者，教训他一顿。而且，他每次都带着干农活儿用的铁棍，但是不打算真的用，只是想吓唬他！"

然而，那个盗渔者——松泽先生并没有出现！

"其实想想也知道，就算对方还要继续盗渔，肯定也会换一个地方！说不定父亲心里也清楚，只是想平息自己心中的羞愧和不甘，才一直去蹲守的。"

与盗渔者发生争执的一个星期后，有一天，崎村先生的父亲来到西取川上游，拿着铁棍往河边走。

"结果，他脚下一滑……"

树丛里的他失去平衡，顺着斜坡滚了下去。

"他自己也记不太清楚了，我觉得他最后应该是后脑勺撞到了河边的石头上，然后晕了过去……再后来的事情，就跟他以前对我说的一样了。"

那天晚上,有人发现了他的卡车,马上喊来其他渔民展开搜寻,最后在离树林不远的地方发现了仰天倒下的崎村先生的父亲。

"在医院醒过来后,父亲说了谎,说他是被盗渔者打伤了。那个谎言一旦说出来,就再也收不回去了!"

他只能将那个谎言当成真的来说。

"他一直想说出真相,然而他的伤势让我不得不离开东京,回到这里。母亲去世后,父亲一直将帮助我实现梦想视为人生目标。然而,他却因自己的疏忽大意而毁掉了我的梦想……他当时的确反复说过好几次'这都怪他'……"

而实际上,这确实怪他!

他没有被盗渔者打伤,是他自己不小心跌倒受伤了!

"那么,你父亲受伤后不让别人报警也是因为……"

"他只是害怕谎言被揭穿!"说完,崎村先生长叹一声,"我那老爸,真是谎话连篇!"

此时此刻的我,比看到崎村先生还活着的那一瞬间更惊讶!

母亲一定也是这样的!

我把刚才那些话整理了一遍,是这样的:

我和母亲一直都以为,崎村先生的父亲从一之桥上扔石头是为了报复松泽先生,报复他害自己受重伤,还扰乱了自己和儿子的人生。可是不对,松泽先生已经决定,最后一场打火渔结束后,他就去向警察自首。他虽然没有打伤崎村先生的父亲,然而,人们都对这个故事深信不疑,即使他还没有暴露身份,心里也很害怕。因此,他才决定干脆去找警察把话说清楚。然而,他那样做会导致什么样的后果呢?

崎村先生父亲的谎言会被揭穿!

而他父亲不希望谎言败露。于是,他就从桥上推了一块石头下去。那天,松泽先生恰好把摇火把的活儿交给了崎村先生!于是,那块石头就砸到了他的儿子,还让他受了重伤!

现在,我总算理解崎村先生的父亲为何在医院对母亲撒谎了。那一定也是为了他自己!崎村先生的父亲知道我母亲看到了他推石头的事,而她有可能会把这件事告诉崎村先生!这是他绝对不想看到的!于是,他选择了撒谎。他希望只要自己说崎村先生死了,母亲就会把自己看到的一切藏在心里,搬到遥远的地方去!而事情的确变成了这样!

这个人怎么这样啊!"谎话连篇"这个词都无法形容他的恶劣!

"不过……说托他的福可能有点儿奇怪,总之,我现在的生活还算幸福。要是一直留在东京追逐梦想,我可能落魄得连饭都吃不起了!现在,我们的地种得不错,打火渔也是我们打得最多!"

崎村先生负责摇火把,他的夫人则负责划船。

"刚才你也看到了,我的儿子也很精神!"

崎村先生说到这里,我的心突然跳了一下。这种感觉很难形容,就像心里有另外一个自己,还陷入了疑惑——我还没弄清那是什么感觉,崎村先生又说了起来。

"父亲去世时,我打开了这个……"

说着,崎村先生转过身,从佛龛上拿下一个破旧的布袋。那个布袋原本应该是红色的,现在已经有些发黑了。

"这是我父亲从来不离身的护身符!"

崎村先生打开袋口,从里面取出折成一小块的……那是什么?

他仔细展开,那东西原来是张陈旧的作文纸。由于折叠的次数过多,上面的铅笔字迹已经看不清了,但是软趴趴的纸张右侧写着"崎村源人"的名字,还能看清作文标题。崎村先生念了出来。

"诚实的父亲……"

念完,崎村先生忍不住笑了。

"这是我上小学时写的作文。那时的我可傻了,一直在描述父亲多么诚实,多么讨厌谎言,是一个多么正直的人。直到最后我才发现,原来父亲一直把这篇作文挂在胸前,他一直想做一个诚实的人!然而,在他受重伤时,他还是忍不住撒了谎……"

崎村先生把作文纸放在矮桌上,双手握住茶杯。

"可能正是因为这个护身符,他才没能把真相说出口,因为我一直坚信父亲就像作文中那样诚实！"

崎村先生把我们送到了门外。

洒满阳光的院子一角有座仓库，仓库外墙的油漆很新，仓库门前停着一辆卡车和一辆轿车。

此时我才想起背包里还装着一台单反相机。我拿出相机，递给母亲，听见崎村先生"啊"了一声。

"对不起……错过了还给你的机会！"

母亲把相机递给崎村先生，她的样子看起来真的很惭愧！这也难怪，因为崎村先生可能觉得母亲带着他的相机跑了！

"没关系，我本来就想把它送给你作纪念！"

真的吗？

崎村先生说的有可能是真的。

"里面还装着胶卷。我很想拿去冲洗，但是一直都犹豫不决。"

"现在胶卷可能已经无法冲洗出来了，不过，我还是试试看吧！"

我和母亲向崎村先生低头行礼。他也同样低头回礼，并嘱咐我们路上小心。我们两个人按原路返回，走了几步后，回头一看，发现崎村先生仍站在原地未动。于是，我们三个人再次鞠躬。

最后，我和母亲一起走到了公交车站。

"崎村先生的父亲到最后都没说是自己扔的石头呢！"

"我觉得这样处理挺好。"

我点点头，觉得她说得有道理。

有时候，将一个谎言坚持到底也是很重要的。

"妈，你对崎村先生的父亲有什么想法？"

太阳照得大地泛白。

"我……"

过了好久，母亲才回答。

"很感谢那个满口谎言的大叔！"

"为什么？"

"多亏了他，我才有了小步啊！"

母亲微微地抬起头，看向道路前方。我看着她的侧脸，突然想起了刚才那种奇怪的感觉。刚才崎村先生提到他的儿子时，我心中闪过了一种感觉——现在，我终于知道那是什么感觉了！

如果崎村先生的父亲没有撒谎，母亲后来可能会跟崎村先生在一起，他们甚至可能会结婚。那样一来，我就不会来到这个世上了！不仅是我，还有刚才的源哉君！

我也很高兴能被母亲生下来！

不过，那句话还是脱口而出了。

"如果崎村先生跟妈妈结了婚，那他年纪轻轻就会失去伴侣了！"

凹凸不平的道路散射着炫目的阳光，直刺我的眼底。

"是啊！"

母亲没有生气,而是像刚才一样,微微仰着头。

"真的不告诉他吗?"

"什么?"

"你快要死了!"

不行了,真的不行了!

"这种事不需要特意说出来!"

母亲又笑了。

母亲希望我们在她死后也能快乐地生活,因此她才会一直不把自己的死当成一回事。我很理解母亲的心情,真的理解,一直都理解!

我突然感到双腿无法动弹。我想继续前进,却抬不起腿来。无论我怎么用力,都无法抬起腿。母亲也停下脚步,歪着头,看着我。

"我觉得,妈妈太相信别人说的话了!"

我必须用力绷紧鼻子才能说出话来!

"有可能啊!"

"别人说的谎话你也相信,你真的好傻!"

"是啊,我真的很傻!"

"你最好多点儿疑心!"

不行了! 我一直努力支撑着的不想动摇的东西,开始剧烈摇摆! 不行了!

"拜托你怀疑一下啊!"

"那我以后听你的！"

"怀疑啊！"

我从喉咙里挤出声音，就像狂风穿过细小的缝隙。

"你总是相信我说的话，从不生气，妈妈真的好傻！你可以生气，可以直说，可以让我们伤心。你可以说等你死了，大家都会为你伤心，上不了学，上不了班，要为你大哭一场！所有人都撒谎，妈妈也撒谎！你都快要离开我们了，都快要再也见不到我们了，却还能笑得出来，你才是最大的骗子！"

我的脸很冷，手脚也很冷，浑身都没有力气，眼泪和鼻涕不停地流，呼吸困难。

"是啊！"母亲回答了我一句。

我还想说点儿什么，但无论我说什么，都只会让自己哭得更厉害。我抽泣着，努力吸气，试图找到能让我停止哭泣的话。

"我不想就这样回家！"

"好呀，我们去哪里？"

"去河边！"

"我也想再走一走。"

我们又走了起来。耳鸣渐渐消退，取而代之的是鞋底踩踏沙砾的声音。我不知道自己为什么想去河边。或许，我想亲手触摸一下正在变清澈的西取川的水。

第二章　口哨鸟

穿过镜影馆的大门，一个矮小的女性工作人员走上前来，迎接了我。

她离开柜台，微笑着朝我走过来。这个人可能比我年轻一点儿，大约三十五岁，眼睛下面的两抹卧蚕很是可爱。有些人把卧蚕称为泪袋。不过，那对泪袋的主人总是面带笑容。也许正因为这样，它才被称为泪袋吧。我正出神地想着，她已经走到我的面前了。

"欢迎光临！"

她双手交叠，似乎在等我开口说话。

她之所以没有主动提问，可能考虑到了这家店的特殊性。万一说错了什么话，肯定会激怒客人。但也可能因为我还不到四十岁，走进这种店实属罕见。

"我能稍微看看吗？"

我指了指店内。

"好的,请随便看!"

我绕过她,走向前方的木架子。架子上摆着间隔稀疏的相框样品,每个样品下方的介绍文字的字体都很大,想必是为了照顾视力不好的客人。

"您是替哪位……"她含糊地问道。

"啊,不是的,我也不是为了自己。"

"哦……"

"其实,我认识这家店的老板!"我揭晓了答案。

她惊呼一声:

"真对不起,我先生有事出去了!"

这回轮到我惊讶了。

"啊,您是他的夫人?"

"是的,我这就联系他……"她慌忙说道。

我又赶紧叫住她:

"不用了,不用了,我是突然过来的!"

"他应该很快就会回来的!"

"那我就在店里四处看看,等他回来,如果不打扰的话……"

我不好意思让她多虑,就故作悠闲地贴着架子走了起来。门口的右边有一排进深较大的架子,上面摆了很多老年人的照片,全是彩照。我不禁想,这种照片什么时候开始不再是黑白的了?

"这些都是……"

我转头看她，她浅笑着点点头。

"都是遗照。"

镜影馆是日本国内罕见的专门拍摄遗照的照相馆。有需要时，客人就会到这里来拍摄遗照。这里的老板在信上告诉我，有的人甚至会远道而来。

"原来遗照不仅会被放在客人家里，还会被陈列在这里啊！不对，这好像不该叫'陈列'吧。"

"那倒不是，几乎所有客人都会说'陈列'。虽然这么说有点儿奇怪，但也没有别的固定说法。"

她站在我旁边，解释了陈列遗照的原因。很多到店里来的客人都是为了拍遗照纪念自己的一生，因此要在多张遗照中选择一张时，往往很难做出决定。大部分客人在两张照片二选一时，很难做出最后的选择。此时，店家就会提议，不如一张放在家里，一张放在店里。

"当然，客人还健在时，我们不会把留在店里的遗照摆出来。它跟另外一张遗照一样，只有在客人去世之后，我们联系客人的家属并获得其同意，才会摆出来。"

我转向木架子，凝视着那些面孔。他们都是已逝之人，表情却都活灵活现。不过这些人拍摄遗照时都还健在，甚至能自己走进照相馆，这也是理所当然的。

我弯下腰，开始看第二层。

接着，我又弯下腰，打量最底层。

我在一排遗照中发现了那两张照片。两个朴素的木制相框并排放在一起，仿佛躲藏在其他相框之后。我伸出手，小心翼翼地把那两个相框拿了出来。

那两个相框中的人物分别是两名少年。

（一）

小豆站在真锅相机店的货架前，发出一声惊呼。

透过敞开的玻璃门，可以看见夕阳映照下的路。他转过头，看向坐在收银台后的店主，又看了一眼外面的路，再次看了一眼店主。店主的头有点儿秃，但是他刻意留长了耳际的头发，并将其梳到头顶，遮挡住那块秃了的头皮。如果那些头发没有梳到头顶，而是垂落下来，他的脑袋会不会看起来像字母"P"呢？他看看外面，又看看店主。店主正看着手上拿着的东西，没有察觉到小豆的动作。

不，他抬起头了！

小豆的心脏"怦怦"直跳。上二年级时，老师在课堂上讲了一本叫《软绵绵树》的绘本，绘本里的男孩儿叫"豆太"，和他长得很像，因此他得到了"小豆"这个绰号。虽然他和豆太都是小个子、大额头，长着圆溜溜的大眼睛，可是他们的性格截然不同。

他可不是胆小鬼！如果把小豆（日文罗马音 mame）的重音放在"me"上，听起来跟可以吃的豆子一样，一点儿都不厉害，所以小豆一直把重音放在"ma"上。

"那个……"

他鼓起勇气叫了一声。

"嗯？"

"那个人好像没给钱！"

"哪个人？"

店主瘦削的脸伸了过来。

"刚才那个人！他从架子上拿走了胶卷盒子！"

小豆看向窗外，店主也看了过去，接着是大约两秒钟的停顿。然后，店主猛地站起身，腿却撞到了柜台上。他痛得闷哼了两声。

"那个人去哪儿了？"他的手按着腿，表情扭曲得好似妖怪，面目狰狞地问道。

"往右边走了！"

"那个人长什么样？"

"那是一个男的，穿着白衬衫！"小豆回忆着刚才走出去的那个人的背影，尽量详细地描述道，"他很瘦，脖子很长，头发很短，穿着皮鞋，个子很高！"

老板嘀咕了两句小豆听不清的话，像狗追逐自己的尾巴一样转过身，跑进昏黄的夕阳余晖中，向右拐去。

小豆环顾了一下空无一人的相机店。

确定没有其他客人后，他拿起架子上的柯达傻瓜相机，塞进T恤里。

走到店外，周围也没有人。左前方是公交车站，右侧还能看见店主奔跑的背影。小豆拼命忍住逃跑的冲动，朝反方向慢慢地走了起来。他担心自己跑起来，万一店主回头看见了，会产生怀疑。说不定店主一眼就能看穿他的谎言。小豆努力控制着手脚的动作，一步一步地向前走，并在第一个拐角向右转了过去。

接着，他拔腿就跑。

他双手捧着被包在T恤里的相机，就像一个闹肚子急着找厕所的人，一溜烟儿地跑向停在油菜花田边的自行车。他刚才可能不应该对老板做那么真实的描述，因为那个穿着白衬衫、身材瘦削、脖子很长、头发很短、个子很高的人，真的是刚刚离开相机店的客人。他现在说不定已经被店主抓住，接受了一番莫名其妙的质问。不过，可能正因为那个人刚才的确在店里，店主才信了小豆的话。没错，这样做就对了！

小豆走进油菜花浓浓的香味中，把偷来的相机放进自行车筐，接着骑上自行车，左脚蹬开脚撑，踩上踏板，用尽全力向前蹬。但不知为何，右边的踏板一动也不动，他的鞋底一滑，膝盖狠狠地撞在踏板上。由于还在喘粗气，他发出了奇怪的惊呼。踏板怎么蹬不动？小豆咬着牙，忍住疼痛，右脚再次踩到踏板上，将身体压上去，但自行车还是不动。他试着用左脚蹬地面，自行车就是不往前走,连左脚也向后打滑了。小豆的姿势宛如花样滑冰选手,身体的全部重量都压在自行车车座的前端,痛得他不得不咬紧牙,忍住闷哼。

他弓着背,双手全力撑住车把,等待疼痛消退,可疼痛反而迅速蔓延至全身。自行车为什么不动?他屏住呼吸,看向前轮,没有发现异常;他低头看向车链,也没有异常;他再看后轮,同样没有异常;最后,他扭动脖子,看向后轮上方,竟然发现一只手紧紧抓着车架!

"爸爸很烦恼……"

小豆觉得自己整个人都变得苍白无力!

"因为店里客人太少了!"

那个声音缓慢而充满了魄力。这个人是初中生,还是高中生?他那厚实的方脸下方的脖子几乎看不见,仿佛他的脑袋直接长在肩膀上。他的短袖 T 恤紧紧地绷在其肌肉结实的身体上,仿佛穿上衣服后躯体突然膨胀了,否则很难想象这件衣服要怎么穿上去。他那拽住车架的胳膊足有小豆的大腿那么粗!不,足有他的身体那么粗!

"相机可不是免费的!"

那个人的气势太可怕了,仿佛随时都要打倒他!

"相机……"

"我是相机店店主的儿子!"

那个人左手拽着车架,右手举到胸前,五根手指扭得"嘎嘎"

作响。他那前臂的肌肉就像活物一样，在皮肤底下蠕动。

"我在公交车站那边看到你抱着东西走出来了！"

如果他在来这里的路上回头看一眼背后，应该就能发现这个人！一旦发现，他或许能瞬间加速冲到自行车旁，及时蹬起踏板逃走。他之所以专门跑到河对岸的上上町来偷相机，就是为了防止自己被别人逮到后还被认出来是谁。他父亲经常出入下上町的照相机店，小豆也跟着去过几次，店里的人都认识他，因此他才来到了河对岸的相机店。他想，只要不被逮到就没事。

然而，他还是被逮到了！

这个人肯定要把他揪回店里，先痛骂一顿，拽着领口摇晃，再通知警察，还要打电话告诉家长！母亲这个时间还没下班，警察可能会直接联系她的公司。然而人寿保险公司的员工春季很忙，此刻母亲应该正拿着保险单和合同到处奔走，警察一时半会儿找不到她。他接下来会怎么样呢？

"你上几年级了？"

那个足有坐垫大小的方脸凑了过来。

"上五年级了。"

小豆回答完，又像辩解似的补充了一句：

"小学。"

然而，那个人抿着厚嘴唇，眉头也皱紧了。

"除了小学，还有什么学校里有五年级？"

他又问小豆是否住在这里。

"没有……在河那边。"

"下上町。"

"嗯。"

小豆还没进入变声期,那个人的粗哑声音却震得人胸腔发颤,他觉得,他们俩的声音比男人和女人的声音差别还大。

大个子沉默了片刻,然后抬起右手。他手掌的角度有些奇怪,说不清是向上还是向侧面。小豆心想,要不我也伸手出去吧,说不定他想跟我握手呢!虽然不知道为什么,但他们有可能握握手,当作什么都没发生过。可是,他没有勇气。小豆垂着眼睛,拿起自行车筐里的相机,递给了那个人。这好像是正确答案。大个子接过相机,又把脸凑过来,看看前面,看看后面,再看看两边。

"你身上有钱吗?"

"没有。"

小豆撒谎了。

"你口袋里的钱包没钱吗?"

"没有。"

"一点儿都没有?"

"嗯。"

对方不可能相信他的谎言,因为没有人带着空钱包出门。目前,小豆钱包里应该有一千多日元。他会不会全都拿走?

"那就算了!"

大个子重重地叹了口气。

"啊？"

"你走吧！"

真的吗？不，是不是真的无所谓，既然对方说了小豆可以走，而且他的手还松开了车架，小豆怎么能错过这个机会呢？小豆用力蹬起踏板，上半身伏在车把上，梗着脖子奋力加速，头也不回地跑了。

油菜花田从两边掠过，原本朵朵分明的花儿渐渐连成一片，最后模糊成了一道黄色的油画色块。穿过花田之后，他拐上一条小路。前方是下坡，夕阳照在脸上，宛如糖液般化开，绽放出最耀眼的光芒。小豆停下蹬车的动作，倾听车链"嘶嘶"地震动，迎着风冲向坡底。T恤兜着风，"啪啪"地拍打着他的胸口和侧腹。

（二）

"他在走廊等着。"

班主任曾根村看了一眼教室的推拉门。今天新来的同学应该是站在外面，但是从小豆的座位那里看不见他。

黑板上写着"佐佐原学"这个名字。刚才曾根村写下那几个字时，小豆看到了"学"[①]这个字的日语罗马音读作"manabu"。

---

① 原文中此处为"學"。

他觉得这个字头大身小,很不平衡,但是这可能并非因为文字的形状,而是写得不好。因为曾根村两次停笔看了看手上的纸条,仿佛画画一般写下了那个字。

"进来吧!"

曾根村一声呼唤,转学生走进教室。那个瞬间,小豆全身都僵硬了!

转学生竟然是那个大个子!

有那么一小会儿,小豆以为大个子昨天忘了说什么,或是看不惯他离开的样子,特意追到了学校来。为此,他还撑起身子,随时准备逃走,然而,这是不可能的!

佐佐原学跟他一样,也读小学五年级吗?

然而,远远看去,小豆发现大个子其实并不是很高大,而昨天,他觉得大个子就像职业摔跤手一样可怕。

曾根村个子不高,还有点儿驼背,所以在成年男性中显得较为矮小。佐佐原学跟他站在一起,个子和他差不多高。作为一个小学五年级的学生,他已经长得十分高大了,排队时无疑要排在最后一排,但是他也没有像职业摔跤手一样那么夸张。小豆昨天去的是真锅相机店,他还以为老板姓真锅,看来并不是。佐佐原开的相机店为何叫"真锅相机店"呢?这也太容易让人误会了!

小豆凝视着佐佐原学的脸,对方也看了过来。

他们的目光相遇了。佐佐原学微微张开嘴,耸起了海苔片一样的眉毛。

"佐佐原君因为父亲的工作调动而搬到了这里。"

曾根村说话的瞬间,佐佐原学的肩膀猛地颤了一下。

"现在西取川不是有个很大的护堤工程吗?他的父亲是建筑工程的工匠,被请到了工程现场!"

"咦?"

小豆忍不住伸长脖子。佐佐原学明显发现了他,却故意不看他,而是四处打量教室里其他的人,装出一副想要熟悉新同学面孔的样子。

(三)

"喂!"

第一节国语课结束后,小豆走到佐佐原学的座位旁边,瞪着他的方脸喊了一声。

"嗯?"

这个人哪里可怕呢?小豆觉得自己昨天的反应就像做梦一样!这不就是一个普通的大个子男生嘛!他的动作还挺缓慢的,胆子好像也不太大!

来到这所学校的第一个课间休息时间,佐佐原学坐在曾根村给他安排的最后一排的座位上,抠着鼻孔度过了。他抠鼻孔不像小豆那样直接把手指捅进去,而是用纸巾包住食指,再捅进鼻孔。这家伙这么高大,动作却像女生一样! 要是他在操场上跑步,可能会夹着双腿,两只手可能还要抱在胸前,跑得像个女生! 他的投球动作也可能像女生一样。

然而,他似乎很聪明!

昨天,小豆就被他愚弄了一次!

"把相机还给我! "小豆故意扬起下巴,居高临下地瞪着他说道。

佐佐原学将包着纸巾的食指从鼻孔里拔出,把纸巾捅进鼻孔的部分向内卷起来,揉成了一团。

"相机又不是你的! "

他那缓慢的语速昨天还显得那么有魄力,现在却显得拖拖拉拉的。

"也不是你的啊! 还给我,那是我搞到的! "

"偷东西犯法! "

"敲诈勒索也犯法! "

佐佐原学不可思议地抬起头。

"我没有勒索你! "

"你是没有勒索,可是你骗了人,还拿走了别人的东西——那叫什么来着,对了,叫诈骗! 你拿走我的相机,这已经是诈骗了! 要是昨天我说身上有钱,你还打算干什么? 你是不是想拿走我的相机,再拿走我的钱? 这样你的收入就能翻倍了! "

"我才没有呢,而且那也不算两倍!"

"为什么?"

"因为……"

佐佐原学露出认真的表情,在空气中摆弄了几下看不见的东西,然后重新看向小豆。

"哦,也对,是两倍!"

"我也没那么多钱,一千多一点儿而已!"

"那就没有两倍了!"

越说越乱了!

"总之,你把相机还给我! 要是你不还,我们就一块儿用吧!"

"真的吗?"

"我已经搞不清楚了!"

"是吗?"

佐佐原学盯着空气,慢慢地点了一下头。他突然想起了什么。

"你叫什么名字来着?"

"我还没告诉过你呢! 绰号可以吗?"

"随便!"

"那你就叫我'小豆'吧!"

"不是'豆子'的那个'豆'吧?"

"对,不是那个意思。下次再告诉你它是什么意思!"

"我不需要知道它的意思！你的大名呢？"

"你问这个干什么？"

"不知道很不方便啊！"

"姓茂下驮，名字叫昂。"

佐佐原学皱着眉，露出不好意思的表情。

"你这名字太难记了，我能叫你的绰号吗？"

"可以啊。你以前在学校有绰号吗？"

"阿大。"

"大头？"

"不是，是'阿大'！"

"那'头'呢？"

"没有'头'。原来叫'大头'，后来身子也长大了，就叫'阿大'了。"

（四）

"正下方的分数低，离得越远分数越高。"

西取川入海的地方有一座长度约五十米的桥，名叫二之桥。

"低分是几分？"阿大握着甲虫大小的石子儿，看着桥下的水面问道。

小豆站在旁边，握着同样大小的石子儿，双手搭在栏杆上，看着河面。他正在教阿大玩附近小学生爱玩的水母弹子。两个人的裤子口袋里都塞满了从河边捡来的石子儿,阿大整个人变得像个装满石子儿的大肚子水壶,小豆则像个装满石子儿的瓶子。

"没有固定分数,每次都随便算!"

小豆瞥了一眼阿大,担心他嘲笑这个游戏没有固定的计分方法,而阿大却伸头看着河面,一脸什么都没想的表情。

"河里有很多水母,快到夏天的时候,它们就会冒出来。它们是不是从海里来的?"

阿大没有回答,而是用右手的三根手指捏住石子儿,举到鼻尖。

"我能试试吗?"

"可以啊!一开始可能比较难,要是一直打不中,我可以教你诀窍!"

"嗯。"

阿大扬起眉毛,静止了两秒钟,然后松开石子儿。石子儿垂直落向水面,正中一个水母的中心。水母仿佛融化一般,消失在了水底。

"那是你瞄准的水母?"

"嗯。"

水面漂浮着又白又圆的水母,每个水母中间都有个星形的部分,就像一个个靶子。因为桥面很高,所以看似容易打中水母,其实没那么简单。能打中水母还不行,必须正中靶心,才能将其打沉。若是打中水母的边缘,水母只会收缩一下,很快又变回原形。若是石子儿太大或打的位置不好,还会弄破水母的身体。

"阿大,你可以啊!"

小豆拍了拍比自己的脑袋还高的阿大的肩膀。他的称赞别有深意,重在暗示"你还没有达到我的水平"。不过说实话,小豆也很少打得这么准!

"咱们轮流来吗?"

"没有顺序,想打就打!"

"小豆,你试试吧!"

"嗯,那我就打那边离得远且分数高的!"

小豆看向靠近海的地方,那里也漂浮着一群水母。他假装瞄准了其中一个,朝那边扔出石子儿。其实他并没有瞄准,因为离得太远,他从未打中过自己瞄准的远处的水母,既然以前从未打中过,这次也不可能突然打中,所以倒不如胡乱一扔,还能有点儿歪打正着的可能性。然而,石子儿落在了水母群的边缘,径直沉入水底。

小豆歪着脖子,扭动了一下肩膀,口中念念有词:

"怎么这样啊?"

"状态不好吗?"

阿大抿起了嘴。

"嗯,状态确实不太好,胳膊不舒服!"

"别太勉强了！"

"我会注意的！你也试试分数高的吧！"

"那些啊……"

阿大突然皱着眉头说：

"那些有点儿远啊！"

他扭着身子，从右边口袋里掏出一颗石子儿，用拇指、食指和中指握紧，看清两边没有行人和自行车后，稍微离开了栏杆一些。小豆本以为阿大会动作豪放地扔出石子儿，让它在风中划出一道弧线，箭一般射进水母群，正中靶心，然而他的复杂心理活动其实毫无意义，因为阿大笨拙地抬起左脚，腰部几乎没有扭动，手肘也没有向外张开，而是向内缩着，像提线木偶一样，动作僵硬地扔出了石子儿。他的样子像是有生以来头一次朝远处扔东西。石子儿没有飞到水母群那边，飞行了一段尴尬的距离之后落入水中。

"像女生一样！"小豆在心中大喊。

他觉得心里突然敞亮了许多，觉得自己能跟这家伙成为好朋友了。那种预感让他忍不住对阿大表现出了友好的态度。

"太可惜了！"

"是吗？"

然后，两个人开始打桥下的水母。向下扔石子儿还是阿大更厉害，但是小豆并不介意。阿大和小豆偶尔也会打远处的水母。小豆没有打中过，但是有一次擦到了水母的边缘，阿大的动作还是跟女生一样,一次都没有扔到水母那边。

"这里能钓到好多鱼,下次我教你吧!"

两个人趴在栏杆上探出头,不时扔一颗石子儿,有一句没一句地闲聊。河上的风吹过,两个人胸前的名牌都会摇晃,但是阿大的名牌晃得不太厉害,可能因为上衣太紧。有时海鸥会飞到他们身边,发出振翅声。每当听见那种声音,阿大都会吃惊地看过去。

"这里有些什么鱼?"

"鲻鱼、花鲈、鲫鱼,还有河豚。除了普通河豚,还有白点河豚,胸口有波浪线的那种。你有自己的钓竿吗?"

"没有。"

"我给你做一个吧。"

"能做吗?"

"很简单。我家有钓鱼线和鱼钩,下次我们去找根竹竿。"

"谢谢你!"

"这里是海水和淡水交汇的地方,能钓到各种各样的鱼。不只是鱼,如果运气好,还能在石头上找到牡蛎。用手把牡蛎从石头上抠下来,摆在地上,用石头撬开,用水一冲就能吃了!"

其实,他也只是见过一次大人这么做。

"真好啊!"

"除了牡蛎还有很多卷贝①,不过那些都要煮着吃或者烤着吃。"

他一说就停不下来了。

"这条河不是叫西取川嘛,其实那个'西'不是'东南西北'的'西',而是以前人们把卷贝叫'螺'②,比如田里的螺就叫'田螺'。这条河有很多螺,人们就把它叫取螺的地方,日语中,'螺'和'西'发音相近,后来就演变成了'东南西北'的'西',叫西取川。现在这里的香鱼比螺更出名,因为我们有个打火渔的活动。打火渔就是用火把的光吓唬香鱼,把它们赶到渔网里。打火渔从每年的七月初开始,一直到秋天。不过要往上游走一点儿才能看到!"

"小豆什么都知道呢!"

河下游传来了像发射中的机关枪一样的打桩机的声音,许多头戴统一安全帽,身穿统一连体工作服的大人正在忙碌。那个护堤工程是从小豆上四年级的春天开工的,已经进行一年了。整个工程需要两年时间,工人们要在这座桥下游的两岸建造水泥墙和栏杆。之所以要进行这个工程,是因为两年前这里发生了溺水事故。小豆以前从未听说这里发生过溺水事故,但是那一年,西取川溺死了两个人。一个是一名上小学的男生,但是他

---

① 一种体形较小的热带鱼,以贝壳为家。
② 日语"螺"与"西"同音,都读作"nishi"。(译者注)

和小豆不同校,小豆不认识他。另一个是一个大人,小豆认识。

"阿大,你爸爸就在那里工作吗?"

"嗯,他应该在那群人里面吧!他们都穿着一样的衣服,又离得远,我也认不出来!"

"是吗?"

被他这么一问,阿大投来了疑惑的目光。

小豆凝视着工地,换了个问题。

"阿大,你搬家前住在哪里?"

"离这里很远,开车要三个小时!"

"是比这里更落后的乡下吗?"

"嗯,爸爸的工作越来越少,连家里的房租都交不起了。在这里搞护堤工程的中江间建筑公司的老板是我爸爸上高中时的前辈,为了帮我爸爸,他就把我爸爸叫过来了。"

"可是护岸工程两年就搞完了呀,两年以后该怎么办呢?"

"不知道,我们可能还会搬家吧。"

他们的背后传来喇叭声,小豆把身子贴在栏杆上,转过头来。阿大并不慌张,慢悠悠地看了过去。只见一辆满身灰色泥点的卡车气势汹汹地贴着路边开了过来,引擎的轰鸣震得人小腹发颤,一股热气扑在脸上。卡车从右侧的上上町开过来,车头朝向左侧的下上町,所以驾驶座在远离他们那头,而且位置很高,他们看不见司机的脸。

就在那时,副驾驶座的车窗落了下来,窗口出现了一张晒得黝黑的脸。那个人好像是从驾驶座摇下车窗并探出身子的。

"交到朋友啦！"

那个男人留着一头漆黑的短发，长得好似粗糙的木雕，用不知哪里的口音说了一句话，然后笑了。他的额头很短，脸上没有赘肉，满是汗水，眼角长着深深的皱纹。

"嗯，交到了！"

阿大回答。

"真不错！你要多教他一点儿东西啊！"男人看了一眼小豆，这样说道。

接着，他又看了一眼后视镜。

"哎，有车来了。阿学，待会儿见啦！"

"嗯。"

男人抬起一只手，回到驾驶座，发动了引擎。车身晃了一下，然后渐渐远去。

"那是你爸吗？"

"嗯！"

"好酷啊！"

"嗯！"

阿大回答得太老实，小豆忍不住看了他一眼。

"怎么了？"

阿大纳闷儿地看着他。

小豆摇摇头，又一次看向渐渐远去的卡车。

"这里是单行车道。"

"单行车道是什么？"

"单行车道，就是车只能从一个方向开往另一个方向的路。"小豆解释道，"经过这座桥的车都是从上上町开往下上町的。走路和骑自行车可以不分方向，有时摩托车也会逆行，可是汽车只能从这边开往那边。"

"可是，那样车不就都挤在下上町了？"

"不会啊！你看，上游还有一座桥，那座桥就是反方向的单行车道。人们从下上町去上上町时，就走那座桥！"

小豆又告诉他，那座桥叫"一之桥"，他们站的这座桥叫"二之桥"。每次要去上上町，小豆都会走二之桥，很少走一之桥，因为在那里会碰到上上町的小学生，他们可能也不想碰到下上町的小学生，所以都走一之桥。

"阿大，你还有石子儿吗？"

"还有一颗。"

"我也是。"

小豆拿出口袋里最后一颗石子儿，朝远处的水母群扔去，但是没打中。阿大对准栏杆下方，击沉了一只水母。

"回去吧！阿大的家在哪里？"

"沿着桥往回走，然后向右拐。"

"去我家要向左拐。下次我能去你家玩吗？"

"好啊！"

"明天可以吗?"

"可以!"

他们一起走回桥头,互相道别。小豆很想说这是他第一次跟别人一起玩水母弹子,但他还是忍住了。拐进通往自己家的小路,他模仿着阿大扔石子儿的动作,心中仿佛炸开了一朵烟花,像是在预示着什么。

(五)

第二天,小豆来到阿大一家租住的房子。当小豆开门看到阿大的母亲时,他突然明白了。阿大的母亲身材魁梧,手脚结实,就像阿大换了个头——不,就像阿大的头发变长了。本来应该说阿大长得像他的母亲,但小豆就是觉得阿大的母亲就像阿大的复制品。

"阿学,你带朋友回家也不说一声,家里还堆着那么多纸箱,多丢人啊!而且妈妈又要出门了!啊,别客气!你叫什么名字?"

"小豆!"阿大抢先回答。

"不是豆子的意思,是小豆!"

"小豆啊!小豆?你就叫这个?"

小豆点点头。

"是吗？你是哪个班的呀？"

他刚要开口说"我跟阿大同班"，又及时改了过来。

"我跟学君同班。"

"学君？你不是叫阿大吗？"

"我是叫阿大，小豆刚才是在跟我们客气呢！"

阿大的母亲哈哈大笑，她拿起和她的身体相比显得特别小的手包，一边查看自己有没有忘带东西，一边说：

"小豆君，你别跟我们客气！这孩子从小就叫阿大！好了，妈妈先走了，你让智绘阿姨给你拿点儿零食吧！"

阿大和小豆挤在门口的一角，目送阿大的母亲走了出去。

"进来吧！"

阿大脱掉硕大的鞋子，走向光线昏暗的走廊。

走廊上堆满了搬家的纸箱。两个人绕开障碍物，朝里屋走去。途中，阿大把挡在路中间的纸箱单手推到了一边。小豆跟上去后，试着推了一下纸箱，结果纸箱一动不动。

"阿姨去哪儿了？"

"去打工了，就是去刚才我们看到的那个弥生屋超市打工了。那里在招收银员，昨天妈妈去问了，那边说她可以马上上班。这可能是因为她以前也当过收银员吧。"

阿大走过的地板都被他踩弯了，不过那好像不是因为体重，小豆踩上去，地板也变弯了一些。

"那个……"

阿大突然停下脚步，轮流把重心放在两只脚上，转了过来。

"佐伯这个人怎么样？"

因为站得近，小豆只能抬头看着阿大。

"他怎么了？"

"没什么，就是……他好像看我不顺眼。"

阿大的学号在佐伯后面，今天上理科课时，他们好像还搭档做了电磁铁的实验。

"他对你说什么了？"

"没说什么，我就是这么觉得。"

"他可能觉得不甘心吧！"

"什么？"

"你来之前，他是班上最高大的。"

在班上的同学里，佐伯身体最健壮，个子也最高，然而，这种情况只持续到昨天。阿大来了，即使不进行体检也能知道，佐伯的体格只能排全班第二。不久之前，小豆还觉得佐伯又高又大，非常壮实，现在他觉得佐伯比阿大小了一号。

"长得高大又没好处！"阿大不可思议地说道。

"那家伙总是很霸道，我不喜欢他，也很少跟他说话。你别管他就好！"

阿大含糊地点点头，转身朝向前方，走向左边敞着门的房间。房间里传来很小的电视机的声音和很小的人声。小豆走进去，发现一个留着笔直的褐色长发的女人靠在矮桌上，盯着直接摆在地上的电视机。那台电视机很旧,跟小豆家的一样,都靠旋钮换台。

耿直佐藤正在电视上逗观众发笑。他是个二十多岁的搞笑艺人,最近很受欢迎,班上也有很多同学喜欢模仿他。

"我回来了!"

阿大说话时,搞笑艺人也说了句什么,女人哈哈大笑,还抬起穿着长裙的右脚蹬了一下。那只脚落在左脚上,脚跟敲到了地板。雪白的双脚从裙子里伸出来,十个脚趾都涂成了红色。

"太过分了! 要挨骂啦! 太好玩了! 啊,你带朋友来了?"女人看着电视,头也不回地说道。

"嗯,他叫小豆。"

"哈哈,笑死了!"

女人用力一拍掌,随即转过身来,收起笑容,换上认真的表情。

"阿学,你怎么能这样称呼朋友呢?"

"不是,我……"

"啊,不是的。"

总有人以为他是因为个子小,所以被别人叫小豆,其实不然,同学给他起这个绰号,并不是捉弄他!

"那是因为我长得很像《软绵绵树》里的豆太!"

"什么? 《软绵绵树》?"

"那是一本绘本!"

"哦,我没听说过!"

小豆以为她还会问,但是她打了一个哈欠,拍了两下嘴巴,又转回去看电视了。

"智绘阿姨,有没有零食……"

"啊,我要吃!我要吃!"

"那我去找找。"

阿大看了一眼小豆,示意他坐下。那个位置正好在智绘阿姨对面。小豆坐下来,看了她一眼。这个人究竟是谁?阿大的母亲和阿大好像都对她挺有礼貌。

阿大扭着高大的身躯看了看矮桌底下,又隔着玻璃门看了看茶水柜,不一会儿便起身走向了厨房。小豆听见开冰箱的声音,电视机里传出一片欢呼声和掌声,耿直佐藤退场了。接着,两个年龄大一些的人走上台,智绘阿姨伸长腿,用一只脚关掉了电视机,然后扭过身子,突然伸出右手,拍了一下小豆的脑袋。

"小豆!"

"嗯!"

"来得好!"

"这里还有好多纸箱子,我是不是有点儿碍事……"

"东西总是收拾不完的。每收拾完一样,很快又有另一样要收拾!"

智绘阿姨说了句似乎很有深意又好像没有意义的话,然后侧过身子,朝矮桌凑了过来。

"我叫智绘,是阿学爸爸的妹妹!"

"那就是阿姨……"

"我是阿学爸爸的妹妹。我哥快四十岁了,但是我比他小十岁,今年二十九岁。请多关照! 智绘是这样写的……"

智绘阿姨抓起小豆的左手,用光滑的指尖在他的掌心里写下了"智绘"两个字。她咧嘴一笑,抬起眼睛观察他的反应,小豆慌忙缩回了手。智绘阿姨右侧脸颊上有一颗小痣。

"你们一起住吗?"

"对,我们住在一起!"

智绘阿姨用指尖敲了几下桌板,然后把手肘靠在上面。

"我以前就跟我哥住在一起,他结婚的时候,我想搬出去,他说不用搬,所以我就一直跟他住,还一起搬到这里来了!"

智绘阿姨飞快地说了好多小豆一时听不懂的话。原来大人搬家都这么随便啊!

"我想在能喝酒的店里打工,但是这附近没有……阿学! 我哥买的南果不是还有吗? 拿出来吧!"

"嗯,我正在找! 放在哪里了?"

"冰箱旁边的小台子上不是有个装烤海苔的罐子吗? 那个圆筒状的。南果就在它后面的袋子里装着呢! 袋子口用夹子夹起来了!"

"啊,找到了!"

"还有多少?"

"不多了。"

"真是的!"智绘阿姨苦笑着嘀咕了一句。

"小豆,你能吃多少南果?"

"啊,吃不了多少。"

其实他不知道那是什么。

"一般吃多少?"

"一盘左右。"

"多大的盘子?"

"装鱼的盘子。"

智绘阿姨一脸惊讶。

"你能吃那么大一盘南果?太棒了!其实我从小就不喜欢吃那个,可是我哥很喜欢吃!我连看都不想看到那东西!"

后来,在智绘阿姨连声的感谢中,小豆拼命吃掉了整整一盘从未吃过的南果。在吃的过程中,他得知智绘阿姨和阿大的父亲都来自山形县,那里有一种小吃叫糖煮南果,而所谓的"南果"其实就是蚱蜢。

三个人又看了一会儿电视,太阳快下山时,小豆离开了。他一路踢着小石子儿回到家里。直到晚上睡下,他都忘不了智绘阿姨指尖的感觉,还梦到自己变成了蚱蜢。他全身沾着黏液,跳不起来,正在挣扎时,又有一只巨大的蚱蜢冒了出来,用像鸡蛋一样大的眼睛俯视着他。

（六）

"刚才那个很不错啊！"

小豆说完，阿大露出了为难的表情。

"是这样吗？"

"对，就是这样！"

"应该再自然一点儿吧？"

阿大一只脚踩在河边的石头上，双手抱在胸前。

"没关系，装一装样子更好！"

小豆按下快门。

"有些电影海报上的人就摆着这个动作！"

"嗯，我知道！"

"就是那种感觉！"

小豆又按了两下快门。

星期日的白天，他们来到了西取川河边。这里是一之桥的上游，周围很安静。最近连续晴天，水流比较缓慢，几乎听不见水声。现在也没有风，还没长出穗子的狗尾巴草一动不动，笔直地站在那里。蜻蜓落在狗尾巴草的叶子上，伸着刚刚长好的翅膀，一动也不动。

"小豆，该换人了！"

"好啊！"

小豆把相机递给阿大，问了一个他一直惦记着的问题。

"话说，这相机究竟归谁啊？"

"归谁都可以啊！就算是我们两个人的！将来买胶卷也可以一人出一半钱！"

"哦，那也挺好！"

小豆看看四周，选择了背对一之桥的角度。

"你站在那边拍！"

他指明了地点，阿大立刻绕开大石头，弯着两条腿，小心翼翼地在岸边移动起来。不一会儿，他找到了自己认为不错的角度，端起相机连连点头，继而单膝跪在地上。

"好想要胶卷啊！"他一边说，一边按下快门。

"嗯，是啊！"

小豆双手叉腰，转过头，摆了个姿势。

"小豆，等我们弄到胶卷，就真的能拍照了！到时候，咱们到我爸的工地上去拍照吧！我们可以拍好多照片，记录那里的变化，将来看肯定很有意思！"

"可是拍多了很浪费钱啊！"

小豆换了个姿势，双手插在口袋里，身体朝向镜头，脸转向左边。天上飘着几朵云，除此之外，天空如同被漆刷过一般湛蓝无瑕。

"为什么说浪费钱？"

"因为把胶卷变成照片要花钱啊！"

"是吗？"

"是的！阿大，你怎么什么都不懂？"

阿大的表情僵住了。

那一刻，这一个礼拜的事情宛如疾风穿透了小豆的心。

阿大是周一转学过来的，除了小豆，他还没跟其他人说过话。相反，别人倒是笑话了他好几次。上国语课时，他们轮流站起来朗读课文，阿大连很简单的汉字都读不出来。读课文时，他总是突然停下，曾根村每次都要教他怎么读。好不容易教会了，阿大又记不住，第二次见到同样的汉字，他还是会停下来。有一次，被阿大抢走了"全班最高个子"头衔的佐伯说，阿大僵住的脸就像白点河豚一样。他假装自言自语，却故意用了所有人都能听见的音量。全班同学，包括小豆，都忍不住笑了，而阿大好像瞥了他一眼。不，那可能只是错觉，但他们从未谈论过这件事，所以小豆也不太确定。还有一次，一个女生说阿大穿着午饭值日生的罩衫，好像一个巨大的枕头。那次小豆没有笑，可是只有他一个人保持沉默，班上其他同学的笑声还是很大。

还有一次，上理科实验课时，阿大不小心碰掉了实验台上的显微镜，慌忙弯腰去捡，结果因为手滑，捡起来又弄掉了。小豆没有看清楚到底是什么情况，但是听见了玻璃破碎的声音，猜测应该是玻片摔坏了。班上的同学正要哄堂大笑，曾根村突然大声骂了起来，整个实验室顿时没了声音。开始做实验前，曾根村就反复叮嘱,显微镜及相关用品非常昂贵,一定要小心使用。

昨天课间休息的时候,小豆走到阿大的座位旁,跟他聊天儿,阿大又在用纸巾包着手指头抠鼻孔。佐伯正好从他的旁边经过,看到他的动作后,夸张地往后一退,露出特别扭曲的表情,仿佛看到了很恶心的东西。周围的人小声地笑了起来。阿大把抠完鼻孔的纸巾揉成一团,犹豫了一会儿,站起来走向教室后面的垃圾箱。佐伯模仿他的动作,故意用 O 型腿的姿势跟在后面走了几步。最后,小豆没找到机会跟阿大说话,只好回到了自己的座位上。

"哦……原来把胶卷变成照片要花钱啊!"

小豆保持着眺望远方的姿势点了点头,等阿大继续说下去。但是阿大什么都没说。他沉思了一会儿,最后还是什么都没说。他端起相机,按下了快门。

"好,接下来,咱们换些自然一点儿的动作吧!我随便走两步!"

小豆从口袋里抽出手,走在被春光笼罩的河岸上。他无法保持自然的步伐,走起来就像在行军一样。河岸的石头缝里填满了各种各样的垃圾,如干裂的洗涤剂瓶子和泡涨的漫画杂志。小豆拾起一块大石头边的烟花残骸,用它抽打着旁边的奇怪绿色植物。这种植物应该是某种草,小豆不知道它叫什么。它总是笔直地戳在地上,一片叶子都不长,就像又细又长的芦笋。它的茎部坚硬且表面布满纵向的皱纹,据说人们会用它来打磨塑料零件。

"哎,你刚才那动作不错!"

"是吗?"

"再来一次!"

小豆又从下往上抽打了一下。阿大单膝跪地,时而弯腰,时而伸长脖子,多次按下快门。小豆对着那株奇特的植物连续击打了几次,内心突然涌起一种前所未有的冲动——他想要夸奖阿大。

曾经有两次,小豆觉得阿大特别厉害。一次是在玩水母弹子,他用石子儿打桥下的水母时。然而他打远处的水母的动作太奇怪,因此他很难真心夸奖他。另一次就是他巧妙地骗走了他们正在用的这台相机。可能是因为阿大长着一张诚实的脸,那一次小豆从头到尾都没察觉自己被骗了!阿大显然有骗人的天赋,让别人忍不住相信他的鬼话!

接着,小豆犹豫了一会儿该怎么提起这件事,最后还是开门见山地说了出来。

"你像上次那样骗一骗人吧!"

"上次……哦。"

阿大露出了害羞的表情。

"你是说相机那一次吗?可我要骗谁呢?"

"可以先骗我!"

"为什么?"

"不为什么！"

他说不出自己是为了想办法夸他。

阿大那宽大的肩膀轻轻晃动起来，笑着说：

"下次再说吧，演戏太累了！"

然而，"下次"的范围可大可小。比如小豆的妈妈说"下次"找人修理洗手间镜子的裂缝，现在已经过去了两年，裂缝依旧没有修好。但是有时候，"下次"很快就到来了。

阿大突然想到了什么。

他举着相机，挡住了大半张脸，但小豆还是能察觉到他的变化。

"小豆，你看过烟花吗？"

"看过一次。"

那时他还在上幼儿园，和爸爸妈妈一起坐电车到很远的地方去看了烟花。那天，他们去的时候天还亮着，好像日落时间比平时晚一些，他还担心外面太亮了会看不到烟花。爸爸笑着安慰他不用担心，但妈妈的笑容却有些不同，他感到有些不满。回家的路上，他睡着了，所以对后面的事没有记忆了。

"其实点烟花的人和发出声音的人不是一个人！"

听到那句话的一瞬间，小豆觉得那句话特别有意思。

"哦，真的吗？"

"你不知道吗？"

阿大放下相机，挑起眉毛，好像特别高兴。

"真的不是一个人。因为离得太远容易听不见，所以会有另一个人站在看烟花的人附近发出很大的声音。因此，有时候烟花的声音和光对不上！"

"是不小心算错时间了吗？"

"没错！"

"原来如此，难怪啊！"

他自然而然地脱口而出。

"其实，我早就对此感到好奇了。为什么烟花的光和声音不同步呢？"

"这是因为并非只有一个人在表演，所以只能这样！"

"嗯，确实如此！不过，那个声音是怎么弄出来的呢？"

小豆抱着胳膊，假装在思考。

阿大在旁边说：

"是用大鼓敲出来的！"

"是大鼓啊！那他们应该多多练习！不过，烟花一次放这么多，要全都对上肯定很难吧！"

"确实很难！"

阿大严肃地点了点头。

"因为有的烟花一飞到天上就炸开了，有的要好久才炸开！"

"还有的炸了一次之后，还会'噼噼啪啪'地连续炸好多次！"

这种感觉很好，就像骄傲地挺起胸膛，或是摇晃松动的门牙。阿大得意地笑着，一想到那个表情是因为自己，小豆就特别高兴。他高兴得不得了,紧紧握住细细的烟花棒,猛地抽了一下旁边的草。草叶子上粘着蜘蛛网,烟花棒猛地击中网面,蜘蛛网变成一条细线,从空中划过,等小豆反应过来时,它已经粘在他的脸上了。

小豆拼命摇头,双手胡乱拨动他也不知道粘在了什么地方的蜘蛛网,但无论他怎么拨,总有一些蜘蛛网牢牢地粘在手上和脸上。

"刚才你拍了吗?"

脸上好不容易没有蜘蛛网了,小豆弯着身子、撅着屁股,把脸转过去,看着阿大。

阿大想了想,点头道:

"拍了!"

"饶了我吧,那也太丑了!"

"这样才自然!"

"嗯,这倒也是!"

他明知道烟花表演没有大鼓,相机里没有胶卷,还是愿意假装,因为这样很快乐!小豆细细地品味着那种快乐,想起了自己为什么想要相机。

从他在相机店干坏事的那天起,往前数大约一周,他翻看了父亲留下的照片。

老师布置了题目为《现在的自己和将来的自己》的作文,要求同学们写满老师发的五张作文纸。作文的字数实在太多了!

小豆对着书桌,怎么想也想不出来要写什么。因为家里作文纸正好用完了,所以他无法一边写作文,一边修改,因此,他始终无法落笔。

后来,他就想到了自己上小学三年级之前的事,那时,父亲酷爱摄影。

他看不出那些照片拍得好不好,总之,父亲拍了很多照片,上面有各种各样的景色,有厨房、起居室、阳台、商店街、西取川、海岸、公园和不知哪里的荒地。有的照片是单纯的风景照,但大部分照片都以狗、知了、空罐、樱花和人为主角,还有好多母亲的照片。父亲是结婚后才喜欢上摄影的,因此他没有拍多少母亲年轻时的照片。小豆还在照片上看到了住在关西的外祖父和外祖母。他们看起来比现在老很多,小豆惊讶地查看了拍照日期,发现照片竟是好几年前拍的。可能是因为照片中的太阳直射他们的脸,使他们的皱纹更明显了。

父亲还拍了几个坐在酒馆门前啤酒箱上说笑的男人,还有穿着节日服装、满头大汗地忙着做铁板烧和炒面、长得很像大叔的大婶。不过,他拍摄最多的还是小豆。戴着白队的帽子参加赛跑的小豆,对着镜头撑开鼻孔的小豆,穿着沾了饭菜残渣的上衣、一脸困顿的小豆,得意扬扬地指着自己耳朵的小豆——那应该是在展示他最擅长的耸动耳朵特技,可是照片上怎么都看不出来他的耳朵在动。除此之外,还有老猫叼着淡褐色的皱巴巴的细长条物体路过的照片,仔细一看,那个细长条物体原来是一块腌萝卜。那只猫真的把它吃了吗？

看了这么多照片，小豆发现父亲的照片并不能帮助他写作文。

最后，他用中规中矩的无聊文字填满了五张作文纸，还因内疚而把字写得十分工整。

后来，小豆把作文放进书包里，拿出冰柜里的盒装雪糕吃了一半，等妈妈下班回来。当时，他很想拥有一台相机。他也想带着相机到处走，拍摄很多照片。

其实，小豆现在本应该有自己的相机了。

父亲已经决定分期付款购买一台新相机了。等新相机拿到手后，父亲就会把旧相机给小豆，还答应教他怎么使用相机。可是在此之前，发生了一件事。那个星期日的早晨，西取川下游的河水因下大雨而泛滥，父亲拿着相机出门，说要拍摄河水泛滥时的情景，之后便再也没有回来。当时，厨房水槽里还摆着脏盘子，盘子里剩了一些父亲不吃的鲑鱼皮，就这么放了好几天。直到现在，小豆都见不得烤鲑鱼，母亲再也没做过烤鲑鱼。

两天后，搜救队在大人能踩到底的海中发现了父亲的尸体。小豆现在还会梦到父亲沉入水中的情景。在那个没有色彩的场景中，父亲仍然戴着眼镜，但实际上，人们发现父亲时，他的眼镜已经被水冲走了。那个又细又长、灰色甜豆般的大号眼镜盒就摆在家里的佛龛上。

父亲没有买人寿保险，家里也没多少存款。父亲只给小豆和母亲留下了短暂的记忆和照片,还有宛如被别人挑剩下的"茂下驮"这个姓氏。就这样,父亲离开了他们。小豆不知道相机的价格,但父亲曾说过,相机需要分期付款,那它一定很贵吧!他不敢让母亲给他买,便骑着自行车来到了上上町,走进那家相机店……

相机店的货架上摆了很多小巧轻便的相机,而父亲答应给他的相机有个特别夸张、像茶杯一样大的镜头。可是,那么大的相机无法藏在家里,又很难用,没有人教他,小豆觉得自己可能不会用。于是,他就盯上了这台柯达牌的小相机。由于太紧张,他压根儿没注意相机的价格,也不清楚它究竟值多少钱。他仔细看了看相机的造型,这台相机好像还挺高级的。

阿大走过来,把相机对准了地面。刚才被小豆扔到一边的烟花棒上还粘着变成长条的蜘蛛网,烟花棒仿佛在沙地上冒着烟。小豆盯着阿大粗壮得令人难以置信的脖子,心想,还好自己没有顺利偷到这台相机,还好相机被阿大骗走了。如果他真的把相机占为己有,可能会觉得自己偷走了父亲的相机。如果那样的话,他也不会跟阿大拿着没有胶卷的相机拍照玩了!

(七)

"然后他就大吼了一声!"

"对着熊?"

"嗯,对着熊! 那只熊吓了一跳,逃走了!"

"好厉害啊!"

阿大张大了嘴,目不转睛地看着小豆。他什么都没说,应该是让小豆继续讲故事。

"我爸还追了过去!"

阿大面露惊讶,接着点点头表示理解。

"对啊,刚才你不是说熊抢走了行李吗?"

"嗯,对,没错! 因为熊拿着行李跑了,所以我爸才追上去的!"

午休快结束时,小豆坐在教室里,对阿大讲自己父亲的故事。旁边的女生不在,小豆拉出她的椅子,面朝阿大,身体前倾。

小豆向阿大讲述他的父亲的故事。他的父亲从小就是个顽皮的孩子,总是喜欢和比他年纪大的孩子打架,他不仅和人打架,还和动物打架。有一次,他在山上拍照时,他的行李被一只熊抢走了。他竟然一个人和熊对峙了起来。尽管那只熊是一只成年的熊,但他的父亲还是在山上和它打了一架! 熊的力气毕竟比人的力气大许多,最后,父亲被熊按在树干上,差点儿被咬断脖子! 就在千钧一发之际,他的父亲大吼了一声,把熊吓跑了!

别说跟熊打架,他的父亲在厨房里看见蟑螂也会吓得睡不着觉! 他个子矮小,手脚纤细,小豆上一年级时,在弥生屋超市看见红葱头,还联想到了跟父亲一起洗澡时看见的父亲的屁股。

也许,父亲一辈子从未打过架。同样,小豆也从未打过架。

小豆想,他现在跟阿大的对话,就像用没有胶卷的相机给彼此拍照:一个人摆姿势,一个人按快门;一个人说假话,一个人把假话当成真话来听!昨天他们聊烟花和大鼓时,小豆很夸张地表示了惊讶,阿大显得特别高兴。现在,他也想体验一下那种心情。当说完自己编造的故事时,他看到阿大一脸认真地频频点头,他的心情比想象中的还要好。

"我爸就是那样的人!"

"他真勇敢!"

这是小豆刚才吃完午饭后突然想到的故事,他知道自己为什么会这样想,因为他很羡慕阿大有一个那么帅的爸爸!

昨天,他跟阿大玩腻了相机,开始到处寻找用作钓竿的竹子,找着找着就到了黄昏,于是小豆就回家了。他用挂在脖子上的钥匙打开家门,走到书架前,拿出了那本《软绵绵树》。他知道故事的主人公豆太跟爷爷两个人一起生活,他突然很想知道豆太的父母去哪里了。

书上没有提到豆太的母亲,于是他又翻动书页,很快找到了提到豆太父亲的内容。

"豆太的父亲特别勇敢,在一次跟熊搏斗时被熊撕掉了脑袋。"

读完那一段,小豆联想到了他在二之桥上见过的阿大的父亲。虽然隔着卡车车窗,但是他能看出阿大的父亲十分高大。

从白色 T 恤的袖口露出的手臂可以看出,他的肌肉非常结实,皮肤晒得黝黑,仿佛用牙签戳一下就能听到酥脆的声音。他的脸也像粗糙的木雕,棱角分明。他的头发短而黑,根根直立,看起来并不像喷了发胶。

"我爸跑得特别快,一下子就追上了熊! 一般人肯定追不上!"

"嗯,肯定追不上!"

"然后,他就一脚踹倒了熊,从后面,像这样……"

小豆抬起右脚,踹了一下阿大粗壮的左腿。他没有用力,只想示范一下动作,但没有控制好力道,力气还是大了些。阿大抬头瞥了他一眼。

他的脸上带着僵硬而不安的笑容。

"啊,对不起!"

"没关系! 熊没有反击吗?"

"嗯,好像没有! 熊扔下我爸的行李就跑了!"

"这样啊……"

阿大喃喃几声,抿着嘴,眯着眼,五官几乎挤在一起,陷入了沉思。他好久都不说话,刚才一直被忽略的午休时间的嘈杂声突然沸腾起来。有人推了一下椅子。

"我爸也是这样!"过了一会儿,阿大看着小豆的胸口说道。

"我爸也踹倒过……"

"熊?"

"不,是狗!"

"狗啊!"

"没错,是狗!不过是一条大狗!"

"有多大?"

阿大往周围看了看,似乎在寻找比较对象,但是没找到。他抬起一只手按住自己头顶。

"有我那么大!"

小豆险些笑出声来,还好忍住了。

"那可真大啊!"

"我跟我爸走在路上,那条大狗突然跑过来咬我,爸爸立刻把狗踢开,但他并没有用全力,以免伤害那只狗!"

听他那么说,狗好像越来越小了,真有意思!

"阿大的爸爸脚力应该很强吧!"

"对,小豆见过他一次。那天我爸赶走了大狗,但是走到一条河边时,我又从一个类似悬崖的地方掉进了河里。那条河很深,而且水流很快,我差点儿被淹死。后来我爸跳进河里,把我救了上来!"

"哦!"

小豆瞪大双眼,一脸赞叹地看着阿大。

（八）

“来啦，豆子！”

“是小豆！”

“抱歉，小豆！”

放学后，小豆到阿大家玩，智绘阿姨又坐在矮桌旁看电视。

“上回你把南果都吃了，我哥把我骂了一顿！对了，我哥就是阿学的爸爸。”

“对不起！”

“你那么喜欢南果，不如我叫我哥多买一些吧！虽然我看都不想看那东西，但是谁叫你是阿学的好朋友呢！”

“不用了，谢谢！”

跟上次一样，智绘阿姨一只手肘撑在矮桌上，斜倚着矮桌看电视。她看的电视节目也和上次的一样。难道这个节目每天都在这个时间播出吗？

“你爱吃甜的东西吗？”

“我喜欢吃甜的东西！”

“那你爱吃的东西好多啊！阿学，家里不是有那个吗？礼子姐从超市里拿回来的，那叫什么来着？”

小豆有点儿担心她又要拿出什么恶心的东西来，只见智绘阿姨扬起几乎没有几根毛的眉毛想了想，猛地拍了一下手。

“哦,巧克力派!”

他在店里见过那种零食,但是还没吃过。

“那不是拿回来的,是花钱买回来的!”

阿大噘起了嘴。

那个“礼子姐”应该就是阿大的母亲。他不知道全国有多少个“礼子”,但他觉得那位阿姨的长相和“礼子”这个名字很不相称。

“别纠结了,快拿来吧!还有大麦茶!你帮我倒到这里就好!”

智绘阿姨抓起了一只喝空的马克杯。那个马克杯已经没有把手了,只剩下两个粗糙的把手断面。阿大接过杯子,大步走了出去。

“没有耿直出场,这个节目就不热闹啊!全都是一些上了年纪的人在台上说话,语速还那么快!不过,那些人恐怕也红不了几天了吧!小豆,你家里有什么人?”

“啊,我妈妈!”

“爸爸呢?”

“死了。”

“是吗?”

说完,智绘阿姨又冒出一句可能会伤人的话。

“自从搬到这边来,我哥对阿学来说也是个见不着面的人啊!”

然而,小豆并没有对这句话感到厌烦,可能是因为他已经有过好几次相反的经历了。那些人总是很慎重地选择话题,最后自己累得不行,干脆不再跟他说话了。

"为什么啊?"

"因为忙,他一直都没有机会休息,每天天不亮就出门,有时候还要半夜上工,星期六和星期日也得去现场!阿学睡觉了,他才回家;阿学没起床,他就走了。你知道吗?阿学每天晚上十一点才睡觉呢!"

"这么晚?"

"因为他很忙!"

其实小豆说的是阿大的睡眠时间,但他觉得没必要纠正,就随便点了点头。

"工作时间这么长,肯定是违法了!人家来找我哥的时候的确说过,这个工作会很忙,不过这也太夸张了吧!"

"如果夏天能有时间出来玩就好了!"

"为什么说夏天啊?"

对在这个小镇土生土长的小豆来说,那个问题有些奇怪。

"因为这里离海边很近啊!"

"哦!"智绘阿姨笑得鼻梁上堆起了褶子。

"不行,阿学肯定想去,可是我哥不会去,他不会游泳!"

"真的吗?"

"他从小就很擅长运动,其实不只是运动,他干什么都很在行,唯独游泳不行。你说这是为什么呢？我哥说他很怕水,会不会跟他的前世有关呢？"

小豆看了一眼厨房。阿大面向水槽,正在往杯子里倒大麦茶。看着那个高大的背影,小豆不禁想,阿大说他爸爸"游到河中间救了他",可能跟小豆说自己父亲"强壮得能跟熊搏斗"一样,是出于同一种心理吧。他们可能都把自己的愿望融入了谎言中。

他们两个人拿着照相机出门后,小豆的猜测被验证了。

他们走在西取川河边,阿大说自己以前是棒球队的头号选手,小豆差点儿没忍住。他不得不用尽全力,把瞬间涌出喉咙的一大团笑声咽了回去。

"头号选手啊……哇……"

他的脸颊和嘴角不受控制地抽搐,因此,小豆一边感叹,一边看向与阿大相反的方向,以便掩饰自己的表情。一旦笑出声来,这个谎言和今后的谎言一定都会变得格外苍白。

"是镇上的球队。只要我当投手,对方就绝对得不了分！"

"你最擅长什么球？"

"直球！"

小豆想象阿大用女里女气的动作扔出直球,不得不耸起眉毛,用力绷住了下巴。

"直球啊！"

"嗯,笔直的那种球！我的弧线球也特别弯！"

阿大还说，他特别擅长击球。

"我打了好多本垒打！"

"那你很厉害啊！"

"后来发生了很多事，我就不再打棒球了……"

阿大叹了口气，眯起眼睛看向远处。

"很多事啊……"

小豆也看向了同一个方向。天上有一架直升机飞过。

阿大没有再说话，可能暂时想不出新故事了。河边只有他们踩踏鹅卵石的声音。尽管体形相差悬殊，他们的脚步声听起来却差不多。小豆感到下腹升起一股情绪，痒痒地往上爬，来到胸口时，又变成了畅快的感觉。他在那个情绪的催动下，没有多想就开口了。

"有一次，我在桥上扔石子儿，一下子击沉了三只水母！"

"三只啊！"

"我一次握住三颗石子儿打出去的，而且不是桥底下的水母，而是很远的地方的水母！"

"小豆好厉害啊！"

"不过，我是在夜里打的，谁也没看见！啊，对了，晚上打水母弹子更好玩，因为水母都会发光！那一带的水母比较罕见！"

小豆边说边想象那个场景，感到陶醉不已。接着，他因自己说谎的才能而自豪。

"一旦打中水母，它们就会像断电一样，突然不发光了！这种感觉非常棒！"

（九）

那应该被称作"另一副面孔"吗？

不，那应该被称作"内在的面孔"。

那个星期过去了一半。一天下午，阿大露出了那样的面孔。

放学后，小豆与阿大走在一起。眼前不时有燕子闪过，天空中偶尔飞过一只海鸥。他们的双腿像灌了铅一样沉重。他们打嗝打出了午饭的味道。这一切都跟往常一样，可是，那天有一件事很不一样。

阿大几乎没有说话。

今天，小豆在学校一次都没找阿大说话，这可能就是他沉默的原因。

他并不是不想找阿大说话，只是想不到新的"谎话"。当然，他也可以跟阿大随便聊天儿，可是一旦经历过互相交换谎话故事的快乐，他就不想专门走到阿大那边，只聊一些电视节目、功课、漫画之类的话题了。然而，这也使得阿大每次课间休息都一个人待着。是小豆的错！

"对了，我该给你做钓竿了！"

"嗯！"

"如果不用锯子锯,竹子就会裂开。即使一开始没发现,做成钓竿后也会发现小裂纹。万一被裂纹夹到手指,会特别痛!"

"嗯!"

"所以我们得拿把锯子!"

"嗯,锯子!"

小豆转向阿大,一边走,一边说话,可是阿大却连看也不看他一眼。小豆看着他的侧脸,突然觉得阿大面部的起伏、耳朵的形状、鬓角的毛发都变得特别清晰,这让他怀疑阿大以前是否也是这个样子。

可能今天上体育课时,小豆不应该跟佐伯开心地聊天儿。今天他们被分到了同一个躲避球小组,成了最后两个留在场上的人。小豆拼命躲避对方打过来的球,佐伯则不断将对方选手淘汰出局,最后终于赢了。他们队顿时大声欢呼,佐伯还露出跟同伴庆祝的表情,向他伸出手喊了声"耶",小豆也用力拍了一下他的手,然后跟佐伯你一言我一语地聊起了比赛的精彩之处。这是他第一次跟佐伯这样聊天儿。阿大被分到了另一个小组,很早就被队友没抓住的球打到,被淘汰出局了,直到比赛结束都没有再上场。

"小豆……"

快到分岔路口时,阿大突然开口了。

"我可以说个谎话吗?"

他今天为何要事先问呢? 小豆觉得很奇怪,但还是点了点头。

"你可能不喜欢我这样说。如果……"

阿大看了他一眼,又把头转向前方,下巴绷得很紧。

"如果你爸爸还活着,但是被坏人抓走了,你会怎么办?"

"啊?什么坏人?"

"比如……反正就是坏人……假如你爸爸被坏人关起来了……"

"我爸爸吗?"

"嗯!"

小豆没有马上回答,原因有两个:一是因为他很难想象那个场景,二是因为他必须问清楚。

"你这是……谎话吧?"

"说了是谎话啊!"

那就按照平时的感觉来吧!

小豆抱着胳膊想了一会儿。

"嗯,我爸爸连熊都能打赢,肯定不会输给人!如果他真的被抓走了……"

告诉老师?报警?跟母亲商量?不对!

"我会去救他!"

"你自己去吗?"

"对,我自己去!"

"你不害怕吗?"

"当然害怕啊,但是没办法!"

"你要战斗吗?"

"我啊,会像打躲避球一样到处跑,引开敌人的注意力。阿大不是很能打吗?你个子这么大!"

"可是,敌人肯定会报复吧?"

"也对啊,那就……"

小豆望着天空,沉思片刻。

随后,他想到了相机店的事。

"那就像我偷相机那样,如何?"

阿大露出疑惑的表情。

"那天我骗相机店老板出门去追别人,然后趁机逃走了。虽然后来让阿大抓住了,但是前面很顺利!我对老板说,刚才走出去那个人没给钱就拿了胶卷,还对他说了那个人的外貌特征,骗他跑出去追。所以,如果你害怕被报复,我们也可以这样做啊!诱骗敌人去追别人,或者去找别人!"

"怎么骗啊?"

"比如阿大蒙面救出爸爸,然后在逃走时故意掉落一样别人的东西!"

"可是我的体形很容易被记住!"

"那就找一个跟你体形差不多的人呀!"小豆想象着佐伯的形象,继续说道。

"假设有个人跟阿大体形很像,我们可以先偷到那个人的校卡,然后故意掉在敌人的地盘上。那样坏人就会去找校卡的主人,而不是阿大了! 找到之后,坏人就会认定是那个人干的!"

"哦,原来如此!"

阿大用力点点头,还特意转过身来,看着小豆。

"小豆,你真聪明!"

"如果你真的要执行这个计划,明天上学再告诉我详情吧!"

"好啊!"

"那明天见!"

"嗯,明天见!"

他们在二之桥的桥头道了别。小豆走了几步,转头一看,发现阿大正在转身,他刚才似乎还在看着这边,刚刚才转过身去。

(十)

一个小时后。

小豆躺在地上,双手枕着脑袋,凝视着天花板。窗槽传来"滋滋"的声响,有只快要死掉的苍蝇落在上面吗? 那个声音虽然微弱,但是很烦人,让小豆更加坐立不安。

"如果你爸爸还活着,但是被坏人抓走了,你会怎么办?"

"我会去救他!"

"你自己去吗?"

"对,我自己去!"

"你不害怕吗?"

"当然害怕啊,但是没办法!"

那真的是谎话吗?

他翻了个身,书架映入眼帘。书架的最底层放着好几本他舍不得扔的绘本。由于书本宽度各不相同,摆在书架上显得凹凸不平。书架最右边的那本书就是他上次拿出来重新看过的《软绵绵树》。胆小又爱哭的豆太跟爷爷住在山上,有一天夜里,爷爷生病了,豆太鼓起勇气跑到山下,叫来了医生……他回忆着那个故事,渐渐地感到有些害怕,就像整个人躺在冰冷的河底!

不一会儿,小豆再也忍不住了!

他跳起来,走向玄关,从墙上的挂钩上取下一把自行车钥匙,跑出门。接着,他快步穿过外廊,向自行车停车场走去。他打开车锁,迅速跨上自行车,顾不上看车道上有没有车,就冲了出去。他来到西取川的岸边,沿着右手边的河岸疾驰而去。他径直穿过二之桥的桥头,骑到上游一之桥前方的弥生屋。向左拐弯,再走一段就是阿大家了!小豆趴在车把上,用尽全力加速,每踩一下都会左右摇晃!

一定要赶上啊!

焦急化作动力,在他的下腹火辣辣地燃烧着。小豆拼命舞动双腿。经过二之桥后,一辆卡车从后面超了过去。

看到卡车的一瞬间,小豆全身松弛下来。

驾驶座的车窗敞开着，一个人坐在里面悠闲地吸着香烟，那正是阿大的父亲！小豆停下蹬自行车的动作，让车链空转，同时浑身无力。他怎么都使不上劲儿，一动不动地听着车链子的声音。

"搞什么嘛！"

他果然是说谎！小豆忍不住喷了一下，不过，阿大一开始就说那是"谎话"，所以只能怪小豆自己想太多了！

卡车缓缓转弯，开上了一之桥，应该是要到对岸的施工现场去。小豆渐渐靠近道路左侧的弥生屋，旁边就是通往阿大家的小路。他看了一眼这条小路，但最终还是选择了河边的大路。

来到一之桥的桥头，他蹬了一下踏板，向右拐弯。过桥时，他跟几个年龄相仿但是不认识的小学生擦肩而过。他们都面向前方，只用目光瞥了一下小豆。下桥后，他又骑向施工现场。他开始怀疑自己刚才的判断，卡车司机可能并不是阿大的父亲。为了保险起见，他决定去确认一下。

工地被铁丝网围着，许多晒得像煮南果一样黝黑的男人头戴相同款式的安全帽，在工地上来回走动。铁丝网在前方开了个大口子，刚才那辆卡车从那里慢慢地倒了进去。车斗里装的都是沙子吗？他们运沙子过来是要干什么呢？他在铁丝网边停下自行车。自行车发出尖厉的刹车声，好几个人听见声音转过头来，不过这里并非禁止进入的区域，所以没人阻拦他。

卡车的车斗倾斜到大约三十度角，卸下了沙子。周围腾起一片白白的灰尘。小豆看向驾驶座,从车窗探头出来盯着车斗的人,果然是阿大的父亲!尽管如此,小豆还是放心不下。

（十一）

回家前,他先去了一趟阿大家。

这是他第三次来,却是第一次按门铃。

开门的人是智绘阿姨,她的头上包了一块奶油色的毛巾质地的头带。她把头发拢到脑后。

"哦,小豆!"

"你好!"

"抱歉,阿学不在家,说要出去找朋友……"

说到这里,智绘阿姨突然惊讶地看着小豆。

"你怎么在这里?"

"啊?"

"要迟到啦!哎,难道阿学弄错时间了?那个恐怖派对几点开始?"

小豆听不懂她在说什么。他用疑惑的表情看着智绘阿姨,于是她歪着头问了一句。

"嗯?那是叫恐怖派对吗?不对,恐怖秀?"

小豆依旧用同样的表情看着她,智绘阿姨又把头正了回来。

“难道……你不知道？”

“嗯！”

“他没告诉你？”

“嗯！”

智绘阿姨露出了为难的表情。

“那他应该是跟别的朋友一起去了！唉，那小子说出去找朋友，我还以为他是跟你在一起呢！”

“阿大去参加那个派对了吗？”

“对，他还让我帮他准备来着。不过，你别太在意！”

“我没有在意！”

他很在意！

那是什么派对？他跟什么人在一起，在哪里举行？他是跟班上的人在一起吗？可能是阿大以前学校的同学来了，阿大跟他们在一起。这下子他总算明白今天阿大为何那么沉默了。都怪他说什么爸爸如何如何，害得小豆像个傻瓜一样骑车飞奔过来，结果什么事都没有！阿大之所以沉默，可能是因为心里想着那个派对，害怕自己不小心说出来吧！

智绘阿姨拍了拍小豆的肩膀。

“别担心，那家伙最好的朋友还是小豆！”

“其实也不用最好！”

“其实也不用最好？”

智绘阿姨皱起眉头，噘着下唇，不悦地重复了一遍。小豆还以为她要说什么,却见她突然凝视着自己。

"你的脸色怎么有点儿发白啊?"

他摸了一把脸,脸上有些粉,应该是汗水粘住了刚才工地上腾起的灰尘。

"等一下!"

智绘阿姨穿过昏暗的走廊,接着,厨房传出拧水龙头的声音和"哗哗"的水声。走廊上还放着好几个纸箱,玄关处就有一个。纸箱已经撕开了封口的胶带,侧面写了几个字,但是光线太暗……

"唔!"

"好了,别乱动!"

智绘阿姨往他脸上拍了一块湿毛巾,胡乱揉搓起来。

"是不是很舒服?"

的确很舒服!小豆没有动弹。他越来越害羞,脚趾都忍不住弯了起来。他开口问道:

"刚才你说帮阿大准备,你准备了什么啊?"

"这个嘛……"

智绘阿姨停下了动作。小豆睁开一只眼,发现智绘阿姨离他很近,仿佛随时要说出特别有意思的悄悄话来,可是她没有说。

"不告诉你!"

她勾起嘴角笑了。

"你自己去看,肯定更有意思!"

怎么回事? 小豆忍不住想象阿大穿着女生的校服,脸颊涂上胭脂,头上顶着蘑菇头假发的模样! 然而那不像是阿大男扮女装,倒更像是阿大母亲年轻时的样子!

"因为那家伙从来不会用那种方式逗朋友,所以一开始我还觉得挺奇怪!"

智绘阿姨又开始给他搓脸,还刻意地说了好多提示。

"因为阿学不可能说谎,所以我就照他说的做了。我还告诉他,他这样做,老师可能会生气,可是他说无所谓。老师在责备阿学之前,可能还会先把我、我哥和礼子姐臭骂一顿。不管怎么说,只要事后剃掉就好了! 行啦!"

她的提示和搓脸的动作同时停了下来。

智绘阿姨直起身子,凝视着小豆,接着又凑到他眼前,摸索着打开了玄关的电灯,借着灯光仔细检查有没有没擦到的地方。

"嗯,可以了!"

智绘阿姨的呼吸拂过他的脸蛋儿。小豆转过头,看到了刚才那个开着口的纸箱。因为有了灯光,所以这次他总算看清了纸箱侧面的文字。

学　棒球套装

"哦,我白天一直在整理走廊上的东西,它们太碍事了!"

"阿大他……"

他真的打过棒球吗？

可是小豆也有"棒球套装"。他的家里有一只棒球手套，一个球，还有一罐几乎没用过的手套保养膏。

"刚才我打开箱子，吓了一大跳，手套都发霉了！"

说完，智绘阿姨用两根手指捏着手套，将其拿给小豆看，那个看起来特别大的手套上果然长出了好多白色斑点，而且手套磨损得很厉害。

"啊？"

小豆忍不住接过了手套。

"里面也发霉啦……哎，你怎么把手伸进去了？"

小豆的左手并没有伸到底。

"这怎么是右手用的？"

"因为那小子是左撇子啊！"

"啊？"

在班里，他的座位跟阿大的座位离得太远，因此，他没见过阿大写字，而且他们吃午饭不在同一个组，他也没见过阿大怎么使用筷子和汤匙。他试着回忆阿大用手时的情景，最先想到了他端着相机的姿势，然而端相机不分左右手，因此无法参考。

"那小子在以前的学校是棒球部头号选手。每次他投球，对手都很难得分。那种笔直的球叫什么来着，直球？阿学的直球特别快，特别直！"

智绘阿姨说到这里，兀自大笑起来，小豆则想起了阿大扔石子儿时那个像女生一样的动作。对啊，那是因为他没有用左手扔吧！可是，阿大为什么要故意用右手打水母呢？难道他知道用左手肯定能打中，觉得那样做对不起小豆？

　　"这只手套怎么处理呢？虽然发霉了，但是扔掉又有点儿可惜！"

　　"阿大不打棒球了吗？"

　　"这是可燃垃圾吗？不过，棒球手套这么结实，烧也烧不掉吧！啊，你说什么？"

　　"他不打棒球了吗？"

　　"嗯，不打了！"

　　"为什么？"

　　"他说训练太辛苦了……"

　　智绘阿姨突然陷入了沉默，她盯着手套的目光，像是在眺望遥远的地方。小豆戴着那只手套，总感觉是智绘阿姨突然跑到了远处。

　　"那么，原因是什么呢？"

　　小豆等她说下去，但智绘阿姨却一言不发。

　　小豆看着手套上的白色霉菌，心中的迷雾就像刚才卡车周围腾起的烟尘，渐渐扩散，同时越来越稀薄。这模糊的景象仿佛在远处逐渐清晰起来。他看到的并不是阿大放弃棒球的真正原因。如果想找出原因，他完全可以直接去询问阿大。那逐渐清晰的,其实是另一种东西。

智绘阿姨刚才不是用理所当然的语气说过那句话吗?

"阿学不可能说谎!"

他的确是棒球队的头号选手。

"嗯?"

等等!

"怎么了?"

"没什么。"

那其他谎言呢?

比如烟花。阿大那天一本正经地说,烟花的声音是敲大鼓制造出来的。如果那不是谎言呢?

"怎么会……"

"什么啊!"

这有点儿让人难以置信。如果那不是谎言,那么阿大就是真的那么想。他为何会那么想呢? 有可能是谁说了谎,但是阿大对其信以为真……

小豆看向智绘阿姨。

他突然明白了。

"嗯?"

智绘阿姨直起身子,也看着小豆。

"智绘阿姨……"

"嗯,什么事?"

"你对阿大说过烟花的事吗？"

"说什么？"

"光和声音为什么不一致……"

智绘阿姨想了想，猛地拍了一下手。

"你是说大鼓吗？"

果然如此！

"阿大以为那是真的！"

"不会吧！"

智绘阿姨叫了一声，接着笑得全身发抖。

"他上一年级的时候，我们一起去看了烟花表演。当时，那小子问，烟花的光和声音为什么会错开？于是我就撒了个谎。其实我也不是存心骗他，只是别人说什么他都相信，实在是太好玩了！"

智绘阿姨说的就是大鼓的故事！

"回想起来，当时我好像忘了告诉他真相。没想到他至今还相信那个谎言，真是太好笑了！"

说完，智绘阿姨又笑了一会儿。小豆听着她的笑声，彻底明白了。那不是谎话。不，原本是谎话，但是对阿大来说，那就是真的！

他想起来了，那天小豆在河边说了瞧不起阿大的话，他才说了烟花的事情。阿大听说冲洗照片要花钱，露出很惊讶的样子，小豆忍不住说了句"你怎么什么都不懂"。阿大可能很不甘心，才说了智绘阿姨告诉他的烟花和大鼓的事，他想说一些小豆不知道的事！

"那……"

那然后呢？

阿大说他小时候被狗追，掉进河里那件事呢？

"我爸跳进河里，把我救了上来。"

阿大是这样说的吧。

"他不会游泳。"

智绘阿姨这样说过。

一个是会游泳的爸爸，另一个是不会游泳的爸爸。

如果这些都是真的，那么答案就很简单了。

难道他一次都没想到过那个答案吗？他是不是已经有所察觉了？至少，他应该差点儿想到过。可是他觉得这个问题不能细想，所以把它抛到了脑后，不是吗？

"智绘阿姨……"

小豆看着她脸上残留的笑意，鼓起勇气问：

"阿大有两个爸爸吗？"

智绘阿姨猛然看向小豆，闭上了嘴。她脸上的笑容消失了，目光有些游移。

然后，智绘阿姨用有些僵硬的声音告诉他：

"是啊，礼子姐是二婚。小豆，你可别感叹人不可貌相！"

"我没有想那些！"

"礼子姐跟前夫分开后,带着阿学回到了老家。从这里开车去那里大约需要三个小时吧。我和我哥也住在那里。因为我们都不想待在偏远的家乡,所以搬到那里生活了。虽然那个地方也是乡下,但是我们也住下来了。我哥做木工,我则在卖酒的餐馆里工作。"

礼子阿姨带着两岁的阿大回到了那个小镇,认识了智绘阿姨的哥哥,也就是阿大现在的父亲。

"不过……原来那小子跟你说了这件事啊!"

智绘阿姨推了一下发带。其实发带并没有挡住她的视线,但她好像想仔细打量小豆。

"他没有直接告诉我,只是跟我说了一些事。"

智绘阿姨听了,感叹一声。

"我们家没有人提起那些事,没想到他会跟朋友说啊!因为那个朋友是小豆吗?"

"那个,上一个跟阿大妈妈结婚的人……"

小豆欲言又止,智绘阿姨却继续说:

"叫'真正的父亲'可能有点儿奇怪,不过大家应该都这么说,反正就是那个和阿学有血缘关系的父亲,阿学两岁时就离开了他,可能都不记得他长什么样子了。"

"那个人在上上町开相机店吗?"

智绘阿姨突然绷紧了身子。

"你是怎么知道的?"

她像照片一样一动不动，只有眼睛不断地眨动。

"你听阿学说的吗？可是阿学应该不知道啊！"

其实他知道。

不知为何，阿大就是知道。

"难道那小子听见我哥和礼子姐的对话了？他们俩都没告诉阿学啊……"

小豆好像能理解那种心情，也理解阿大对小豆提及父亲时，管两个人都叫"我爸"的心情。小豆也有相似的感受。在世的父亲和去世后变成回忆的父亲，都是"爸爸"。

"他自己可能已经不记得了，但阿学在上上町的那家相机店一直生活到两岁。他的家就在店铺的楼上。这次有人介绍我哥来这里工作，考虑到经济问题，他没法拒绝，再加上工作起来可能会非常忙碌，所以他只能在离得近的地方租房子住。我哥一开始还说要一个人来，但是阿学坚决不同意，说要跟我哥一起住，最后阿学、礼子姐、我哥和我，都搬过来了。但是，住在礼子姐前夫生活的地方总有些不便，于是我们就在河对岸的下上町租了房子。原来那小子都知道啊……"

这下子，小豆总算明白了！

阿大说的话都是真话。

他还以为他们在玩说谎游戏，但那只是小豆的一厢情愿。

"别人说什么他都相信！"

说不定，阿大也相信了小豆说的谎话，一定是这样的！阿大不会说谎,不可能假装惊讶或感叹。听了小豆的谎话,他的惊讶和感叹都是真的!

然而,小豆是何时开始误会这件事的呢? 他稍加回忆,很快想起了两个人在河边互相拍照的场景。

"你像上次那样骗一骗人吧!"

"上次……哦。"

"可我要骗谁呢?"

"可以先骗我!"

小豆以为阿大骗他说自己是相机店老板的儿子,从他那里骗走了相机。可是阿大并不是这样想的,因为他根本没有说谎。那么,阿大到底是什么意思呢?

"演戏太累了!"

小豆把相机放进自行车筐,正要逃走的时候,被追过来的阿大抓住了。当时阿大用特别可怕的表情瞪着小豆,浑身散发着随时都要动手的气息。小豆被他吓住了,老老实实地交出了相机。其实,阿大不会使用暴力,他不是那种人! 他只是利用自己的外表吓唬对方而已! 这就是阿大的谎言,也是两个人认识之后,阿大唯一的谎言!

可是这样一来……

"我可以说个谎话吗?"

那是什么意思?

"如果你爸爸还活着,但是被坏人抓走了,你会怎么办?"

（十二）

　　小豆今天再次用尽了全力，他骑着自行车冲出拐角，来到沿河的路上，穿过二之桥，进入上上町，上了坡道，飞速穿过农田之间空无一人的道路。真锅相机店和公交车站的小亭子就在前方。

　　"吱……"

　　小豆双手握紧刹车，自行车发出尖厉的响声，车把猛地歪向左边。农田一角有一个电话亭大小的棚子，他把自行车藏在棚子边。

　　刚才那个人是谁？

　　他弯下腰，屏住呼吸。刚才那个人是谁？那个满脸胡子的人双手搭在后脑勺儿上，靠墙站着，似乎在监视他。

　　他只是在等车吗？

　　可是，他站的地方太不自然了！候车亭建在路边，除了正面，其他地方都长满了杂草。那个人故意站在杂草丛里！

　　小豆竖起耳朵倾听，血液涌动的声音充满了耳道。

　　他没有听到脚步声。

　　于是，他悄无声息地下了自行车，撑起脚撑，然后动作缓慢地探出了上半身，躲在棚子背后观察路面。那个男人依旧站在那里，双手搭在后脑勺儿上，脸朝向这边。

可是……有点儿奇怪。

他说不太清楚，就是觉得那个人的动作有点儿奇怪，比如他靠在墙上的姿势，以及双手的角度。

小豆凝神细看，那个人长了一脸黑漆漆的胡子，瞪着两只眼睛，不知在看什么地方。奇怪的姿势，一眨不眨的眼睛……

小豆想到一种可能。

他不会死了吧？

小豆的心跳猛地加速，就像有一个小猫大小的生物在胸腔里拼命挣扎。他感到口干舌燥，呼吸困难，但还是鼓起勇气踏出了一步，又一步，再一步。他从棚子背后走了出来。如果对方突然朝他扑过来，他也可以迅速跑回去并骑上自行车逃走。他始终用眼角的余光观察着那个人，一直走到了马路对面。那个人没有反应。他又转过身，再次过了马路。那个人还是没有反应。小豆下定决心，转身朝向男人，仿佛在路上碰见了熟人，故作惊讶地抬起手挥了挥。

他没有反应！

他果然死了！

小豆开始靠近那个人。他不想走过去，却感觉好像有人轮流扯着他的两条腿，把他往那边拉。小豆从来没见过死人。在父亲的葬礼上，棺盖也一直盖着。然而，他一眼就能看出那个人已经死了。那个满脸胡须的男人面色苍白，朝着空无一物的方向瞪着空洞的双眼，眼睛没有焦点。

可是就在这时……男人动了一下,就像死人听见小豆的脚步声,突然复活了!小豆吓了一大跳,别说喊叫,他连气都呼不出来!那个胡子大叔撑起身体,整张脸转到了脑后。

"小豆!"

是阿大!

刚才那个胡子大叔的脸消失了,眼前是阿大那张熟悉的面孔!

"啊?阿大……"

小豆走过去,慌忙看向阿大的后脑勺儿,那里还有一张脸。阿大的头发被剃掉了,只留出眉毛和一脸大胡子的形状,眉毛底下还画着眼睛和鼻子。

"这是……你这是……"

他震惊得说不出话来,接着,他被阿大拽住衣服,按在墙上。

"藏起来!"

说着,他也贴在墙上,隐藏了起来。胡子大叔的脸朝小豆转了过来。不对,是阿大转头看向了相机店。

"这是怎么回事?阿大,你在干什么?"

"我爸被坏人关在店里了!"

"为什么?"

"不知道!"

小豆看了一眼相机店。相机店的窗户拉着窗帘,玻璃门上贴了一张纸,但是他离相机店太远,看不清纸上的字。

"那上面写着什么？"

"今日零时休息。"

"是'临时'吧？"

阿大含糊地点点头，他后脑勺儿上的胡子大叔跟着动了一下。

"你在干什么？"

"我来救我爸！"

"你来救他？你为什么要在后脑勺儿上画一张脸？"

"这是小豆教我的！"

小豆还是不明白。

"我打算把这个套在头上，冲进去！"

阿大把手伸进裤子口袋，拽出一个白色塑料袋，展开套在头上。袋子上开了两个洞，露出眼睛，像个简易的面罩，洞底下还有三个上下颠倒的绿色的字——弥生屋。

"逃走的时候，我可以从货架后面探出头去，让敌人看到假脸！"

"难道你……"

"比如阿大蒙面救出爸爸，然后在逃走时故意掉落一样别人的东西！"

"可是我的体形很容易被记住！"

"那就找一个跟你体形差不多的人呀！"

"如果按照小豆说的办法，那个跟我体形相似的人就太可怜了,他什么都没做,却要被坏人追!"

"啊……嗯!"

"我想了想,我可以装成一个不存在的人啊。蒙面冲进去,最后让他们看到我后脑勺儿上画的脸,敌人就会以为是一个留着大胡子的蒙面人袭击了他们!这样一来,他们就会到处找那个大胡子。但是实际上,那个人并不存在!"

"的确不存在!"

阿大拿掉塑料袋,又看了一眼相机店。

"智绘阿姨说她帮了忙,就是指这张脸吗?"

"你去我家了?"

阿大在说话,小豆眼前这张胡子脸却面无表情,这让他有点儿毛骨悚然。

"去了。你是不是骗智绘阿姨,说自己要参加一个什么恐怖派对?"

阿大尴尬地点了点头。

"我不喜欢撒谎……但如果我说了实话,她肯定不让我来!"

"我也这么觉得!"

"但是只有智绘阿姨能帮我。以前打棒球时,每次都是智绘阿姨帮我剃头,她会用推子。而且她平时也化妆,能帮我画脸!"

阿大后脑勺儿上的那张脸确实很逼真。虽然眼睛有点儿大,但这反而会给人留下深刻的印象!

小豆看向相机店。

"那个人是阿大的爸爸啊!"

"我不是跟你说过吗?"

"嗯,是说过!"

阿大转头看着他,似乎想理解那句话的深意。小豆感到莫名的愧疚,忍不住躲开了他的目光。

"你们最近见过面吗?"

阿大摇摇头。然后,他又转身,看向相机店。

小豆看着阿大的背影,突然想起来了。两个人第一次见面那天,阿大说他站在公交车站那边,看到小豆把相机藏在衣服里走了出来。当时阿大应该就站在现在这个位置。他在这里干什么?小豆似乎明白了。他可能在做小豆偶尔,不,每天都在想象的事。阿大可能也在心中与他所想念的爸爸聊天儿、谈笑,跟爸爸讲笑话,向他倾诉烦恼和不甘,希望爸爸能给自己打气,并轻轻拍拍他的头。

"可是智绘阿姨说,大家都没提起过你爸爸,你是怎么知道他在这里的?"

"我听到爸爸和妈妈的对话了!"

看来智绘阿姨没猜错!

"有一天半夜,在讨论要不要搬过来时,他们提到了这件事。那时我就知道,我的亲生爸爸在上上町开相机店。搬家之后,我到这边找过,但是不知道相机店在哪里。后来我问路人,听说这附近只有一家相机店,于是认识小豆那天,我就偷偷地跑过来看了！"

结果，他看到爸爸突然跑出来，不一会儿又有个小学生把相机藏在衣服里，走了出来。阿大当时便追上去，向小学生要回了相机，但他不敢走进店里，将其还给爸爸。

"阿大，你快告诉我，你是怎么知道你爸爸被坏人抓住并关在店里的？"

阿大说，他目睹了整个过程。

"昨天晚上，我到二之桥那边去捡石子儿。平时我睡得很早，但是昨天小豆说水母会发光，我就特别兴奋！后来，爸爸、妈妈和智绘阿姨都睡着了，我就偷偷地跑出来了，我很想看看发光的水母！"

小豆感到肠胃拧成了一团。

"但是昨天没有发光的水母。我很失望，准备转身回家，但是后来又想，既然已经走到桥头了，不如去爸爸的店里看看吧！我不是想见他，只是想离他近一些。于是我就爬上坡，走到店门口，然后……"

他突然听到了男人的怒吼。

"那个人的吼声不大，他把自己的声音压得很低……就像在威胁什么人。我吓得马上躲了起来！"

阿大指了指自己躲藏的地方，就是小豆刚才藏自行车的那个棚子后面。

"店门口有三个男人，他们想围住我爸。我爸一边说话，一边往店里退。那三个人一直逼近他，我爸一直往后退……"

最后，四个人就走进了店里。

"当时的气氛很紧张，我以为我爸要挨揍了。那三个人真的很像社团组织的成员。虽然我很害怕，但我觉得自己必须留下来观察情况，于是走到了这里。店里亮着灯，我可以清楚地看到里面的情况。一个人揪着我爸的领口说了几句话，我爸毫不畏惧地瞪着他！然后，那个人就开始用力摇晃我爸，可我爸还是一直瞪着他！后来，揪着我爸的人转头对另外两个人下了命令。那两个人拉上了窗帘。我又在这里待了大约一个小时，只看到二楼亮了灯，于是我猜测里面的四个人都去了二楼！"

阿大抬头看向二楼，他后脑勺儿上的胡子大叔低下了头。

"我爸可能干了什么坏事，才会变成现在这样！一想到这个，我就不敢报警……"

左思右想之后，阿大还是回家了。

"要是回家太晚，让爸爸、妈妈和智绘阿姨发现了，他们肯定会盘问我的。如果我说了我爸的事，他们可能会报警！"

"可是你爸是那种会干坏事的人吗？"

"我也不知道！"阿大小声地回答道。

"如果你知道就好了！"

真锅相机店依旧窗帘紧闭，看不出里面是否有人。

"他们会不会已经不在里面了？万一他们昨晚都离开了呢？"

"不会！我刚才弯着腰跑到店旁边看了一眼,那里有窗户！"

阿大指向相机店的右侧。那是一块空地,长满了杂草。

"我透过窗帘的缝隙往里看,发现店里被翻得乱七八糟的,就像有人在那里找过东西。我一开始没看到人,但是过了一会儿,就有两个长得特别壮实的人和一个又瘦又高的人带着我爸走了下来！"

几个疑似社团组织成员的人在相机店里找东西。小豆立刻想到,他们可能在找照片！

"小豆……你先回去吧！"

"啊,为什么?"

"把你卷进来太危险了！"

"卷进什么?"

"攻击啊！"

小豆吃了一惊。他还以为自己已经搅黄了阿大的计划,但阿大好像还要继续执行自己的计划。他不知该说什么,只好转头看向相机店,盯着玻璃门上的"真锅相机店"几个字。

"原来阿大以前姓真锅啊！"

"嗯,直到两岁为止。最近我发现,如果我一直姓那个姓,我可能会讨厌自己的名字！"

"为什么?"

"因为像被人命令了一样！"

"嗯……哦！"

原来如此！

"真锅学（日语罗马音 ManabeManabu），就像命令你学习一样。"①

"对，小豆果然很聪明！"

小豆摇摇头，想起了自己的姓氏。小豆不喜欢"茂下驮"这个姓氏。不过仔细想想，他将来可能会换成别的姓氏。如果母亲再婚，他的姓氏将发生改变。就在小豆走神儿的时候，一个念头突然冒了出来。

（十三）

一个小时后。

两个胡子大叔在真锅相机店的侧面蹲了下来。

"小豆……你真的要和我一起吗？"

"都说了，我要负责任！"

"这又不是小豆的错！"

"怎么不是？你问我爸爸被坏人抓走了怎么办，是我说要去救他的！"

就因为他那句话，阿大才会来到这里！

---

① "学"的读音为日语罗马音"manabu"。这个词在日语中可做动词，命令形态为日语罗马音"manabe"，与"真锅"的读音相同。（译者注）

"可是……"

"说干就干！我爸爸已经不在了,我没机会救他了！但我可以救阿大的爸爸！"

他对阿大说了那么多谎话,他以为阿大说的也都是谎话。为了弥补这一切,小豆想帮他救爸爸,至少让自己的一个谎话变成真话！

两个人的手上都拿着弥生屋的塑料袋,阿大拿着大号的,小豆拿着小号的,两个准备套在头上的塑料袋都在眼睛的位置开了洞。而且,两个人后脑勺儿上都画了胡子大叔。

"怎么,你也要？"

他们刚才回了一趟阿大家,请智绘阿姨在小豆的后脑勺儿上也画一张脸。智绘阿姨虽然一脸无奈,但心里还是挺高兴的。

"我也要参加恐怖派对！"

"很好啊,小豆！"

小豆蹲在地上,有生以来头一次被剃掉头发的脑袋凉飕飕的。只是剃掉后脑勺儿上的头发,脑袋就已经这么凉了,那些真正的光头肯定会觉得更凉吧！小豆想着,抬头看向墙上的窗户。

"阿大,扛我上去！"

他站起来,走到阿大前面,分开双腿。虽然早有心理准备,但是看到胡子大叔从两腿之间冒出来时,小豆还是吓了一跳。阿大扛起小豆,缓缓地撑起了身子。

"停！"

他趴在窗沿窥视。这扇窗户是向外斜开的,目前开了大约四十五度角。因为大人钻不过去,所以绑架了阿大的父亲的人没有刻意将窗户关上。

　　他小心翼翼地扫视店内,里面没有人。正如阿大所说,店里被翻得乱七八糟,就像漫画和电视剧里被小偷洗劫过的房子一样。

　　"阿大……"

　　他正要对下面的阿大说话,却听见屋里传出了声音。那声音似乎来自二楼。小豆竖起耳朵仔细听,还是听不清他们在说什么。通往二楼的楼梯在左侧收银台的后面。阿大的父亲和另外三个人好像都在楼上。

　　"放我下来!"他小声说了一句。

　　阿大把他放了下来。

　　"换你看看里面!"

　　阿大站起来,趴在窗边。小豆在下面小声指示:

　　"右边角落里不是有个很黑的房间吗?那扇门开着,里面好像有水池!"

　　"嗯!"

　　"水池上还有个银色的桶!"

　　"嗯!"

　　"你从外面扔石头,能打中那个桶吗?"

　　阿大沉默了几秒钟,看着屋里回答道:

"能打中！"

"那好，目标就是那个桶！你先瞄准左边的楼梯，再瞄准桶，接着我们就按刚才的计划行动！"

"知道了！"

阿大蹲下身，凑到小豆的旁边。

"小豆，你真的……"

"我们不是说好了吗？虽然失败了可能要挨揍，还有可能被干掉，但是我一定要帮朋友！"

"你跟我爸是朋友吗？"

"我是你的朋友啊，我要帮你啊！"

"哦！"

"即使我有很多朋友，你仍然是我最珍贵的朋友！"

"真的吗？"

"真的！我一直都没什么朋友，因为我不善于交朋友！"

"怎么可能？"

"好了……行动吧！"

小豆站起来，套上弥生屋的塑料袋，调整好双眼的位置，然后叉开双腿。阿大蹲下身，熟悉的胡子大叔又出现在他双腿间。他的身体缓缓上升。小豆抓住窗沿，把头伸进去，扭动着肩膀，一点点地往里爬。挤了几次，他听见阿大的脑袋"砰"地撞到了墙壁上。他险些发出声音向阿大道歉，但及时忍住了。

二楼暂时没有说话声。不，也可能是他的呼吸声太重，盖过了楼上的声音。每次呼吸,套在头上的塑料袋都会微微地颤动。他又朝里挤了挤,觉得自己应该不需要阿大的支撑了。与此同时,阿大似乎也做出了同样的判断,把身子缩了回去。双腿之间的体温一消失,小豆突然有点儿害怕,尽管如此,他还是借着窗台的支撑,用力推动身体,把屁股也挤进了屋里。接着,他缓缓移动身体,落到窗边的货架上。塑料袋里已经布满了水汽,小豆不禁庆幸自己视力好。若是他戴着眼镜,镜片肯定已经蒙上了雾气。

　　他在架子上翻过身,爬向地面。他的脚下好像是一层玻璃板,他的运动鞋踩在上面,发出"吱"的一声。他顿时感到全身冰凉,仿佛周围的空气都裂开了。他轻轻地抬起脚,发现自己原来是踩到了相框展示品。照片上是一片草地,两个外国孩子和他们的父母正对着镜头微笑。

　　他弯着身子,躲到另一个货架后面。他记得,那天,他就是在这个货架后面藏起了柯达相机。小豆回过头,用手指比了个圈,告诉窗外的阿大一切顺利。阿大点点头,离开了窗边。

　　他在塑料袋里屏住呼吸,静候响动。

　　他的右脚尖正好对着瓷砖的交叉点。为了让自己平静下来,小豆故意盯着这个点。阿大应该站在远处,瞄准了店内。然后,他会用左手掏出一块石头。他会举起手臂还是弯着手臂摆出投球的动作呢?他想象着阿大站在杂草丛里,稳住下半身。他用的肯定是投球的动作,左手握着石头,右手护住左手,手臂弯向胸前,然后抬起右脚,转动身体,然后利用身体转动的力量挥出左手,石头笔直地穿过窗户缝……

"砰!"

声音来自房间的左侧,收银台背后的台阶。楼上传来几个人的声音,然后是"啪嗒、啪嗒"的脚步声。最好是三个人一起下来! 小豆藏在货架后面,听着脚步声。对方明显不是一个人,有可能是两个人!

"检查门锁!"

他听到低沉而充满威严的声音。

店门响了几声。

"锁着!"

"还有这边!"那个声音粗暴得吓人,他仿佛知道小豆藏在什么地方,故意吓唬他!

"看看外面!"

窗帘滑动的声音传来。几秒钟后,小豆又听见同样的窗帘滑动声。

"没有人!"

小豆耐心地等待着。是时候听到下一个响声了!

"真的吗?"

沉默。

"刚才那是什么声音?"

"可能有东西掉下来了!"

"砰！哗啦啦……"

一阵嘈杂声传来，阿大扔的第二块石头把右边房间里的桶打到了地上。铁桶越滚越远，不一会儿就没了声音。

接着是令人感到压抑的寂静。

那几个人一言不发，小豆也听不见脚步声。为什么？难道他们并没有受到太大惊吓，甚至没想去查看吗？如果真是这样，小豆和阿大的计划就失败了！按照计划，他们应该受到惊吓，走到右边的房间去查看情况，然后小豆趁机……

"是谁在那边？"

突如其来的怒吼声吓了小豆一跳。他此时单腿跪在地上，他的身体没有动作，整个人却几乎弹了起来。可是现在他顾不上感叹自己潜藏的身体能力了。

"什么人在那里？"

看来，他们受到的惊吓比小豆猜测的还要大！

"去看看！"

"是！"

两个声音都压抑着不安，第二个说话的人显然更慌张。

脚步声开始向右侧移动，但是速度不快，可能在时刻关注着周围的动静。他们的计划很顺利！小豆稍微安心了一些，但是，就在他绕过货架，看向那几个人的瞬间，刚才安心的感觉就消失得无影无踪了！

他只看到了两个背影，而不是三个！

也就是说，二楼还有一个人！

没办法了！小豆下定决心，像熟练的芭蕾舞者一样踮着脚尖走向门口，透过窗帘的缝隙抓住门锁，往背后看了一眼。那两个人正准备走进右侧的房间，若是其中一个人回过头来，一眼就能看到小豆。好在两个人都没有回头，而是紧紧地盯着铁桶的方向。

小豆捏住门锁，等待某个人发出大喊。

"出来！"

他飞快地转动门锁，金属碰撞声被男人的喊声盖住了！接着，他转过身，悄无声息地走进收银台内部。没有人看见他！没有人发现他！眼前就是通往二楼的台阶！小豆像壁虎一样趴在地上，轻手轻脚地爬上去，压低身体穿过楼梯转角，再往上一些，就看到了二楼的天花板。前方没有人声和响动，楼下却传来了铁桶滚动的声音。那不是阿大干的，应该是某个人踢了一脚铁桶，他或许是想把藏在屋子里的人吓出来，或许只是因为烦躁。

不过，他们到底是些什么人？小豆从刚才看到的背影判断，那两个人都比他死去的父亲年轻一些。虽然看不到脸，但他们的动作给小豆留下了"他们习惯于使用暴力"的印象。那两个人都穿着不显眼的长袖 T 恤和皱巴巴的裤子，其中一个人烫了像佛像一样的卷发，另一个人则留着寸头。他在电视上见过留那种发型的人互殴、拿枪对射。

小豆伸长脖子窥视二楼的走廊。正对楼梯的房间开着门，还能看到铺在地板上的被褥。走廊右侧有一扇细长的门,那应该是杂物间的门。左侧的房门向内敞开,但是看不见里面有什么东西。没时间了!小豆爬到走廊上,手脚并用,移动到左侧房间的门口。他看见里面有个瘦长的背影。那个人穿着白衬衫,在他的对面……找到了!

那天看到的那个店主就盘腿坐在穿白衬衫的男人的对面。唯一不同的地方就是,那天他梳到头顶遮住秃顶的头发,此时软绵绵地垂在耳边,其整张脸变得宛如字母"P"。背对小豆的穿白衬衫的男人和阿大的父亲对楼下的嘈杂声毫无反应,他们全都耷拉着肩膀,一动不动!

小豆抬起右手挥了挥,想引起阿大的父亲的注意,但是对方没有察觉。他又用力挥了挥,对方总算抬起了头。看到小豆的瞬间,镜片后面的眼睛足足瞪大了三倍。

"我来救你啦!"

小豆用唇语告诉他,但是阿大的父亲毫无反应。他脸颊凹陷,抿着嘴唇,一动不动地盯着小豆。这时小豆才想起来,自己的头上还套着弥生屋的塑料袋。不过套着塑料袋也好,刚才他探头出来,可能正因为外表过于怪异,阿大的父亲才惊得没有反应过来。若是他没套塑料袋,阿大的父亲看见一个小学生,可能会吃惊地发出声音。

小豆轻轻掀起塑料袋,露出嘴巴。

"我来救你啦!"

他又用唇语说了一遍,阿大的父亲皱起眉,凝视了小豆片刻,然后看了一眼坐在他对面的男人,又看了一眼小豆。

接着,他做出了惊人的举动。

"你是怎么进来的?"

他竟然对小豆说话了!

小豆感到浑身的血液沸腾了,愣在原地,动弹不得。原本背对他的人还以为阿大的父亲在对他说话,慢吞吞地抬起了头。接着,他注意到阿大的父亲的视线,转过身来,看到小豆的瞬间,他瞪大了眼睛,愣住了。阿大的父亲似乎并不在意他,继续对小豆说:

"你一个人来的?"

另一个人连连转动脖子,轮番看着阿大的父亲和小豆。他曾见过这个人!小豆瞬间想起来了,但是没时间回忆究竟在什么地方见过他!因为他的身体和大脑都僵住了!

"啊……那个……"

尽管四肢和大脑都不能动弹,但是他的嘴却擅自动了起来。

"阿大……呃,我朋友说……你被关起来了!"

阿大的父亲扬起眉毛,挠了挠下巴。

"刚才那些响动也是你们弄的吗?"

小豆点点头。

"虽然不太清楚状况……"

阿大的父亲一脸嫌麻烦的样子,叹了口气。

"那也没办法！"

他缓缓跪坐起来，看向另一个人。

"一对一能搞定吧！"

那个人似乎跟小豆一样，不太明白阿大的父亲的意思，一脸疑惑地绷紧了身子。很快，他似乎反应过来了，想站起来，但是阿大的父亲的动作比他更快。事实上，阿大的父亲的动作比小豆见过的任何人的动作都快。他站起来，右膝狠狠地撞向另一个人的腹部，那个人的口中发出了奇怪的声音，听起来就像一句感叹。与此同时，阿大的父亲扭转身体，右肘猛地砸向男人的脑袋。那个人转了半圈，倒在地上……不，阿大的父亲用宛如瞬间移动的速度一把扯住了他的裤腰带。男人的身体在空中摇晃了两下，然后被阿大的父亲轻轻地放在地上。小豆张着嘴，愣愣地看着那一切。

"我没杀他，只是把他打晕了！"

小豆看向那个脸被埋在地毯里，像虫子一样撅着屁股的男人，一点儿都不相信阿大的父亲的话。他现在特别庆幸自己那天偷相机没被抓住！

"跟我来！"

阿大的父亲的声音带着紧迫感，他的声音里还有些嫌麻烦的感觉。只见他走出房间，从小豆身边经过，慢悠悠地走下了楼梯。小豆总算回过神儿来了，快步跟了上去。他很紧张，仿佛稍有松懈，双腿就会不受控制地发软。阿大的父亲走到楼梯拐角，

蹲下身子,对小豆耳语道:

"楼下那两个人应该都是练家子,二对一恐怕打不赢……你怎么知道我被他们关在这里,你的朋友看见了吗?"

小豆点点头。

"于是你们就来救我了?"

他又点了一下头。阿大的父亲露出了无奈的表情,此时此刻,小豆也意识到他们的行为很愚蠢。

"你的朋友在哪儿?"

阿大的父亲几乎把嘴巴贴到了塑料袋上。如果换作平时,小豆肯定痒痒得尖叫起来,但是此时他强忍着发出声音的冲动,默默地指了指店门。

"在外面?"

"他可能在隔着窗帘缝查看情况……我们约好了,一看到我下楼梯,他就冲进来!"

"看到你?"

阿大的父亲弯着身子看了一眼店门。小豆不用看也知道。如果阿大真的在外面观察,他们走到楼梯拐角时,他应该就能看到两个人膝盖以下的部分了。

"砰!"一声巨响,玻璃门猛地滑开,撞在了门框上。紧接着,像大鼓一样的脚步声伴随着怒吼炸响。

"哦哦哦哦哦啊啊啊啊!"

"喂!"

"干什么！"

小豆听见耳边传来喷喷声，接着整个人浮了起来。原来阿大的父亲像拎麻袋一样把他夹在腋下，快步跑了下去。阿大头上套着弥生屋的塑料袋，站在店门口，高举双手咆哮着。另外两个人站在店里，一看见阿大的父亲，貌似老大的卷毛男人就吼了一声，朝他们扑过来。另一个人也跟了过来。

"啊啊啊！"

阿大又咆哮起来，冲向旁边的不锈钢货架，像气功大师一样猛推了一把货架顶部。货架朝那两个人倒了下去。卷毛反应很快，向旁边一闪，躲开了。但是后面的寸头来不及躲闪，被货架压到了双腿，痛得大叫一声。小豆第一次目睹成年男人发出尖叫。他现在宛如被拔掉了电源，全身毫无感觉，真的像麻袋一样任凭阿大的父亲拎着，呆呆地看着眼前的一切。

刚才那个穿白衬衫的男人出现在楼梯拐角，小豆还没来得及庆幸他没死，阿大的父亲就拎着他跑向店门口。卷毛怪叫一声，踩着倒下的货架，朝他们追了过来。然而由于货架正面朝上，他的脚下只有网状的格子，他只能小心翼翼地低头前进。阿大的父亲并没有放过这一瞬间的松懈。

小豆感到一阵风吹过，房间里的东西猛地向右流动。他意识到阿大的父亲飞快地向左踏了一步，但他并不知道这是为什么。很快，他就隔着阿大的父亲的身体感到一阵冲击，转头看去，卷毛已经弯着身子飞了出去。

"我说你,"阿大的父亲转头冲阿大喊道,"快跑!"

那是阿大懂事以后,第一次听到亲生父亲对他说话!由于他的脑袋上套着塑料袋,小豆看不到阿大的表情。阿大冲父亲点点头,转身跑向店门。阿大的父亲拎着小豆跟了上去。穿过玻璃门,他们跑进了一片橙红色的光芒之中。

"等等!"

小豆扭动身体,挣脱了阿大的父亲的手,他站稳脚跟,回头看了一眼。阿大也停下来,转头看向店铺。他们回到门口,摘掉头上的塑料袋,转过身,同时把后脑勺儿伸向了窗帘缝隙,让里面的人看到胡子大叔,继而套上塑料袋,拔腿就跑。他们没有左转跑向西取川和下上町,而是向右跑去。因为两个人早已商量好,为了隐瞒身份,他们要往家的相反方向跑!

阿大的父亲也跟了过来。很快,他们的背后传来了追兵的脚步声,还夹杂着"臭小子"的怒吼。其实小豆早就有预感,胡子大叔的计策并没有成功。不过,现在他顾不上这些了。小豆拼命往前跑,阿大拼命往前跑,阿大的父亲也拼命往前跑!阿大的父亲边跑边扭头看向阿大,突然伸手摘掉了他脑袋上的塑料袋。阿大像被人掀起了裙子的女生一样尖叫了一声。

"阿学?"

他怎么能认出两岁以后就没见过面的儿子?

小豆还不知道这是为什么。阿大也不知道。

阿大看了一眼父亲,但很快重新看向前方,假装拼命奔跑,没有回答他。不,他们确实在拼命奔跑!

此时,小豆意识到一个很严重的问题:另外两个人跑得太快了。刚才他们还并肩奔跑,现在自己已经渐渐落在后面。阿大和父亲先是跑在他斜前方,继而跑到了正前方。因为不是赛跑,小豆并不在意自己落在后面,然而,此时落在后面,就意味着他离追兵更近。他边跑边往后看,两个追兵背对着夕阳,变成了世界上最可怕的阴影。他看不清追兵离他还有多远,只知道他们也跑得很快,自己过不了多久就要被追上。

"小豆!"

阿大回过头,发现小豆落在后面。阿大的父亲也回过头,渐渐停下了脚步。阿大快速瞥了一眼小豆和后面的追兵,左手伸进口袋里抓起了一块石头。其他的石头因他的动作而滚落到地上,阿大的父亲像老鹰扑小鸡一样,飞快地捡了起来。

然后,两个人同时动了起来。

阿大的体形遗传自母亲,与父亲完全不同,而且他是在离开父亲后才开始打棒球的,这只能说是纯粹的巧合。他们两人的动作如此相似,仿佛中间放了一面镜子,左右完全相反。阿大提起右脚,他的父亲提起左脚,两个人同时向前踏出一步,阿大摆动左臂,他的父亲摆动右臂……

小豆两只耳朵旁同时响起了破空之声。

他连忙回头,只见夕阳下的两个阴影宛如被子弹击中,轰然倒地。

"啊,你回来啦!"

听到声音,我停止了回忆。

镜影馆的店主回来了。

我回过头,看向那张熟悉的面孔。他在门口停下脚步,宽大的脸庞向前突了出来。那个动作让他系着领带的脖子看起来更憋屈了。

"小豆?"

说完那句话,阿大忘记了合起嘴巴。

"好久不见!"

我抬手打了个招呼,朝他走去。

我站在他旁边,看着他,阿大已经不像过去那样高大了。当然,他现在也很高大,而我则属于比较矮小的人,但我和他身高上的差距已经不像过去那样明显了。

"没等你介绍,我就见过你的夫人了!"

我转头看向阿大在明信片上提到的"对象"。她微微收起小巧的下巴,露出了微笑。

"正好要来下上町办事,我就顺便过来看看!"

其实我是专门转了几趟车来找他的。

两年前,阿大在明信片上提到,他在这个地方开了一家比较特殊的照相馆。我很忙,一直没有时间过来看他。上个月正好是油菜花开放的时节,阿大在明信片上提到自己结婚了。我很想看看他的对象长什么样，于是专门抽时间赶了过来。我谎称是来办事的，因为阿大的店已经开了两年了，我却一直没有来过，实在是不好意思承认这次过来是为了看他的对象。

阿大露出了灿烂的笑容。

"哦，你到下上町有事啊！那可真巧！"

我没有感到撒谎的罪恶感。

那件事以后，我对谎言变得十分敏感，有段时间，我坚持只说真话，但是很快就坚持不下去了，我现在偶尔也会说点儿谎话。每次说谎后，我都会感到内疚，但那种内疚也会渐渐消失，成年以后，我已经与谎言和解了，偶尔也会说上两句。或许，世上很多人都这样吧！

"喝茶吧！你要热的还是冰的？"

"给我来点儿冰的吧！"

娇小的老板娘走进柜台，然后上了二楼。

我很想问问他们是怎么认识的，但我知道楼下和楼上的房间隔音不好，便没有说话。听她刚才熟练地讲解店里的拍摄遗照的业务，我猜测她已经在这里工作很长时间了。

我又看了一眼店铺。这里虽然重新装修过，但是格局依旧跟以前一样。店门右侧还能看到当年我爬进来的那扇窗户。现在看来，我很难想象那天我是怎么从这么小的地方钻进来的。左侧的房门关着，我不知道里面是否仍然是暗房。事后，我和阿大才知道，那个装着水池、放着铁桶的房间原来被称为暗房。所谓事后,就是我们三个人逃到港口,阿大的父亲从自动售货机里买饮料请我们喝的时候。

"这里不是照相馆吗? 客人在哪里拍照?"

直到现在,我才意识到店里似乎没有专门摄影的空间。

"二楼有一个摄影棚,但是店里的客人主要是老年人。等手头宽裕了,我准备安装一部电梯。"

"那生活空间呢?"

"没有,我们住在其他地方。"

"你们不住在这里啊。"

"因为住在这里心情实在太复杂了,所以我们就在附近租了一间房子。"

所谓心情复杂,肯定不是阿大本人的心情,而是母亲礼子和继父雅也的心情吧!

"是吗? 我还以为你住在这里呢! 因为你开店以后,明信片和贺年卡上写的都是这个地址!"

"反正我每天都过来,写哪个地址都无所谓,不过,小豆应该对这里的地址更有感情吧!"

"我对地址能有什么感情啊!"

"那倒也是!"阿大笑了。

"不过,我来这里的路上发现这里的变化好大啊!"

我看向店门,洒满阳光的道路向左右延伸,一只燕子擦着地面飞过——飞向那天我们三个人一起奔跑的方向。

"这周围多了好多公寓、便利店、练歌房和大型超市！"

"是啊！"阿大也转过头，看向我所看的方向。

"已经过去这么多年了！"我听见他低声喃喃道。

"有人组织了一个叫'上下振兴会'的志愿者团体，在他们的努力下，最近这里的游客越来越多了，也开了好多新店。弥生屋倒闭了！"

"当时我还在这里吧。读初三的时候。"

"是吗？"阿大挠挠眼角，随后看了一眼自己的店铺，目光停留在右边的架子上，高兴地笑了。

"你找到那个了呀！"

他正在看的正是那个摆满了遗照的货架。我刚才拿出来的那两个相框，现在还立在最下层的架子上。

"你为什么要把相框放在遗照中间呢？"

我早就在打算见面之后问问阿大这个问题了。

"不是放在中间，而是藏在后面！"

"嗯，可是为什么要把它们放在摆放遗照的架子上呢？"

"为什么啊……"阿大喃喃着，抿起了嘴唇。

看到那熟悉的为难表情，我再也装不下去。

"抱歉，其实我能猜到！"

那是我请智绘阿姨帮忙剃头之后，我们俩在阿大家门口拍的照片。那天，我们掏出身上所有的钱，跑到弥生屋买了一盒胶卷。我们将胶卷装进照相机里，轮流站在墙边给对方拍了照。

现在回想起来,那个举动有点儿傻,但是在当时,那就像是我们鼓起勇气的仪式!

当时,阿大为了父亲,我为了朋友,我们是真的做好了拼命的准备!即使有可能面临生命危险,我们也无所畏惧。当然,如果真的遇到生命危险,我们可能会吓得掉头就跑!可是,若问我们当时的话语是不是谎言,我现在依然坚信那不是。我至今仍然记得,我在为阿大照相时,一股力量从身体内部涌出来,传遍全身,甚至充满了指尖,从我的发梢儿溢出来。后来,这股力量至今仍在我体内留存,帮助我渡过了许多难关!

“不管是真情还是假意……决定去做一些事情时,还是需要勇气的!”

阿大看向遗照的展示架。

“我开这家照相馆,就是希望客人能通过提前留下遗照,给自己增添一点儿勇气!我想让意识到自己的人生即将终结的人,心里多一些勇气!我想,这跟我们拍照片时的心情有点儿像!”说完,他又浅笑着补充道。

“小豆,我之所以开遗照馆,是因为现在这个时代,普通照相馆已经很难生存下去了。最近不是还很流行‘临终准备’吗?”

看来,阿大也并非跟以前完全一样。

我与阿大分别在照片中摆出严肃的表情看向镜头。虽然我们以相同的距离拍摄,但阿大的脸占据了大部分画面,而我的脸则显得较小。尽管从正面看不出,实际上那两张脸的背面都画着两个相同大小的胡子大叔。

"其实……我真的很害怕！"

幸亏我们当时那么勇敢！

"我才是一切的根源！"

阿大的父亲卫先生被卷入那件事的根本原因在我身上。

那天，我们坐在港口喝饮料，听卫先生讲了事情的经过。卫先生靠着渔协仓库的墙壁，坐在那里，他的手里拿着罐装咖啡，两条腿伸得老长，极像海盗头子。

"那个人好像没给钱！"

我在这个店里说出的谎言，便是一切的开端。

"刚才那个人，从架子上拿走了胶卷盒子！"

那本是我为了偷相机编造的谎言，但是卫先生相信了。然后，他就从店里跑出去，猛追那个被我描述成小偷的男人，也就是那个刚刚走出店门的男客人。因为那个人还没走远，卫先生很快就追上了他。卫先生一把抓住对方的肩膀，把他转过来，命令他交出胶卷。

"要是那个人当时一脸茫然，不知道我在说什么，我可能也就发现被你这小子骗了！"

可是，那个人不但没有一脸茫然，按照卫先生的话说，反倒做出了心里有鬼的反应。他神情慌张，一句话也说不出来，紧紧抿着嘴，好像早就决定了打死也不开口。于是卫先生一把揪住那个人的领口，使劲儿摇晃，散发出随时都要动手打人的气息。

当然，"气息"这个词也是卫先生自己说的，是否真的有那种气息，我就不得而知了。说不定他真的打了那个人两下！

"我又没有亲眼看到那个人偷胶卷，也不能说那是一个小学生告诉我的！要是那个人说小鬼在撒谎，我会很没面子的！"

其实那个小鬼真的撒谎了！

"结果，那家伙就从包里拿出一盒胶卷塞给我，趁我松开他领口的空隙，转身逃跑了！"

于是，卫先生手上多了一盒胶卷。

当然，那盒胶卷并不是从真锅相机店偷的，因为那个人并没有偷东西。

"那盒胶卷给我惹了不少麻烦！"

卫先生从口袋里掏出已经被挤压变形的七星牌香烟，笑了一声。

"早知道我就不该心血来潮把它冲洗出来！"

按照卫先生的说法，他感到那东西有金钱的气息，便连夜拿去冲洗，最后发现胶卷拍摄的是黎明前的海面，画面上还有许多人在忙碌。其地点正好是西取川的入海口！

"那个叫中江间建筑的公司不是在搞护堤工程吗？照片上有很多穿着那个公司工服的人坐在充气艇上。"

我到现在都不知道那些照片是否拍到了阿大的继父雅也先生。不过，智绘阿姨说，雅也先生从早到晚都在工作，被拍到也不奇怪。

"再仔细看,原来那帮人在用渔网捞死鱼! 水面上漂着好多死鱼! 他们在不停地捞死鱼!"

卫先生马上就想到了工业污染。

"我当时就意识到,这些照片能换钱! 他用照片威胁他们,说不定能敲到一大笔钱!"

卫先生说那句话时,眼神异常贪婪,让我感到一阵寒意。至于阿大,我后来问了他,他说他当时不懂"工业污染"这个词,没听明白。

"可是,我还没想好怎么联系中江间建筑公司,那帮人就找上门来了!"

他们要求卫先生交出胶卷。

那帮人自然就是我们那天见到的那三个人。那个被卫先生踹晕的瘦男人就是拍照者! 卷毛和寸头都是"前辈"。至于是什么前辈,我就不知道了。

仔细想想,其实最可怜的是被踹晕的那个人。听说他只是一个喜欢摄影的普通白领,拍照那天,天没亮,他就起床了。他拿着相机,走到海边,想拍日出的景色。结果没拍几张,他就发现入海口那边有几条充气艇,许多身穿相同工服的人在忙碌。出于好奇,他便对着那些人拍了几张照片,仅此而已!

然而,考虑到后来的事情,我就不太同情他了。卫先生被软禁在店里时,我通过那三个人的对话得知,那个人本来打算把照片卖给杂志社。虽然拍到那些照片只是偶然,但是他打算利用这个偶然换取金钱！

　　要把照片卖给杂志社，必须先看看是否拍摄到了清晰的画面。因为那个人想冲洗照片，所以那天才会走进真锅相机店。可是进店之后，他又觉得不应该找工地附近的店铺冲洗照片，应该去远一些的相机店。最后，他没有拿出胶卷，而是直接离开了相机店。可是没走多远，卫先生就从后面冲了过来，气势汹汹地命令他交出胶卷。虽然那个人不明白发生了什么事，但是敌不过卫先生的施压，或许他还被推搡了几下，最终无奈地交出了胶卷。

　　"后来，他就叫来那两个人，到我这儿来找胶卷了。本来是瘦高个儿去请那两个人帮忙，那两个人听了胶卷的事，可能也觉得能搞到一大笔钱，就一起找上门来，把我堵在店里对我说，我不拿出胶卷，他们就不走。结果他们真的不走了。我什么也没说，连照片已经冲洗出来的事也没说。后来，那帮人自己动手找胶卷，把店里翻得乱七八糟的，其实照片和底片早就被我装在信封里，跟别的信件一块儿塞在二楼的文件袋里了！"

　　卫先生吸了一口所剩无几的烟屁股，转过头喷出烟雾。然后，他把只剩下过滤嘴的烟蒂扔进空咖啡罐里，咖啡罐里面传来"滋"的声音。

　　"那个……"

　　一直没说话的阿大突然发出了声音，仿佛他本来不打算说话，但是声音自己漏出来了。

"嗯？"

八九年没见儿子的卫先生突然提高了音调。他转向阿大那边，但是目光没有停留在阿大的脸上，而是有点儿难为情地转向了正在泛起夜色的水平面。那时我才意识到，卫先生到达港口后，一次都没有看过阿大。就算他想看，可能也不敢看吧！

礼子阿姨离婚后，每年都会给卫先生寄几张阿大成长的照片。这是后来礼子阿姨告诉智绘阿姨，智绘阿姨告诉阿大，阿大又告诉我的。卫先生每年收到那些照片后，究竟有什么反应呢？他会一个人静静地看上很久吗？反正他肯定不会随便把照片塞到角落里去。我们三个人逃离相机店时，为了让那些人看到我们后脑勺儿上的胡子大叔，阿大一度扯下了头上的塑料袋。卫先生只看了一眼，就发现那是自己的儿子。说不定我在店里撒谎并准备偷相机时，卫先生正坐在柜台里凝视阿大的照片！

"照片要怎么处理呢？"

后来阿大告诉我，他虽然没听懂"工业污染"这个词，但是他能隐隐地感觉到那些照片公开出去后，会对中江间建筑公司造成不好的影响。

他的继父在那里工作。

卫先生不知道这件事。

"哦……照片啊！"

卫先生抬头看向橙红色的晚霞和深紫色的晚霞交错的天空，口中念念有词。

"敲诈那家公司是件大事,我想还是把照片卖掉吧!那帮人把我的店弄成那样,想必也会心虚,不敢对我做什么吧!"

"能不能不要卖掉?"阿大小声说道。

那家伙明明是个大块头,可是在那一刻,他却显得比我更像小孩子。

卫先生看着天空,阿大则一直盯着卫先生的左脚。

"能不能把照片扔掉?"

卫先生依旧面向斜上方的天空,却把目光转向了阿大。

大约过了一个月,我问了阿大当时的心情。他是考虑到雅也先生在中江间建筑公司工作、为了保护自己的家才那样说的,还是不希望卫先生干坏事才那样说的?那天放学后,我们走在回家路上,我问了阿大。阿大摇了摇头,说他也不知道。看他的表情,他应该是真的不知道。

不过,卫先生对阿大的态度就再明白不过了,因为他并不知道阿大的继父在中江间建筑公司工作。

卫先生斜眼看着阿大,沉默了一会儿。然后,他叹了口气,嘴角浮现出一抹苦笑。或许,那是他第一次答应儿子的请求。

"好吧!"

不久之后,卫先生站起来,带着我们离开了夜色渐深的港口。他把我们送到了二之桥的桥头。彼时,夜晚已经渐渐地渗透到了周围的空气中。

"路上小心!"卫先生挥手道别,然后转过了身。

我和阿大挤在一起,战战兢兢地往前走,生怕那三个人又从哪个黑暗的角落里跳出来。当时我想,阿大的爸爸叫我们路上小心,还不如把我们送到家门口。走到桥上再回头,卫先生的背影已经离我们很远了,像是被夜晚吞噬了。

下了桥,我与阿大各自走向了回家的方向,就像平常放学一样。路边的水沟发出了不知哪家人的洗澡水的香气。回到家里,我用挂在脖子上的钥匙打开门,等待母亲回家。那天母亲回来得比平时晚。

当我听到开门的声音时,突然哭了起来。母亲把我的哭泣和后脑勺儿上的胡子大叔联系到一起,误以为我在学校受到了欺负。由于不能告诉她真相,我不得不绞尽脑汁用谎言打消她的误会。那天晚上,母亲趁弥生屋还没打烊,去那里买了电推剪,把短命的胡子大叔剃掉了。那当然比不上我与亲生父亲的别离,但还是让我有些伤感。

第二天我才想起来,我的自行车还停在真锅相机店旁边,于是放学后,我和阿大一起去取自行车。我们没有走到相机店门口。我还记得那天我推着自行车下坡时,自行车前轮的中轴一闪一闪地反射着阳光,那肯定是因为我一直低着头走路。

然而,事情过去了三个月,中江间建筑公司一直隐瞒着的化学品泄漏事故还是被曝光了。

一家杂志社得到了这个消息,将其写成了文章。我当时站在书店看完了杂志上的文章,但是没有发现照片。卫先生肯定遵守了他与阿大的约定,把照片销毁了。杂志社的人应该是从别的渠道获得了那个消息。

换言之,那三个人做的事情,阿大对卫先生的请求,全都毫无意义。

由于存在隐瞒事实的行为,化学品泄漏事故发展成了事件,附近的居民开始组织抗议运动,中江间建筑公司的护堤工程被转给了野方建筑公司。不久之后,中江间建筑公司破产,阿大的父亲雅也先生丢掉了工作。不过,他们没有回到原来住的地方。雅也先生、礼子阿姨、阿大和智绘阿姨都留在了下上町,雅也先生又找了一份驱虫公司的工作。根据阿大每年在贺年卡上透露的消息,雅也先生现在已经退休,与礼子阿姨住在一座小房子里。

卫先生为什么跟礼子阿姨离婚?卫先生为什么如此厉害?这些问题的答案我都不知道。后来我听阿大说,卫先生以前也打过棒球。因为阿大成为球队的头号选手时,礼子阿姨既高兴又有些伤感地夸他:

"不愧是你爸爸的孩子!"

其实,这也是阿大放弃打棒球的原因。

"因为一想到我爸,我的心情就有点儿复杂!"

阿大管卫先生和雅也先生都叫"我爸",所以我不明白他在说哪一位。不过,我认为他说的应该是雅也先生。

"那天你为什么用右手扔石子儿?"

我问起打水母弹子的事情，阿大举起左手凝视了好久。他的中指和食指的指腹还留着硬硬的茧子。

"因为那是我转学第一天啊，我还不了解小豆，所以我怕你知道我以前喜欢打棒球，会突然问我很多问题。"

确实，如果那天阿大一下子就击沉了远处的水母，或是只偏了一点点，我都会问他很多问题，而阿大的家庭情况比较复杂，恐怕很难回答。

"那你也可以用左手，假装不会扔啊！"

阿大皱起眉头，露出了为难的表情。

"那太难了！"

那件事之后，我们的关系渐渐地发生了改变。

第二天，我们俩都顶着光头去上学，被同学们戏称为大和尚和小和尚，因此，我们也成了班上公认的一对好朋友。在融入班级后，我和阿大都不再像以前那样总是两个人各自待着，而是渐渐地跟周围的同学有了来往。六年级暑假，我们又到二之桥上打水母，但是没有以前那样尽兴，就以河边有对情侣在朝这边看为借口，草草结束了。

我跟阿大上了同一所初中，当时我们的关系已经疏远了。尽管如此，我们偶尔还是会在回家路上相遇，聊聊彼此的近况。聊到雅也先生又找到了工作，晚上在家吃南果下酒时，我们可能都想起了阿大转学的第二天，我吃了好多南果的事，但是我们谁都没有提及那件事。

升入高中后，我跟随母亲搬回了母亲在关西的娘家。那时，外祖父和外祖母的身体越来越虚弱，需要有人照顾，那边的亲戚就给母亲介绍了工资和工作时间都很稳定的工作。后来，我在那个看不到海，但是有个大湖的城市完成了大学学业，毕业后找了一份办公器材厂的业务员的工作。每次看到照相机，或是听到别人谈论棒球，我都会想起阿大，想起那天的事，但也只是想想而已。

有一次，我去南方出差，看见太宰府天满宫有卖小鸟木雕的小摊。那种鸟叫"莺"，这个字长得很像"学"，因此，这种鸟被认为是学问之神的使者。因为那种鸟的叫声很像吹口哨，"口哨"一词的日语罗马音在古代为"uso"，所以才有了这个名字。[①]我看完那段说明，这才回想起了阿大的本名，因为我一直叫他阿大。

后来，母亲一直没有再婚，我也一直没有改姓。不过，合作商的负责人基本上都能一次就记住我的名字，因此，我觉得这个姓也挺好。

离开那个小镇后，我跟阿大就变成了互相寄贺年卡的朋友。阿大每次都用工整的字迹向我汇报小镇的情况和自己的近况。他每次写到西取川，我都会想起，我直到最后也没有给阿大做钓竿。

---

① 莺，读作"xué"。日语罗马音为"uso"，与日语中的"谎言"同音。（译者注）

西取川的水原本非常清澈,后来却出现了水质污染的问题。不过,县政府最近正致力于改善水质,而在其中起到重要作用的公司,竟然是以前中江间建筑公司的老板开的,真是世事难料!

智绘阿姨后来在镇上找了一份在小酒馆做服务员的工作,后来,老板娘还把小酒馆转手给她打理。她跟店里的常客结了婚,现在还在离下上町不远的地方继续做生意。也不知道她现在多大年纪了。她喜欢的耿直佐藤当时还是新人,现在已经是搞笑界的长老级人物了,所以智绘阿姨的岁数可能也挺大了。

卫先生四年前去世了。

"你怎么会继承这家店呢?"我把我们俩的照片放回摆放遗照的架子的深处,问了这么一句。

"算不上继承。我爸很早以前就关了相机店,我只是继承了这块地和这座房子。"

阿大苦笑着说,他交完遗产税,开了这家店,存款已经见底了。然后,他提起了卫先生去世时的事。当时阿大在政府部门工作,有一天,他突然接到医院的电话,这才知道卫先生已经住院很久了。那天,阿大申请早退,赶到医院去,跟卫先生谈了土地和房子的事。

"虽然子承父业有点儿老套,但是我想,既然已经继承了,不如在同一个地方继续搞摄影吧!"

"你是什么时候开始学习摄影的?"

这也是我一直想问的问题。虽说只是拍遗照,但一个外行人肯定无法这么快开起一家照相馆。

"因为我有点儿不好意思说,所以就一直没告诉小豆,其实我一直在学摄影!"

"你是从什么时候开始学的?"

"五年级。"

"我怎么一点儿都不知道?"

"跟你说了,我不好意思告诉你嘛!"

"为什么?"

"不为什么。"

阿大犹豫了一会儿,走到柜台后面,拿出一个毫无特色的牛皮纸信封,以及一个方形的黑色物体。他一下子就能将其拿出来,显然是将它们放在很显眼的位置。

"因为这个,我对摄影产生了兴趣!"

阿大把那个方形的黑色物体放在我的手上。

那是将近三十年前,我在这里藏在衣服底下偷偷拿走的柯达小相机,后来我和阿大两个人用它互相空按快门,并且在袭击和逃亡那天用它给彼此拍摄照片。

"我就是觉得有点儿不好意思,你能理解吗?"

我好像能理解。

不过,我将相机拿在手上一看,又有点儿疑惑:这真的是那台相机吗?当时我觉得那台相机闪闪发亮,非常高级,可是现在看来,却觉得它方方正正的,显得有点儿廉价。

"信封里装的是什么？"

"整理我爸的遗物时发现的东西。"

信封里放着一张照片。

一片黑暗的背景中漂浮着微蓝的白光。我凑近照片，想分辨是什么东西在发光，却听见阿大说了一句莫名其妙的话。

"我爸当时把所有的照片都处理掉了，只留下胶卷里的第一张照片。"

"第一张？"

"发现工地的人在船上捞死鱼之前的照片。"

"原来还有这种东西啊！"

"嗯，真的有！小豆，你猜这是什么？"

我更仔细地看了看照片。照片上并非一片漆黑，而是有一些横向的白色纹路，就像刷子刷过的痕迹。那些纹路不时弯曲一下，周围还散布着朦胧的微蓝的光团……

"海里的水母真的会发光！"

我惊讶地抬起了头。

"水母？"

"没错！它们一到晚上就会发出浅蓝色的光。拍照的人可能是因为看到了那个，才会把镜头转过去，碰巧发现工地的人正乘着船，在海面上打捞死鱼！"

那么……

当时我的谎言就不是谎言了！

真的有会发光的水母！

我惊讶地盯着那张照片，突然听见阿大喷了一口气。我抬头一看，只见他抿着嘴唇，正在努力憋笑。

"你笑什么？"

"你真的相信啊！"

"相信什么？"

"水母！"

阿大从我的手上拿起照片，用粗壮的指尖轻抚那些光点。

"那片水域只有海月水母，那种水母怎么会发光呢？"

"可是那个……"

阿大说，那些发光的东西可能是海萤。

"海萤是一种专门以死鱼为食的生物。当时水面上漂浮着许多死鱼，肯定有许多海萤会聚集过去。我猜，这张照片上发光的东西不是水母，而是围在死鱼周围的海萤！"

"真的吗？"

我凑过去，仔细看了看照片。

"海萤一受到刺激就会发光！"

阿大又告诉他。

"当时工地不是泄漏了大量毒死鱼类的东西吗？海萤应该也受到了刺激，所以才会发光。说不定工地上的人就是看到那些光，才发现出事了。如果当时周围一片漆黑，那么谁也看不见海上漂着死鱼！"

我想,这的确有可能!

"可是,这真的很像水母在发光!"我说道。

"嗯,是很像!"

然后,我们又盯着那张分不清上下的照片看了一会儿,仿佛在从不同的方向解读一个小小的故事。回忆就像透过树叶的阳光,失去了耀眼的光芒。但是在已经长大的我的眼中,在已经长大的阿大的眼中,那都是令人会心一笑的光芒。

二楼传来一阵穿着拖鞋走路的脚步声,阿大回过头去。我也漫不经心地抬起头,看着他微微张开的嘴唇。

第三章　无常风

（一）

　　源哉顺着西取川沿岸道路疾驰，白衬衫迎风鼓起，斜挎的书包坠在身后"啪啪"作响。靠近一之桥后，他松开油门，降低了挡位。

　　请勿向河中投掷和〇〇物品！

　　每次过桥，栏杆上的警示牌都会映入眼帘。在海风的侵蚀下，部分原本用红漆书写的文字已经消失。这块警示牌已经立在这里三十四年了，这期间，可能被人翻新过几次，但最终还是成了现在这个样子。

　　这块警示牌之所以会出现，就是因为当年源哉的父亲受了重伤。三十四年前,渔民正在打火渔,有人从一之桥上投掷石头,砸到了源哉的父亲的脑袋。从小学到高中,源哉经常向同学讲述这件事。这件事在镇上无人不知,大多数同学听到后都会惊讶地说:"原来那个受伤的人是你爸爸呀!"当然,这对现在额头上还有块疤的父亲来说,并不是一件好事。

他经过一之桥进入上上町,然后开上了正对向日葵花田的坡道。头盔挡板的另一侧,是一望无际的夏日晴空。

镜影馆没有停车场,源哉就把摩托车停在道路另一侧的公交车站旁。

他取下书包,放在车座上,扯了一下盖布,故意露出马克笔写下的"2-1崎村源哉",然后离开了摩托车。现在只有几个和源哉关系比较好的朋友知道他有摩托车,不过这样一来,说不定其他的人也会看到。

他正要走进镜影馆,里面正好有人开门出来。那是两个男人,看起来都是六十多岁——他们也是来拍遗照的吗?

"好多年轻人啊!"

"就是,真有意思!"

"这种事情很奇怪吧,我们应该告诉电视台的人!"

那两个人与源哉擦肩而过时,说了几句莫名其妙的话。他看了他们一会儿,然后才走进敞开的玻璃门。

"你好!"

柜台后面的女人笑着跟源哉打了个招呼。她的年纪大概比源哉的母亲小十多岁吧。

"我想看看祖父的遗照,听说他有一张遗照放在这里。"

他先说明来意,然后报上了自己的姓名和祖父的姓名。

"请稍等片刻!"

她转身在柜台后面的架子上翻找,源哉则开始打量起店里的陈设。左前方有一张长沙发,上面坐着一个女人。她看起来二十岁左右,似乎有点儿眼熟。那个人正呆呆地看着放在腿上的木制相框——她究竟是谁？源哉正在回忆,却感到地面轻轻地晃动,旁边的墙上开了个方形的口子。原来那是一台小型电梯,电梯门被涂成了跟墙壁一样的颜色,不仔细看发现不了。

电梯里走出一个男人,笑着朝源哉点了点头。这个人看起来很高大。

"样品,样品……"

大个子从架子上抽出一本厚重的资料夹,再次走进对他来说有点儿狭小的电梯,关上了门。后来,源哉得知,这个人是镜影馆的店主佐佐原先生,而在柜台里面翻找资料的女人则是他的夫人。

"久等了！您要找的遗照放在那个架子的倒数第二层。您可以把它拿到沙发上坐着看！"

源哉走到摆满相框的架子前,蹲下身来,就像在人群中寻找家人一样寻找那张遗照。他很快找到了祖父的照片。正如父亲所说,祖父在这张遗照中的笑容比家里那张遗照中的笑容更温和。

他拿起祖父的遗照，走向店铺深处。刚才那个女人坐在沙发靠里的一端，于是，源哉选择在沙发的另一端坐下来。茶几上摆着一个白色茶杯，还有一个透明的空袋子。

他把头盔放在身边，旁边的女人抬头看了他一眼。接着，她的目光自然而然地转向了源哉手上的遗照。接着，她又飞快地抬起了眼睛。

"不会吧……"

"什么？"

源哉凝视着她，依旧想不起这个人是谁。他又看向女人腿上的遗照，但是她飞快地将遗照翻了过来。这个人是怎么回事？随便看别人的遗照，却将自己手中的那张藏起来！

"哦？原来你还开摩托车啊！"

是的，然而……

"你问这个干什么？"

"没什么。"

其实他只骑了不到一个月的摩托车。早在今年春假，他就去考了驾照，可是无论他怎么恳求，父母都不答应给他买摩托车。如果他自己攒零花钱，不知要攒到什么时候才能买得起摩托车。即使他出去打工，可能也要一年多才能攒够买车的钱。所以，他放弃了自己买车的念头，并且在某天吃晚饭时漫不经心地说，他有几个朋友买了摩托车，他可以偶尔借来开开，或是坐在车后座上过过瘾。

父母听到这句话，突然改变了态度，尤其是父亲。父亲还气势汹汹地对他说："不行，那样太危险了！"他反驳道："如果一直不骑就会忘了怎么骑，那以后再骑的话，不是更危险吗？"听到这句话，父亲陷入了沉思。不久之后，父母走进厨房商量了一会儿，重新回到座位上时，他们答应给他买一辆二手摩托车。

但是，父母不准他骑车上学，也不准他晚上骑车出去。母亲还再三强调，只要违反约定一次，就没收他的车钥匙和驾照。目前，源哉还没有违反过这个约定。他今天也是老老实实地骑自行车上学，放学回家后才把摩托车骑了出来。但是他没有换掉校服，也没有放下书包，还绕了很多远路，就是为了让别人看见他骑着摩托车。不过话说回来，这个人到底是谁？

"你是崎村源哉君吧？跟你爸爸的名字一样，'源'是'三点水'的'源'，'哉'是'呜呼哀哉'的'哉'。你现在几年级了？"

"高二。"

"是吗？都过去这么久了啊！"

"那个……"

"请用！"

店主夫人放下了一只茶杯。

"店里都用这个款待客人，请你尝尝吧！"

她又在茶杯旁放下了一包饼干。饼干包装上印着淡褐色的文字：

开业十周年,感谢有你。

镜影馆

"源哉君,你肯定不记得我了吧!"

"不记得了!"

"我们七年前见过面!"

她拿起遗照,翻过来给他看。

"一起的!"

"一起?"

她指了指自己,指了指照片,又说了一遍"一起的"。照片上的人笑容满面,跟她长得有点儿像……

"啊!"

"想起来了?"

"你应该是……"

小学五年级的某一天,他不记得那是星期六还是星期日,他跑出去找朋友玩,却在家门口撞到了一对母女。后来他边走边回头看,发现那对母女穿过院子,朝他家走去。傍晚回家后,他又发现父亲有点儿奇怪,似乎对母亲特别温柔。他不禁疑惑,那两个人究竟是什么人。他问父亲,父亲却露出奇怪的表情,只说她们是熟人。

"她死了吗?"

话一出口,他才意识到自己太没礼貌了,不过对方好像不太在意。

"嗯,过了半年多就死了。你长大了啊!那也是理所当然的!"

那个人凑近了一些,似乎想仔细打量源哉。

"都已经上高中了呀!"

"那个,你跟我父亲……"

"嗯,我们认识!"

她的回答跟父亲的回答差不多,但是源哉也不是特别好奇,便点了点头,打开饼干袋子。

她说自己叫藤下步实。

"我正好想找人聊聊天儿,可是这里没什么人,便准备回去。没想到旁边来了一个人,竟然还是崎村源哉!我真是太惊讶了!哎,源哉君到这里来干什么?"

源哉想要回答,但是用饼干堵住了自己的嘴。

其实他来这里,是因为父母给他买了摩托车。他们再三叮嘱他,千万要注意安全,源哉心里当然明白,可是骑车时仍旧有些害怕。他回想起驾校向学员展示的交通事故的照片和影片,不由自主地想,如果他出事故了怎么办?如果他死了怎么办?父母肯定会自责,觉得不该给孩子买摩托车!他是家中独子,万一他死了,家里就只剩下父母二人!想着想着,源哉又开始思考人的生与死。

"源哉君这个年纪的人,应该会思考人的生与死吧?"

"没有,没想过!"

"是吗?"

人一旦开始考虑生与死,就会疑惑人生究竟是什么。他会一直生活在这个地方吗? 父母会一直务农、打火渔,每天过着大同小异的生活并渐渐老去吗? 祖父以前也跟父母做一样的工作,但是源哉出生时,他已经什么都不做了。听说,他五十几岁时跟偷捕香鱼的盗渔者发生冲突,受了重伤,从那以后就再也无法工作了。

祖父每天都在家里看电视,或是讲以前的故事给他听,但是源哉上四年级时,他的心脏出了毛病,住了几次院,最后还是死了。眼看着自己衰老,身体出毛病,慢慢走向死亡,究竟是一种什么样的心情呢? 那是看着活生生的自己被什么东西吃掉的感觉吗? 几天前,他就坐在起居室的佛龛前,看着祖父的遗照思考这些事情。

源哉没见过祖父放声大笑,可是遗照里的祖父却咧嘴笑着。他正在走向死亡,为什么还能笑得出来? 他心中万分疑惑,随后想起父亲以前说过,镜影馆里还有一张祖父的遗照,那张遗照上的祖父笑容更温和。于是,今天源哉来到了这里,想看看祖父的另一张遗照,希望能消除这个人生的烦恼。可是……

"我只是突然想过来看看!"

他不好意思向比自己年长的人解释这种心情。

"你为什么来呢？"

"我啊……"步实轻触母亲的遗照，歪着头说道，"我去年找到了工作，现在是一名护士。"

母亲病重时，得到了医院工作人员的不少关怀和帮助，因此，步实才选择了现在这份工作。

"我刚参加工作就被分配到了癌症病房，那里每天都有好多病人去世。有经验的人可能都习惯了，可我还是新人，所以有很多烦恼！"

每次心里难受，她都会在家里凝视母亲的遗照。

"有点儿像对妈妈倾诉的感觉吧。可是这次不太行……于是，我就在下班后坐车过来，想看看另一张遗照。"

她的理由跟源哉有点儿像，但只是相似，源哉的理由实在太肤浅了，他庆幸自己没有说出来。

"对了，刚才我听说，耿直要来这里！"

"啊！"

耿直佐藤是全国知名的搞笑艺人。他德高望重，最近还在电视剧里饰演了一个性格古怪的饭店老板。

"他要来拍遗照吗？"

"不是，好像是电视台想做节目，由耿直来主持！"

"哦……"

无论如何，他以前从未听过有知名人士到这里来！

"你知道'上下振兴会'吗？"

"就是'上下左右'的那个'上下'吗？啊，不好意思！"

步实用手拢了拢源哉撒在茶几上的饼干渣，扫进了自己那个包装袋。

"没错，就是这个镇的振兴协会！他们向东京电视台介绍了这家照相馆，那边好像很有兴趣。刚才协会的人来跟这里的老板商量了做节目的事情。源哉君，你在门口应该碰到了他们吧！"

原来刚才那两个人是上下振兴会的人。

他第一次听说这个协会，好像是在初中的社会课上，老师聊到志愿者的事时提起的。"上下"是指"上上町"和"下上町"，协会的主要工作是宣传这里夏季的打火渔、香鱼料理、西取川和海水浴场，吸引外来游客和定居者。

去年秋天，他跟五六个朋友到车站附近玩，看见商店街有几家餐馆竖着"大奖赛正在进行"的旗子，还标明主办方是上下振兴会。活动内容是给美食餐馆评分，还在商店街的一头设了投票箱，用餐者可以给自己最喜欢的餐品投票。那天，源哉他们在中华料理店门口买了香鱼包子，但他们还是觉得便利店卖的肉包和比萨更好吃，因此没投票。

电梯门开启，高大的佐佐原先生走了出来。他身后还跟着一位可能只有他三分之一高的老太太。老太太非常瘦，一头白发整齐地挽在脑后，发髻上插了一根木簪。

"野方太太，辛苦您了！不好意思，劳烦您在那边稍等片刻，好吗？"

佐佐原先生朝源哉那边打了个手势。

"啊,那我先走了!"

步实站了起来,源哉也跟着站了起来。

"没关系,沙发很大,能坐下三个人!"

听了老太太的话,源哉想坐回去,但步实客气地说:

"真的不用了!"

于是,他又直起了身子。

两个人走到柜台前道谢,准备把遗照放回原处。

"如果两位是故人的家人,可以将遗照带回去,放在家里。"
佐佐原对他们说道。

"那我就借用一段时间吧!"

步实将母亲的遗照放进包里,源哉也决定借走祖父的遗照。

两个人再次低头行礼,然后转身走向出口。

步实把手搭在玻璃门上,回头看了一眼。她的目光落在刚
才那位老太太的脸上,就在对方察觉到其视线、正要抬起头时,
步实又转过头,拉开了玻璃门。连绵不绝的知了声猛地变大,火
热的阳光打在脸上。

"刚才那位老太太姓什么来着?"步实迈步之前,问了一句。

"她好像是姓野方吧! 你认识她?"

她微微收紧了下巴。

"她是我所在那家医院的患者。我没照顾过她,但是我在医
院里见过她几次!"

"原来是这样啊！"

"那个人……"

步实回头看向玻璃门，还想再说些什么，但最终没有开口。

***

三十五年前的冬天。

野方逸子独自凝视着昏暗的榻榻米。

她与丈夫曾渴望拥有一座能欣赏到灿烂朝阳的房子，于是选择了上上町的这块土地。房子建成后，无论什么季节，朝阳都会透过东边的窗户洒入室内。可是，朝阳灿烂有时也意味着夜幕降临得早。两年前，年仅四十八岁的丈夫去世时，逸子第一次意识到这个事实。

今天是星期日，野方建筑公司休假，但是逸子一大早就在家中整理票据，中途还去了两趟公司，寻找需要用的文件。她可以在社长办公室里工作，但是她不想让员工见到自己在休息日工作。

丈夫临死前表示，希望一直在野方建筑公司负责事务性工作的逸子成为继任社长。她很不习惯这份工作。作为社长，她总有许多事情要做，每周休息的时间都要在家里加班。目前，野方建筑公司还没有余力聘请新的事务员。

逸子成为社长后，项目数量急剧减少，今年公司甚至发不出员工的夏季奖金。

不久前的投标是公司起死回生的机会。政府决定在西取川下游展开护岸工程，因为这项工程还关系到地区经济活化，所以政府只允许上上町和下上町的建筑公司投标。实际上，可以参加投标的只有中江间建筑公司和野方建筑公司两家公司。由于工程规模较大，尽管町内共有四家建筑公司，拥有足够实力投标的仅有这两家公司。

然而，中标的公司是中江间建筑公司。

今后该怎么办？公司的贷款、房子的贷款，还有在东京上大学的儿子的学费……由于公司业绩下滑，公司的赤字每个月都在增加。逸子当上社长后，跟丈夫关系不错的几个不动产公司的经理都把订单转给了中江间建筑公司。这或许是逸子不够努力，因为丈夫的熟客们都很信任丈夫！

门铃响了。

这已经是第二声……或许是第三声了。

逸子直起身子，穿过走廊，走向大门。

"你好！"

休息日通常只有上门兜售贷款的私人贷款业务员来找她。他们可能已经打听到银行拒绝了野方建筑公司的融资请求。这些人都说放款很快，可是利息都高得惊人。若是还不上钱，她就只能关闭公司，卖掉土地和建筑偿还贷款。

她竖起耳朵，听见门后传来模糊的声音。

她走到换鞋区，凑近门镜。只见门外站着一个身材瘦高，身穿长大衣的男人。他戴着一副黑框眼镜，低着头，她看不清对方的长相。

"哪位？"

她又问了一句，男人说出了一个名字。那不是公司名称，于是逸子解开了门链。门开了一条缝，男人站直了身子。

"不好意思，我没听清……你是哪位？"

"敝姓井泽。"

她似乎不认识这个人。

"我找野方社长，有些话要说。"

即使过了三十五年，逸子依旧记得井泽的声音。那就像玻璃破碎前最初的破裂声，虽然微小，但是无法挽回。后来，逸子又听到好几次那个声音，每一次，玻璃都变得粉碎。无数的碎片上又堆积了无数的碎片，将她渐渐掩埋。即使后来经济逐渐宽裕，即使她已经把野方建筑公司交给儿子打理，即使医生宣告了她即将死亡，那个声音仍然没有远离。

（二）

"你到底在意什么啊？"源哉大吼一声。

步实也吼了回去：

"跟你说了，我没有在意！"

"那你为什么要过去！"

"我也不知道！"

由于两个人都坐在摩托车上，只能这样对彼此说话。

那是与步实第一次碰面的两天后。那天，步实走出镜影馆，说要坐公交车回家，源哉则跨上了摩托车。他不经意间回头，发现步实正注视着他。

"我到现在还没坐过摩托车呢！"

"你想试试吗？"

他并没有提议载她，而是想让她坐在上面感受一下。然而，步实一脸兴奋地走来，毫不客气地坐到了源哉身后。

"公交车十五分钟才有一趟呢！能坐摩托车真是太好了！后座的人也要戴安全头盔吗？"

车座侧面的钩子上一直挂着备用头盔。源哉很期待哪天在路上碰到同学，要求他载自己回家。

他万万没想到，自己第一次载的人竟是一个女人！

步实给他指了路，最后摩托车停在一座十分气派的房子前。由于地处市区，房子周围没有源哉家那么大的院子，但是方形建筑物棱角分明，很有未来感，连他都能看出来，盖这样的房子需要很多钱！当时他忍不住说了句蠢话："你家真有钱啊！"步实也毫不掩饰地点点头，说她外祖父是开公司的。那个公司专门净化河川水和工业废水,十二年前,她的外祖父把公司的总部从神奈川迁到了这里。

"你为什么很在意刚才那个老太太啊?"接过头盔时,源哉问了一句。

"那个人是建筑公司的社长,名叫野方逸子……"

世界上有那么多社长吗?

"我本来就知道她的样子,第一次在医院碰到她时,我就在猜想,那个人是不是她。一问姓名,果然就是她!"

源哉觉得她算是回答了自己的疑问,于是点了点头。可是事后一想,那其实不算回答。

"我们要交换联系方式吗?"他准备离开时,步实回头看了一眼自己家,用密谋干坏事的语气问道。

他们掏出手机,交换了联系方式,她轻轻挥手,走进玄关大门。源哉把步实摘下的头盔放回原处,不经意间闻到了她的头发留下的香气。回到家后,源哉照旧把两个头盔放到房间里的架子上,然后拿起学校运动服的外套,盖在步实用过的头盔上。

入夜之后,他一个人吃着父母出门打火渔前准备好的晚饭,拿起手机,在浏览器检索页面输入了"野方逸子""上上町""下上町""建筑公司"等关键词。"野方建筑公司"出现在检索结果中。公司主页显示,野方逸子并非社长,而是董事长。于是,他有了用手机给步实发信息的理由。

"这样啊,我以为她还是社长呢!"步实马上回复道。

"网站上说,现在的社长也姓野方。我还看到照片了,他看起来五十多岁!"

"那可能是她的儿子!"

他犹豫了一会儿,回复道:

"你跟野方逸子有过接触吗?"

"你为什么这么问?"

"因为你白天有点儿奇怪……"

步实没有再回复他。

源哉以为自己说错了话,正在回顾两人的聊天儿内容,却收到了很长的回复。

"我外祖父以前在这里开了一家建筑公司,还拿到了西取川护岸工程的项目,但是中途项目被转给了野方建筑公司。我听说野方建筑公司因为这个项目发展起来了,所以觉得事情有些复杂。"

原来如此!源哉险些又接受了她的回答,但是仔细想想,她并没有说到底是什么东西"有些复杂"。

"怎么复杂了?"

"啊,你肯定看不懂吧!对不起,没什么!"

"我很想知道啊!"

过了一会儿,步实用聊天软件发来了通话申请。

在通话中,步实说出了自己出生前发生的西取川化学品泄漏事故。三十五年前,她的外祖父经营的中江间建筑公司在护岸工程的建设中不慎泄漏了消石灰,导致西取川大量鱼类死亡。公司原本想隐瞒事故,但是某杂志打听到了这个消息,将其曝光出来,最后引发了附近居民的抗议运动。中江间建筑公司不得不撤出护岸工程,将其转交给野方建筑公司继续施工。因为中江间建筑公司和野方建筑公司属于规模相近的建筑公司,此前与中江间建筑公司合作的厂商几乎全都转向了野方建筑公司,于是野方建筑公司不断做大,而中江间建筑公司则破产了。

步实才认识他不到一天,为何会对他说出如此敏感的家族往事呢?

"所以我看到他们的社长,不对,看到他们的董事长去拍遗照,心情就特别复杂。原来就是这个人在镇上一直经营建筑公司啊!她跟我外祖父一样,年纪都很大了!"

"董事长的病很严重吗?"

她都已经去拍遗照了,估计病得不轻!

"她的病房不在我负责的楼层,所以我不太清楚。我可以打听,但是那样不太好。对了,要不我去归还妈妈的遗照时,跟镜影馆的人打听一下吧!"

这样就不会不太好了吗?

"他们知道吗?"

"不知道就算了,反正无所谓!"

两天后,她说自己傍晚就能下班,准备到时候去返还遗照。

"要不我去医院接你吧!"源哉鼓起勇气说道,"我也正好想那天去还遗照！"

他撒了谎。

"喉咙好痛啊……我多久没大声说话了？"

他们在镜影馆的对面下了车，步实从双肩包里拿出一瓶茶，大口喝了起来。源哉凝视着瓶子里升腾的气泡，取下书包，放在车座上。他拿出祖父的遗照，像上次那样故意露出了盖布底下的名字，却被步实提醒这样不安全。他只好拿起书包，将其背在肩上。

走进玻璃门，两个貌似夫妻的人站在柜台前。

女人正在向佐佐原先生抱怨。

"阿学，这家店的传单和网站主页上都没写只拍肖像啊！"

听语气，那个人应该是佐佐原先生的亲戚。她身材苗条，一头直发垂到腰间，她的腰际还有一丛褐色的毛在摇晃。那是尾巴吗？

"智绘阿姨，照相馆的传单和网站主页上不写具体拍摄内容，就是说只拍肖像，大部分照相馆都是这样的。"

"你是想说我们什么都不懂吗？"

"我不是那个意思！对不起，欢迎光临！"

佐佐原先生总算看到了源哉和步实。那对夫妻也转过头来，露出了女人抱在怀里的褐色小狗。被称呼为智绘阿姨的女人正面看起来比声音和背影都要苍老一些，但是长得很漂亮。她的丈夫则头发蓬乱，戴着土气的眼镜，身材瘦弱，毫无特点。他的年纪可能比那个女人小一些。

步实说他们是来归还遗照的,佐佐原先生迫不及待地避开了智绘阿姨的追问,走出柜台,接过了步实和源哉手上的遗照,随后动作特别缓慢地走到架子前,蹲下身子,把照片放回原处。源哉的祖父在右侧,步实的母亲在左侧。可是没过多久,佐佐原先生又拿起了照片,回头看着他们。

"要不你们坐下来,喝杯茶,吃些点心吧!你们还可以再看看遗照!"

步实点了点头,源哉也点了点头。佐佐原先生可能觉得,只要他们在店里,那个智绘阿姨就不会继续纠缠。然而智绘阿姨压根儿不理会这个。

"我老公说了,比老鼠大的动物,包括人在内,全部都一样。那为什么可以给人拍遗照,不可以给狗拍?"

"不是不可以,只是今天我老婆不在,得先跟她商量了再决定!"

"智绘,你说得不对!"

她那个不起眼的老公第一次开口了。

"我说的是身体结构……"

"你闭嘴!"

她的丈夫闭上了嘴。不知为何,他看着源哉他们,苦笑了一下。两个人含糊地笑了笑,并排坐在沙发上。

"阿学,我对你像亲弟弟一样,从小就那么疼爱你!店里工作太忙了,你就今天帮我拍嘛!你不赶紧拍,我家宝贝可能会死掉啊!"

"OB的身体状况这么差吗?"

佐佐原先生皱着眉看向小狗。

"很差,是恶性肿瘤,兽医说做不了手术。我带它过来,它就很难受了!"

"这种情况你应该提前联系我啊!"

"我忘记了!"

那只叫OB的小狗看起来像是一只柴犬。虽然动物的年龄不像人类的那样好判断,但是它的脸和皮毛都给人一种上了年纪的感觉。

"对了,耿直是不是要过来啊?"

智绘阿姨似乎突然换了个话题。

实际上,她并没有换话题。

"等他来了,我就告诉他,这个照相馆还挑客人,你最好小心点儿!"

佐佐原先生脸上露出了看到怪物般的表情。

"你这是在威胁我啊!间宫先生,你快帮帮我,这个人太过分了!"

"什么间宫!我也已经当了将近二十年间宫啊!"

看来这两个人已经结婚快二十年了,不过他们看起来都挺年轻,不像上了年纪的夫妻。

"是吗？我都忘了！"

佐佐原先生突然拍了一下手。

"我想起来了，我打算等间宫先生过来，给间宫先生看一样东西！"

他没有理睬智绘阿姨，在柜台里弯下高大的身躯，起身之后，他的手上多了一个大信封。他从信封里拿出一张照片。

"你瞧，这就是会发光的水母！"

说完，他开始观察对方的反应。间宫先生推了一下眼镜，凑过去仔细观察了一会儿，接着抬起头，表情呆滞地看着佐佐原先生。

"啊？"

"水母啊，会发光的水母！"

源哉他们坐在沙发上，看不到照片。不过，佐佐原先生很快就笑了起来，可能是在开玩笑。

"真是对不起！我上次跟朋友说了这些话，对方一点儿都没怀疑，于是我就想这么跟间宫先生说，试一试。不过，我果然还是骗不了专家啊！"

"我的专业不是水母研究，而是动物生态学……啊，这到底是什么照片？"

"你看不出来吗？"

"不知道。这发光的东西是什么？"

佐佐原先生得意地凑过去，对他说：

"这是海萤！"

"以前这一带有很多海萤，浮出水面就形成了这些光点。"

"骗人的吧！"

"是真的！之前西取川的护岸工程不是出过事吗？"

步实抬起了头。

"那时，间宫先生还没到这边的大学教书，我不知道智绘阿姨有没有跟你说起过，我父亲工作的建筑公司发生了事故，导致西取川死了很多鱼！"

"啊，我听说过！那家公司后来倒闭了，雅也先生不得不另找一份工作，是吧？"

"是的，没错！这张照片是某个人在事故发生的那天早晨碰巧拍到的。因为海萤都聚集在死鱼周围，所以形成了光点。我猜建筑公司的人也是看到了这些光点，才意识到出事了！"

间宫先生再次贴近照片，继而又将其放在稍远一些的地方凝视，如此反复了好几次。最后，他眯起双眼，露出一副明白了一切的表情。

"但这还是假的，学君！"

"不，这是真的！"

"这不是海萤！"

"这就是海萤！"

"不可能！"

"啊？"

"海萤应该不会像这样在水面发出这种光。它们生活在海底的沙石层,日落后才在水中寻找死鱼进食,但是绝对不会碰浮在水面的鱼!"

"真的吗?"

"是的!"

"那……会不会海萤正在吃水底的死鱼,然后随死鱼渐渐浮到了水面上?"

"那也不可能!海萤食欲特别旺盛,甚至被称为'海底清洁工',不到十分钟就能吃掉一条小鱼。如果很多海萤聚集起来吃大鱼,通常会咬破鱼鳔或是撕碎鱼身,它们自己却不太可能浮出水面。即使偶尔浮出水面,也不可能同时有这么多!"

"那可不可能是腐烂的鱼身浮起来,所以它们也浮起来了?淹死的人不是也会浮起来吗?"

"这不是事故当天的照片吗?腐烂分解的气体导致鱼身上浮要花好几天的时间,而且,一旦海萤咬到鱼身,鱼身就会破裂,气体会漏出去。"

佐佐原先生盯着照片,几乎盯出了斗鸡眼。

"这真的不是海萤吗?"

"不是!"

"那这是什么?"

"不知道!"

步实站了起来。佐佐原先生和间宫先生看向她,智绘阿姨怀里的 OB 也抬起了头。

"能让我看看吗？"

＊＊＊

"消石灰？"

他说要把消石灰倒进西取川。

消石灰即氢氧化钙，是促进水泥凝固的白色粉末状建筑材料，几乎每个工地都要使用，野方建筑公司也会大量采购。

"您应该知道，消石灰遇水会化为强碱。如果水里有鱼，鱼的身体黏膜就会被其侵蚀，导致死亡！"

"我不太明白你的意思……"

岂止是不明白！

这个名叫井泽的男人突然找上门来，说要跟他们商量西取川护岸工程的事。逸子很警惕，点点头，让他说下去，他却表示这件事很重要，不适合站在门口说。她对让陌生男人进门感到不太放心，但经过深思熟虑后，还是决定让井泽进入客厅。她收拾好满桌的票据和文件，正要去倒茶，井泽却拒绝了茶水。他外套也不脱就坐了下来。

"我可以让野方建筑公司接过西取川的护岸工程！"

他与逸子面对面坐下，一开口就说出了令人震惊的话！

"我有一个老朋友在中江间建筑公司干活儿,他可以帮我们操作。这个人是可以信任的!当然,这是对我们而言!"

逸子不明白究竟要操作什么,也不知道"我们"是指谁。

"具体办法,我已经想好了,实施的步骤也准备就绪!"

"你说什么办法?"

井泽给出的回答,就是往西取川倾倒消石灰!

"我那个朋友会在工作时倾倒消石灰。那些消石灰是二十千克装的,倒两袋。存放消石灰的地点就在水边,这应该不难伪装成意外泄漏。当然,正因为这样,我们才决定用消石灰!"

倾倒消石灰后,鱼可能会死亡,也可能不会死亡。但是井泽说,就算不死也无所谓!

"我们只需要制造水面漂浮大量死鱼的场景就可以了!"

逸子越听越不明白,但是听完井泽接下来的话,她总算察觉到了这个人的部分意图。

他打算事先准备一些因消石灰污染水质而死亡的鱼,从二之桥上倒下去。

"然后再向杂志透露中江间建筑公司发生了消石灰泄漏事故的消息。水面的死鱼会成为事故的证据。一旦事故被媒体曝光,附近的居民可能会组织抗议运动,中江间建筑公司就无法继续承包护岸工程。那样一来,负责接手工程的极有可能是您经营的野方建筑公司。您应该也知道,护岸工程也是为了激活地区经济,只有上上町和下上町的建筑公司可以参与投标,实际上，可能只有中江间建筑公司和野方建筑公司两家可以参与投标。除了你们两家，这附近的建筑公司都没有足够的规模承包这项工程！"

他说得没错！

"最理想的情况是中江间建筑公司的人先发现水上漂着死鱼。那样一来，他们有可能试图隐瞒事故。因为他们会认为，只要他们捞起死鱼，就不会有人发现出事了！"

逸子正要开口，却被井泽拦住了。他继续道：

"如果他们试图隐瞒事故，我们就可以把这个消息也透露给杂志社，这样反倒更好。因为这样，附近居民针对中江间建筑公司的谴责和抗议运动会更加激烈！"

井泽的语气始终很冷淡，就像在朗读说明书。

"我也想好了让中江间建筑公司先发现死鱼的方法。那个工地深夜也有工人作业，我打算天亮前倾倒死鱼，让工地上的人发现！"

天亮前的水面一片漆黑，即使水上漂着死鱼，中江间建筑公司的工人恐怕也发现不了。逸子当然不打算加入井泽的计划，但她心中却产生了疑问。井泽似乎察觉到了什么，他继续说：

"我打算用海萤让水面发光。镇上的人都知道那一带有海萤。看到水面发光，中江间建筑公司的工人应该也会想到那里可能有死鱼。他们慌忙过去确认时，就会发现真的有死鱼！"

"但是……"井泽说到这里，脸上第一次浮现出表情。他的嘴角勾起一丝浅笑,但是并没有动用太多面部的肌肉,这使他的脸看起来更诡异了!

"野方社长,您知道吗?即将死亡的海萤也会发光!哪怕它们即将死亡,将其放到水里,使其受到刺激,它们依旧会发光!"

逸子的确不知道,但是她没有说话,只是默默地注视着对方。井泽的话实在太令人震惊了,她现在一句话也说不出来!

"我打算把海萤混在消石灰里,将其捏成团,撒到水面上,吸引中江间建筑公司的工人过来发现死鱼。您既然是建筑公司的社长,那么您一定知道,消石灰会吸收空气中的二氧化碳并凝固,混入海萤后,很容易捏成团。前不久,我做了实验,十分顺利!"

说到这里,井泽突然沉默了,似乎要给逸子消化理解的时间。

在二之桥上把海萤与消石灰混合捏成的团抛洒出去,等待中江间建筑公司的工人发现水上的光,吸引他们查看水面。此时,水面上已经漂浮着大量事先倾倒下去的死鱼。工人慌忙检查现场,发现消石灰泄漏的痕迹。届时,中江间建筑公司很可能试图隐瞒事故,也可能不会隐瞒。不管他们如何选择,井泽都会把消息透露给杂志社。如果中江间建筑公司没有隐瞒,杂志社就将其报道为事故;如果他们试图隐瞒,杂志社就会在报道中将其升级为事件!

"不过,野方社长……"

井泽第一次移动身体,朝她凑了过去。

"如果事情顺利,野方建筑公司接手了护岸工程,我也想得到一点儿谢礼!"

(三)

源哉想,这个人看风景的样子有点儿独特!

她不是漫不经心地看着窗外,而是正对着窗户,两只眼睛眯起来。其实窗外什么都没有,只有家庭餐厅昏暗的停车场。偶尔会有汽车的头灯和尾灯缓缓划过,但是步实丝毫不会被那些光所吸引。源哉看着步实,弯着身子,叼住了吸管。冰块已经稀释了可乐,沉在杯子底下的柠檬片有点儿酸。他看了一眼墙上的时钟,已经晚上八点多了。源哉的姜烧猪肉饭和步实的鸡肉套餐早已吃完,连盘子都被服务员收走了。

他问步实在看什么。步实说,在看脸。

"你自己的脸?"

步实犹豫了一会儿,然后点点头。

"源哉君,你试试看,像我这样对着窗户,然后眯起眼睛。"

他试了一下,但是只看见了自己的脸。

"你觉得你长得像爸爸吗?"

像是挺像……平时照镜子和看照片时也有差不多的感觉。

"我觉得不像。"

"是吗？有一天，我发现，只要这样看自己的脸，就觉得自己特别像妈妈！不是通过照镜子，而是通过眯起眼睛看自己在玻璃上的影子！"

几天前，他们在镜影馆看到了奇怪的照片。

"能让我看看吗？"

照片是三十五年前，步实的外祖父经营的中江间建筑公司发生化学品泄漏事故那天的黎明拍摄的。

昏暗的水面上漂浮着形状各异的圆形光斑。步实问间宫先生，水面为何会出现这种光斑，间宫先生也回答不上来，谁也不知道答案。

后来，智绘阿姨开始跟佐佐原先生闲聊。源哉和步实从他们的对话中得知，间宫先生在大学研究动物生态学。他放弃了原来任职的那所大学的升职机会，来到这个小镇，接受了工资较低但可以自由研究课题的教职工作。

智绘阿姨在下上町经营小酒馆，尽管间宫先生并不喝酒，他却经常光顾她的店，品尝那里很出名的意大利面。后来，他们结了婚。智绘阿姨的收入比间宫先生多。安康鱼的雄鱼比雌鱼小，它们像疣一样寄生在雌鱼身上。OB是间宫先生带过去养的狗。智绘阿姨的店里挂着耿直佐藤的签名，但是签名旁边的酒馆店名其实是智绘阿姨自己写上去的。当然，他们知道这些没有什么用！

"那起事故……跟当时报道的是不是有点儿不一样啊？"步实盯着茶杯说道。

"哪里不一样？"

"我也不知道！"

那天离开镜影馆后，源哉听步实讲述了化学品泄漏事故的详细情况。这些情况是步实听她外祖父说的。

三十五年前发生事故的那天，中江间建筑公司的夜班工人在工作中突然发现西取川的水在发光。附近的海域有很多海萤，工人怀疑那里有死鱼，就用灯光照射水面，发现水上漂浮着大量死鱼。

他慌忙通知其他工人，所有人立刻开始清点现场，发现了消石灰泄漏的痕迹，此时才有人通知了步实的外祖父。他立刻赶往现场，见天还没亮，他认为也许能够隐瞒事故，于是命令工人下河捞鱼。工人有家人，社长自己也有家人，所以捞完死鱼后，社长通知手下的工人对所有人隐瞒事故，谁也没有反对。

然而三个月后，有人向某杂志透露了消息，化学品泄漏事故被大肆报道，最终升级为重大事件。中江间建筑公司被迫撤出护岸工程，声誉尽毁，再也接不到工程项目，公司不得不宣告破产。

"你很在意那起事故吗？"

"当然在意啊！我的外祖父、外祖母和妈妈都因为那件事而被迫离开了这里！"

"但是它已经过去三十五年了,步实姐的外祖父后来不是也开了新公司,而且还很成功吗?"

昨天晚上,步实给他发消息,问他要不要一起吃晚饭,源哉顿时感到心跳加速。他告诉她,他明天有时间。步实又说,那就明天。接着,他们约好了见面的时间和地点,然后他在学校待到放学。回到家里,他盯着挂钟,等父母出门打火渔后,拎着备用头盔,骑着摩托车,来到这家餐厅,他的心一直在剧烈地跳动。

当然,他并不认为这是约会,心里却忍不住猜测她的意图。其实步实可能只想找个人聊聊那张照片和三十五年前的事,才会约源哉出来吃饭。老实说,他冒着被家长没收车钥匙和执照的危险来到这里,还真没什么意思!

"话是这么说……但是这件事也是我出生的契机啊!"

步实的父母是在她外祖父的新公司里认识的。步实的母亲是社长女儿,当时在公司里工作,步实的父亲则是被招聘进来的业务员。照这个思路,如果步实的外祖父不开新公司,步实的确不会出生……

"照你这么说,我也一样啊! 我爸也是碰巧认识了在渔业协会工作的妈妈,然后才有了我!"

步实瞥了他一眼。

"干什么?"

她犹豫了一会儿,说了句莫名其妙的话。

"其实跟源哉君也有关系!"

"啊？"

"如果没有三十五年前的事故，源哉君也不会降生！"

那是什么意思？中江间建筑公司的消石灰泄漏事故跟他有什么关系？他隔着餐桌凝视着步实，见她微微抬起头来。

"对不起，骗你的！"

"啊？"

"只是说说而已。我想看看源哉君意识到那件事跟自己的人生有关，会有什么反应！"

"为什么要这样做呢？"

步实喝了一口红茶，轻轻叹息。

"今天，我去医院看了野方逸子的资料！"

"你不是说那样不太好吗？"

"我很在意，就忍不住看了。她跟妈妈得了同一种癌症。看病历上的病情描述，我觉得她可能活不了多久了！"

源哉想起野方逸子走出电梯时瘦削的脸。

那天她在镜影馆二楼拍遗照时，摆出了什么样的表情呢？她把野方建筑公司经营得如此成功，脸上应该是满足的表情吧！她的脸上会不会还有一些舍不得结束这样的人生的表情呢？那天，他在一楼见到那位老太太，看见她的脸上满是温和的笑容。但是现在回想起来，那种笑容似乎没有扩散到整张脸。源哉依稀记得，她的眼睛里流露出了其他的情绪，就像有人给她画了一张肖像，却填上了别人的眼睛！

"看了逸子女士的资料,我突然冒出了很奇怪的想法!"

"奇怪的想法?"

"三十五年前的事故,只有她得到了好处!"

"因为是她接手了护岸工程啊!"

"我也不知道为什么会这样想!"

一辆车驶入停车场,车灯照在玻璃窗上。两个人朝那边看了一眼,目光再次转向餐桌。步实喝掉茶杯里剩下的红茶,然后一直盯着茶杯,仿佛杯底写了字。

"时间不早了!"

"倒也不晚!"

"源哉君下次还愿意跟我聊天儿吗?这件事我找不到别人聊!"

果然是这样!

"我无所谓啊!"

"还是白天见面比较好吧!"

"晚上也可以,只要不是满月和雨天!"

"为什么?"

源哉还没来得及回答,步实就自己接下去了。

"哦,不用打火渔,你的爸爸妈妈都在家里,对吧?"

"你也知道这些?"

"知道!"

不知为何,步实低头看着桌面,仿佛在隐藏会心的微笑。

"嗯,满月和雨天不行啊!"

不一会儿,她抬起脸,嘴角还残留着笑意。

"现在完全反过来了!"

***

盖房子时,丈夫搞园艺的朋友给他们种植了庭院树,种植费还打了折。

其中一棵树就是她现在注视的这棵柊树。十年后的今天,这棵柊树已经长得跟逸子一样高了。前年春天,她和丈夫还坐在外廊上,猜测它何时会超过丈夫的身高。然而不久之后,丈夫就被确诊患有脑部肿瘤,在夏天来临之前去世了。

那个春日,丈夫坐在外廊上,久久地凝视着这棵柊树,突然,他穿上拖鞋,走进了庭院。逸子也穿上拖鞋,跟了过去。丈夫站在柊树旁,拿起一片叶子,向她讲述了尖刺的故事。

"只有年轻的柊树才会在叶片上长刺!"

随着树龄的增长,柊树叶片上的尖刺会逐渐软化并最终消失。这是因为柊树年轻时需要用尖刺保护自己,而当它长大后,就不再需要担心叶片被动物啃食了,因此,它会脱下尖刺,伸展叶片,以便接受更多的光照,从而变得更加强壮。

从那以后,逸子看到柊树的尖刺,就像看到了拼命伸展纤细手足的生命。她经常想象将来两个人都上了年纪、一起眺望早已圆滑的柊树叶片时的情景。或许他们还能轻抚着叶片感慨：自己也变得更加圆滑了，他们总算把公司做大，再也不用担心了！

如今只过去了短短两年，丈夫就已经不在她的身边了。柊树的尖刺仿佛成了扭曲的凶器。

"如果事情顺利，野方建筑公司接手了护岸工程，我也想得到一点儿谢礼！"

"谢礼？可是……"

如果时光可以倒流……

"要多少……"

或许，她从一开始就决定做这个交易。

事到如今，她已经无法分辨。她可能只是想催促对方继续说下去。

不，不是的！当时，她确实认为井泽的方法能够拯救她的公司和生活！他的提议就像穿破灰色云层并照亮生命的光。当她听到井泽蠕动薄唇吐出的金额时，那道光进一步扩散，照亮了她的视野。

"如果这是真的……"

井泽提出的金额远比逸子猜测的要少。他只要五十万日元！

"我倒不会拒绝……"

井泽点了点头。

他既没有露出满意的表情，也没有计划正式起步的凝重。他只是匆匆地道了谢，然后站起来，不等逸子从混乱中清醒过来，便独自走出了客厅。等到逸子回过神儿来，玄关的门已经悄然关闭。逸子连鞋也没穿就追了出去，却看见井泽的背影消失在街道的转角。

那一刻，她还有机会阻止这一切！

可是逸子没有继续追赶。她舍不得放弃那道照亮视野的朦胧的光。井泽的身影消失后，逸子以没有穿鞋为借口，说服自己回到家中，锁上了门。

从那以后，她的双手总会不经意间颤抖。

一个星期过去了，两个星期过去了，双手的颤抖渐渐停止。什么事都没有发生。中江间建筑公司仍在稳步推进护岸工程的基础施工，井泽也没有再联系过她。她可能只是被戏弄了，或者井泽起初是真心想那么做，只是后来改变了主意。一定是这样的！一个月过去了，两个月过去了，公司业绩持续下滑，她与客户的洽谈还是很不顺利，但是逸子的心渐渐恢复了平静。

即使业绩一直下滑，她或许还是有办法保住丈夫的公司的，比如缩小公司的规模，成为一家小公司。如果房子的贷款还不上，那么她就卖掉房子，搬到廉价的出租屋去。她仍需设法凑到儿子在东京读大学的学费，但这也只需坚持短短几年而已。这个念头一直温暖着逸子早已冰冷的心，让她依然心怀希望。

春天过去了,香鱼的鱼苗投放完毕后,那个消息突然震惊了整个小镇。

不仅是整个小镇,消息迅速扩散,甚至登上了全国级别的报纸和电视节目。中江间建筑公司的消石灰泄漏事故以及隐瞒事故的行为被媒体曝光。井泽真的执行了计划!附近的居民组织了抗议活动,许多野方建筑公司的员工也参加了。员工们情绪激动,发誓要阻止中江间建筑公司继续承包工程,并坚信那样一来,工程就会转交到他们的手上。

年轻员工和老员工都无比兴奋,眼中闪烁着凶狠的光,这让她联想到外国斗牛血红的双眼。逸子已经束手无策。她只能对那些言辞激烈的人机械地点头,每当四下无人,她就会双手颤抖,并且回忆起井泽的脸。

不久之后,中江间建筑公司撤出了护岸工程。

在上上町和下上町联合议会的委托下,野方建筑公司接手了剩下的工程。后来,一直与中江间建筑公司合作的公司几乎把工程全都转给了野方建筑公司。面对接二连三的变化,逸子觉得自己分裂出了两个人格。一个是沉浸在恐惧中的自己,另一个是代替丈夫经营公司的自己。逸子招聘了大量的临时工人,她听说中江间建筑公司迟早会破产。

"好久不见!"

一个下着大雨的夏夜,井泽又出现了。

他身穿白衬衫,站在门前,尽管撑着伞,但他的双肩已经被雨水打湿了。

"请问您准备好了吗?"

约好的谢礼已经被她放在家中保险柜里了。逸子为了尽快忘记那件事,早已准备好了那笔钱。她做了一件无可挽回的事,却把那笔钱当成了洗清罪孽的免罪符。尽管这种行为十分自私,但是逸子还是希望那笔钱能起到作用。一定是因为这个原因,她看到井泽才如此高兴。她只想尽快把钱交给井泽,一刻也不耽搁!

站在门口的井泽接过了信封,他没有查看就把信封放进了包里。然后,他像上次一样,默不作声地转身离开了。

逸子全身心地投入到公司的经营中,试图强行压抑所有的后悔和赎罪的心情。与此同时,一个奇怪的想法渐渐地在她的头脑中成形。说不定一切都是巧合!井泽虽然提出了可怕的方案,其实他可能没有执行。然而,后来中江间建筑公司碰巧发生了井泽所说的化学品泄漏事故。他可能会想,逸子一定认为是他执行了计划,于是上门收钱了。逸子不明就里,老老实实拿出了保险柜里的钱。

简而言之,她有可能被骗了!

她的妄想减轻了一些她的悔恨和罪恶感。逸子凭借这股力量,继续投入到公司的经营中。然而,每天晚上闭上眼睛,她的眼前都会出现如同泥水般污浊的黑暗。井泽的脸、化学品泄漏的报道、电视节目播音员的脸、参加抗议运动的员工们亢奋的表情,全都一一闪现。

柊树叶片后面闪过一个影子。

"好久不见!"

围墙另一头露出了井泽的脸。

"那个,我已经……"

逸子的声音被哽在咽喉深处,她浑身僵硬,无法动弹。

井泽站在围墙之外,举起一个方形物体,那是一个录音机。

"请先听听这个!"

他按下开关,录音机里传出了逸子和井泽的声音。那是他们那天在客厅的对话。逸子听着那些话,几乎无法继续呼吸。

"我还想找您要点儿钱!"

那是逸子第一次听见心中某个东西粉碎的声音。

(四)

源哉把摩托车骑进停车场,然后跟步实一起走向医院入口。

"你穿成这样,不热吗?"

"这里的医生和护士都认识我啊!"

"你有必要穿长袖吗?"

"之前有个护士前辈夸我手腕很细。"

步实穿着一件长袖 T 恤,戴着口罩和眼镜,突然转头看着源哉。

"我刚才不是自夸,只是有人这样说过,我怕被别人认出来,才要遮住……啊,我的头好晕,肯定是眼镜的问题!"

步实戴着褐色的粗框眼镜,那是她的外祖父闲置的老花镜。

"我从没想过自己要乔装打扮潜入自己工作的地方!"

"我想也是!"

医院入口的玻璃门和前方的平台都沐浴在下午炙热的阳光中,反射着耀眼的白光。

后来,他又跟步实在家庭餐厅吃了两次晚饭。每次源哉想提醒母亲不用做饭,都发现她已经在厨房忙碌了,因此只能硬着头皮吃两顿晚饭。

除此以外的夜晚,他总是蜷缩在被窝里玩手机。他的朋友们似乎总是这样消磨时间,源哉以前认为这样做很愚蠢。因为他听说,在黑暗的环境中长时间盯着手机屏幕会损害视力,而且大脑也会变迟钝,最重要的是那样非常浪费时间。可是最近这段时间,源哉每晚都在做同样的事情。不,他可能比其他人浪费了更多时间。因为其他朋友都在发消息聊天儿,而他只是在反复回味自己跟步实的聊天记录。

尽管他心里清楚这样做很傻,但他还是忍不住每天蜷缩在被窝里这样做,举着手机的手臂累了就趴着,脖子痛了就仰着。他总是绞尽脑汁地思索该给步实发点儿什么,可就是想不到,最终只能盯着以前的聊天记录。到了睡觉的时间,他闭上眼睛,却仿佛还能看到手机的光亮，迟迟睡不着。好不容易熬到早上，又不得不努力睁开困顿的双眼，查看手机是否收到了新消息。然而，到目前为止，步实从未在深夜联系过他。

"他们给碧冬茄浇水了吗？"

步实站在门口，看着两旁的花坛。黄色和粉色相间的花朵被阳光暴晒，全都软绵绵地耷拉着脑袋。源哉问这是不是护士的工作，步实说这是由后勤人员负责的。

"上班时间，我几乎从不离开自己负责的楼层，不过每天上下班路过花坛的时候，我都会看看这些花。其实在来这里工作之前，我也常常看这些花。每个季节都有不同的花。妈妈最后一次住院时，这里种的是仙客来。"

"那个，步实姐……"

因为她提到了母亲，源哉忍不住问了个疑惑已久的问题。

"你在这家医院工作，不会感到难受吗？"

这里是步实母亲看诊、住院和去世的地方。

"为什么？"

"我只是想，你不会想起难受的事吗？"

"会啊，每天都会！可就算我不在这里工作，还是会每天都想起那件事！"

他们径直穿过前台，走进电梯。

来到二楼，步实迈着早已习惯的步子走在前面，源哉则跟在她的后面。她说，野方逸子这周再次入院治疗，目前治疗已经结束,病情比较稳定。

"你要跟野方太太说什么啊?"

"不知道,可能什么也不说!"

昨晚,步实发消息给源哉,说要去见野方逸子。源哉立刻回复说他也要去,因此才会来到这里。然而,他不知道步实为什么会来这里。

"难道你想跟她说,三十五年前的化学品泄漏事故,只有她受益了吗?"

"怎么可能? 别说对病人,就算对健康人,我也不会那么说!我是来探望她的!"

真的吗?

"你瞧,我还带来了礼物!"

步实给他看了看装在包里的书店纸袋。她说,这是一本澳大利亚人创作的成人绘本,里面没有文字,读者只能靠精美的绘画想象故事和台词。这本书有点儿奇怪,以前步实母亲住院时,她在书店想了很久才把它买下来,没想到母亲很喜欢!

其实,源哉可以想到步实到这里来的其中一个原因。

自从他们在镜影馆看了那张水面发光的照片,步实就特别在意三十五年前的那起化学品泄漏事故。如果不是海萤,那么那些发光的东西是什么呢? 那天天亮前,中江间建筑公司的人发现水面在发光,他们发现了事故,并及时捞起了死鱼。如果当时水面没有发光,导致现场的人天亮之后才发现浮在水面上的死鱼,他们说不定就无法隐瞒事故了。但是,由于他们隐瞒了事故,中江间建筑公司才不得不撤出工程。

按照步实外祖父的说法,如果当时中江间建筑公司坦白承认事故,居民可能就不会组织抗议运动,中江间建筑公司可能会继续承包护岸工程,不会被迫走上破产的绝路。可是那会导致什么结果呢?那样的话,步实的父母就不会在新公司相识,她也就不会出生了。究竟是什么让步实有了现在的生命,三十五年前在水面上发光的东西究竟是什么?难道是有人故意为之?但是那个人的目的是什么?那个人能得到什么好处呢?

不,老实说,思索这些的并非步实,而是源哉。正因为这样,他昨晚才会答应和步实一起来。如今走在通往野方逸子病房的路上,源哉觉得自己像个侦探,和步实一起探寻她出生的秘密,他甚至有点儿兴奋。

前方有个男人向他们走来。

那个人低着头,看不清模样,只能分辨出他大约五十岁,身上穿着白衬衫。渐渐靠近后,那个人也注意到了源哉和步实,并朝他们轻轻地点点头。那一刻,源哉看清了他的面容。源哉和步实一起点头回礼,同时,他们觉得自己好像在什么地方见过他。但是没等源哉回忆起来,他们两个人已经来到了单人病房的门前。

门口挂着"野方逸子女士"的名牌。

总算等到这一刻了!他感到胃部抽搐,却不清楚自己究竟在等待什么。

"刚才那个人是野方建筑公司的社长！"

听了步实的话，源哉这才想起来。没错，他在野方建筑公司的网站主页上见过那个人的照片，那个人是逸子的独生子，他不记得那个人的名字了。他刚才应该是来探病的。

步实敲了一下门，里面传来微弱的回应。

她拉开房门走进去，源哉也跟了进去。

那天在镜影馆碰到的老太太躺在病床上，扭头看着他们。病床的床头可以调节角度，野方逸子的上半身被撑了起来。虽然没过多久，但是她看起来比上次他们见到她时苍老了许多。这是因为她的病情加重了，还是因为她在镜影馆拍照时梳理过头发且化了妆？

"突然来打扰您，真的很抱歉！"

步实低下头，源哉也跟着低头道歉。野方逸子微微歪着脑袋，面带微笑地轮流看着他们，仿佛在回忆这两个人究竟是谁。

"前几天，我们在坡顶上的照相馆见过！"

"哦……难怪我觉得你们有点儿眼熟！"野方逸子轻轻挑起眉毛，"真对不起，我忘了！"

她看起来就像个普通的老太太，完全看不出曾经是建筑公司的社长。当然，源哉并不知道其他社长都是什么样子。

"我叫藤下步实，是这里的护士，得知野方太太住院了……我特意过来看望您！"

野方逸子微微点了点头。即使她知道护士们已经知道她住院的消息,可能还是不明白为何会有人特地过来看望她。

步实走到床边。

"我的外祖父以前是中江间建筑公司的社长……"

瞬间,野方逸子的表情突然变了,不,不是表情变了,而是表情僵住了!表情冻结——这个词正符合野方逸子现在的状态。当然,步实也察觉到了这个变化,在她继续说话前,病房里出现了尴尬的沉默。

"我这次来,是想向您道谢!"

"道谢……"

野方逸子低声说了一句,嘴唇几乎没有动。

"那个,您应该记得……三十五年前西取川护岸工程那件事……"

野方逸子的表情依旧凝固在脸上,周围的空气仿佛被抽空了。

"外祖父对我提起过当时的情况。他说,发生消石灰泄漏的事故后,就算镇上没有另一家相同规模的建筑公司,居民也没有发起抗议运动,他们或许也无法继续施工。他并不是感到惋惜,他说,出了这么大的事,要顶着其他人的白眼继续施工一定很痛苦,因此,多亏了野方建筑公司把工程接过去。他真的非常庆幸有建筑公司接手了那个工程!"

根据步实的语气能猜测到,她和外祖父真的有过那些对话。

"他还想向当时担任社长的野方太太道谢。不过,我想说的其实是私人的感谢。之所以说是私人的感谢,是因为如果当时没有野方建筑公司接手那个工程,我现在就不会站在这里了!"

　　野方逸子可能把"这里"理解成了病房,只见她目光一转,看了看病房的墙壁,又看了看地面。

　　"不,我不是那个意思!我是说,我的父母是在外祖父新成立的公司里认识的!"

　　野方逸子好像不太明白步实的意思,她虽然点了点头,但表情依旧僵硬。突然,她的面部肌肉不自然地抽动了一下,她张开了嘴。

　　"后来,你的外祖父经历了什么?"

　　步实告诉她,外祖父带着家人搬到了神奈川,并在那里成立了新公司,而且在十二年前把公司迁回了这里。

　　"那个公司的业务是净化水质,比如净化工业废水,公司还接到了县政府的项目,负责净化西取川的水。外祖父说,这是为了赎三十五年前犯的罪!"

　　野方逸子听完,露出了疑惑的神情,等步实说完,她马上开口问:

　　"请问贵公司的名字是什么?"

　　步实如实回答了她。野方逸子看了她一会儿,说了一句出人意料的话。

　　"原来贵公司与我们公司也有业务合作啊!"

"真的吗？"

真的吗？

"因为施工现场有排水处理问题，所以我们曾经跟你的外祖父的公司合作过几次。不过我十五年前把公司交给了儿子，不清楚具体的业务内容和对方社长的姓名……"

说完，野方逸子笑了笑，又陷入了若有所思的沉默。

"原来那是中江间先生经营的公司啊！"

源哉猜想，她接下来会说很多话，至少会透露一部分三十五年前的秘密。可是野方逸子沉默了许久。她靠在床上，凝视着空中，不知道在看什么。直到几天后，他才知道野方逸子此刻眼中看到的景象。

过了一会儿，她眼中突然浮现出冷淡的神情。紧接着，她露出了源哉想象中的公司经营者的表情。

"医生说，我已经活不了多久了！我诚恳地接受你的谢意，也感谢你外祖父的公司与本公司合作！如果没有别的事情……"野方逸子的表情扭曲了，她仿佛难以抑制心中的情感，"就请回吧！"

***

每逢夏末，附近那一对务农的夫妻就会送来一些刚收获的南瓜。

自从他们盖起这座房子，邻居的善意就一直伴随着他们，至今已有整整十一年。每年邻居都会送来三个南瓜。丈夫死后，儿子去东京上大学后，那对夫妻每年依旧会送来三个南瓜。逸子说实在吃不完，后来他们就特意挑选个头较小的南瓜，依旧是每年三个。逸子似乎能理解他们为何总是送三个，但也可能没有什么深意。每年收到南瓜，她都会用指甲轻轻地挤压南瓜的表皮，选择较硬的那个留到冬至食用。

可是她没有碰今年的南瓜，甚至连塑料袋都没打开，任凭它们沾着泥土，堆在厨房的角落里。

这年春天，中江间建筑公司破产了。

她从合作的建材商那里了解到，中江间建筑公司的社长带着家人搬离了这里。

自从接手护岸工程，野方建筑公司的工程项目就不断增多。而中江间建筑公司破产后，他们的工程项目又增加了不少。每次她都要招聘更多的临时工人，还要去县外召集人手。前不久，秋季台风导致一之桥的桥墩破损时，当地政府也将修缮项目发给了野方建筑公司，她刚刚招募了一批工人投入作业。

每个人都认为公司正在蒸蒸日上。

事实上，作为一家小镇上的建筑公司，野方建筑公司确实非常成功。

井泽出现在柊树背后的日子已经过去了一年，小镇再次迎来秋季，大量的三文鱼在渔港上游，西取川的火渔季也临近尾声。

后来，井泽找过逸子五次，每次都向她索要金钱。从第二次开始，索要的金额变成了一百万。她无法拒绝。公司的规模越来越大，她越发难以拒绝。

在精神崩溃之前，她先迎来了经济的崩溃。那个危机近在咫尺。她不能动公司的钱，只能取出所有的积蓄，若是还不够，就用社长的工资补上。逸子无数次计算收支，此时此刻，她也坐在昏暗的起居室里拨动算盘，核对存折和各种记录。但无论怎么算都于事无补，只要井泽再来一次，她就拿不出儿子今年秋天最后一笔学费了。儿子的学费还能靠私人贷款应付，然而井泽今后可能还会出现。私人贷款的利息相当高，她支撑不了多久。

门铃响了。她已经数不清门铃响了多少次了。她静静地听着门铃声，悬在算盘上的手指轻轻地颤抖，心脏几乎流失了所有血液。

卖掉房子和土地就能拿到一笔钱。可是，她该如何向儿子解释呢？公司正在蓬勃发展，她要如何解释自己卖掉房子这一举动呢？明年春天，儿子就要大学毕业了。他将回到这个小镇，在野方建筑公司里一边工作，一边学习经营，将来接手逸子的工作。如果井泽今后继续出现，无论她怎么隐瞒，儿子迟早还是会发现的。

只要对比一下逸子的社长工资和银行存款，他就会意识到有问题,然后他会发现他所了解的母亲的生活与母亲实际经历的生活完全不同。那时她该怎么办?她需要告诉儿子:你继承的公司之所以能一直存在,是因为有一天,一个陌生人出现在家门口,我听从了他那卑劣的建议,导致中江间建筑公司倒闭了。

门铃再次响起,这次,铃声中间不再有停顿。

逸子双手撑在桌子上,站了起来,她的膝盖关节发出脆响,身体发出的响声,不经意间激起了许多回忆:她在这里度过的童年和学生时代,她与丈夫的婚姻生活,她生下儿子的那个寒冷冬夜……由于早产,儿子比医院里其他婴儿都小了一圈,但最后还是健康地长大了。

幼儿园举行合唱表演时,儿子每唱完一个小节都要耸着肩膀用力呼吸,努力完成自己的表演。丈夫先是在一家小型工程公司里工作,后来自己创业。逸子虽然对建筑行业没有任何了解,但还是为他提供了力所能及的帮助。虽然她的力量微小,但是丈夫每次都会感谢她的帮忙。儿子在成长的过程中没有出现明显的叛逆期,幸福地吃着逸子做的饭菜长大。决定到东京一个人生活时,儿子还给她和丈夫写了信。

那天早晨,儿子出门上学后,他的信就摆在了鞋柜上。逸子和丈夫上班前读了信,又交换了彼此手中的信。那天晚饭的气氛虽然有点儿尴尬,但不时响起的欢笑声却久久没有停歇。他们这一家人始终过着善良而充实的日子。丈夫去世时,她突然感到无尽的悲伤和不甘,整日以泪洗面。

尽管如此,她还是努力整理好情绪,重新面对自己的人生。她曾一度认为,今后肯定不会再有让她更痛苦的事了。即使在井泽第二次索要金钱时,她依旧对此深信不疑。后来每次给他钱时,她的想法都未曾动摇。

走出客厅时,她的手指的震颤已经有所减缓。是的,不会再有更痛苦的事了!门外的人可能不是井泽。就算是他,他可能会说今后不会再来了。逸子穿过昏暗的走廊,站在门口。她凑到门镜前看了看,外面没有人。

她又问了一声,外面没有人回应。

她打开家门,发现井泽站在门镜的视野范围之外,他的脸上依旧带着淡漠的表情。

"我来拿同样金额的钱!"

心中的希望瞬间破灭,逸子艰难地挤出了声音。

"我没准备!"

这是事实。

"那么,我明天再来!"

井泽不再说话,转身离开,他仿佛不是在与人对话,而是因发现自己要用的取款机发生了故障而自言自语。穿衬衫的背影渐渐走远。逸子注视着那个背影,她的左手伸向了鞋柜上的花瓶。她的动作并非有意,而像是被某个人抬起了那只手。她的手指握着花瓶的瓶颈。

丈夫去世那年,在一段忙乱的日子后,她发现花瓶里采摘来的玫瑰已经枯死。自从扔掉那束花，逸子就再也没往里面摆放过新的花束，任凭空花瓶摆在那里。她的左手拿起花瓶，右手也握了上去。大门缓缓关闭，挡住了井泽的背影。逸子用肩膀顶开门，井泽闻声回过头来。

他仿佛看到了罕见的昆虫，打量着逸子的脸和她手上的花瓶。

"我拒绝！"

听了逸子的话，他眼镜片后的双眼眯了起来。

"不只是这次，今后也是如此！"

她紧握花瓶，用力支撑着随时可能倒下的身体。

"那可不行！"

井泽面不改色地回答，像在拒绝不合理的请求。与此同时，他又缓缓地转过身来。

"因为我猜测野方社长迟早会这样说，所以做好了准备……"

准备？

"但那准备既不是提防你，也不是聘请保镖，因为我知道野方社长绝对做不出那种暴力行为。我说错了吗？"

她慢慢放下了举到胸前的花瓶，视野内的所有事物都在摇晃，变得模糊不清。

"野方建筑公司正在推进西取川桥墩的修缮工程，对吧？如果我拿不到钱，我就会在工地旁边倾倒消石灰……"

他究竟在说什么？

"很快就是今年火渔季的最后一天了，你觉得选择那个日子如何？在渔民们把香鱼赶到一之桥旁边的渔网里的时候，倾倒消石灰，那样做效果肯定很好！因为网里的鱼会被消石灰污染，说不定没出水就死了，或者在收网过程中死去。不管怎么样，我打算倾倒大量的消石灰，恐怕所有的鱼都会死。而且今年的火渔季结束之日，正好是香鱼收获量最大的新月之日！"

他毒死那些香鱼的目的是什么？

"然后，我会向杂志社透露消息，跟上次一样。当然，内容会改为'野方建筑公司的桥墩修缮工程现场发生了消石灰泄漏事故'。那一带没有其他工程，这个消息的可信度很高！"

井泽凝视着逸子的双眼，似乎在确认她是否明白了他的意思。

"我会尽量不透露第一次交易的录音，那里面也有我的声音。一旦曝光录音，野方建筑公司的公众形象必然瞬间崩塌！如此一来，野方社长也就拿不出钱了！因为你不配合，所以我才想到了这个方法！"

她呼不出气来！井泽似乎察觉了逸子的反应，轻叹一声，露出了怜悯的表情。他的两片薄唇又一次开启，像念台词一般说出了最后的话。

"我会在火渔季最后一天的傍晚前来拜访，请你事先准备好那笔钱！如果你不在家，或者我拿不到钱，我将执行那个计划！

请你记好了！"

这不可能是真的！

"渔民发现香鱼的状态异常，说不定会隐瞒。据我所知，上一次消石灰泄漏之后，香鱼市场也遭受了很大的打击！但是，火渔季最后一天，河边会有很多看客，他们不可能完全隐瞒！那条河死了这么多香鱼，又有这么多人目睹了现场的情景，几天后，杂志社会得到消石灰泄漏的消息！"

这个人为了迫使她屈服，正在撒谎！

"无论野方建筑公司怎么否认，镇上的人都会怀疑！因为他们还记得上次的事故，应该会认为另一家建筑公司也发生了同样的事故！你想完全否认这件事，就不得不坦白我们之间的交易，告诉他们不是野方建筑公司泄漏了消石灰，而是井泽毒死了香鱼！可是，你做不到！因为你一旦开口，就必须把事情原原本本地说清楚。你要告诉人们，中江间建筑公司并没有发生消石灰泄漏事故，是你用钱跟一个人做交易，让他故意倾倒了消石灰！"

无处可逃！无处可逃！

"不管怎么说，如果你没准备好钱，我就去倾倒消石灰！若是没有达到预想的效果，我就把录音卖给杂志社！野方社长，你只有一个选择！"

（五）

"但是,后来他没有倾倒消石灰吧?"

跟源哉并排坐着的步实第一次提出了问题。

"他也没有把录音卖给杂志社,对吧?因为野方建筑公司还在照常经营!"

野方逸子靠坐在床上,无力地点了一下头。

"没有人倾倒消石灰,也没有人曝光那段录音!"

源哉和步实又一次来到了逸子的病房。

他们搬来了两张折叠椅,摆在床边,听逸子讲述那个故事。窗外早已没有了天光,已经到了晚上八点,探病时间结束了。

"请回吧!"

从野方逸子说完这句话到现在,已经过去四天了。

今天白天,野方逸子托另一名护士传话,她想跟一位名叫藤下步实的护士见面。那位护士在其他楼层找到步实,步实马上就来到了这间病房。

野方逸子告诉步实,她有些事情要对她说。

步实说自己今天六点下班,野方逸子便请她稍后再来一趟。步实答应了,说自己一定会来。她在返回工作岗位前,用手机给源哉发了信息。傍晚六点后,源哉来到医院门口与步实碰头,两个人一起走向病房。

步实先进去,解释源哉出现的原因,并且在里面待了很长时间。后来,房门终于再次开启,步实把他叫了进去。野方逸子坐在床上,向源哉低头行礼,源哉也回了一礼。步实究竟是怎么介绍他的?她会说他只是自己在镜影馆碰到的高中生且两个人的父母认识吗?除此之外,似乎没有其他的解释。步实应该是这样说的。那么,野方逸子为何会同意在源哉面前谈论如此重要的事情呢?

"昨晚我跟儿子商量过了。野方建筑公司现在是儿子在经营,我不能擅自做这个决定。"

野方逸子先对儿子说了她与步实在镜影馆的偶遇,还有步实前来探望的事。最后,她向儿子坦白了一切。

事后,在儿子的强烈要求下,她答应了一件事。

"我知道自己不该提出这样的请求,但还是请两位保密,别把我接下来要说的话告诉别人!"

步实答应了,但是源哉不知道她一开始是否预料到自己会听到这样的故事。她可能只是难以抑制好奇心,才会答应野方逸子的要求。至少,这是源哉答应的理由。

他万万没想到,自己会听到这样的故事。

听野方逸子讲述时,他感到强烈的愤怒!随着故事的发展,他的愤怒不断膨胀,仿佛随时都要爆发。他恨不得立刻违背约定,把野方逸子的所作所为告诉所有人!

三十五年前,她付钱给那个叫井泽的人,让他在西取川的工程现场倾倒消石灰，并在二之桥上抛撒大量死鱼。而且，那个人还用海萤做了手脚，让中江间建筑公司的工作人员发现死鱼，引诱他们落入圈套。他们按照社长的指示，慌忙捞起了那些死鱼。

然后，井泽把事情伪装成中江间建筑公司隐瞒消石灰泄漏的消息，并将其透露给杂志社，最后，这不仅导致中江间建筑公司被迫退出护岸工程，还摧毁了整家公司。步实的外祖父母和母亲也不得不搬离这里。这一切都是野方逸子为了拯救自己摇摇欲坠的公司而做的事！

奇怪的是，步实的脸上竟没有一丝阴云。她应该比源哉更气愤才对，毕竟她的家人直接受到了野方逸子的伤害！

"我想在死前为自己的罪行道歉！"野方逸子带着哭腔说道。

她的双眼噙满泪水，每次开口说话，她那瘦削的脖颈就会浮起细细的青筋。可是源哉看着她，心中感觉不到一丝同情和怜悯！

"我必须做这件事，否则只会死不瞑目！我儿子说，如果说出来能让我感觉好一些，那么没问题，他只是希望我尽量维护公司的名誉。你在照相馆碰到我，又正好在我住院的地方工作，这应该是某种命运，所以……"

所以，她才把步实叫到病房来说这些话，为了保护公司，她还要求步实和源哉保证，绝对不把真相告诉别人！

"我应该向你的外祖父坦白一切，并诚恳道歉！可是你的外祖父可能已经不想回忆起那些事了！我不希望自己的举动制造多余的痛苦，因为我很害怕……"

"换言之……"

等回过神儿来，他已经开口了。

"你只想把真相说出来，让自己好受一些，对吧？"

步实在旁边用力握住了他的手臂，就像在阻止移动的物体。可是，源哉并不理睬她的动作。

"你发现自己在照相馆碰到的人就是中江间建筑公司的社长的外孙女，而且她还在自己住院的地方工作，你就想利用她，在死前得到痛快，对吧？"

"源哉君！"

步实的手用力捏了他一下。源哉很气愤，他转向她，正要辩驳，但是一看到她的脸，他就忘了自己要说的话。他以为步实会责怪他，但是，她的目光却近乎恳求。

"让我听到最后吧！"

走廊深处传来手推车的轻微响声。

步实抓着源哉的手臂，看向野方逸子。

"后来发生了什么？"

***

火渔季的最后一天，逸子呆坐在佛龛前。

已经过了晚上八点,但是她没开灯。夜色遮住了丈夫的遗容,但逸子还是端坐在佛龛前,呆呆地凝视遗照的方向。

不仅这个房间没开灯,整座房子都是一片漆黑。

傍晚时分,门铃响过几次。逸子双手捂着耳朵,等待那个声音停止。不久之后,房子再次陷入静寂,她依旧没有站起来,依旧呆坐在那里。

刚才的人应该是井泽。

门铃声消失后,逸子的脑中反复闪过一连串画面。井泽开着车来到西取川沿岸的路上,找到了一个人烟稀少的地方,停下车,绕到后备箱旁,从里面拽出装着消石灰的口袋,扛在肩上,走向旁边的树丛。树丛向河面微微倾斜,前方传来潺潺的水声。井泽抱着消石灰的口袋,小心翼翼地穿过树丛,不一会儿就走到了河边。他悄无声息地蹲下,等待打火渔的船只靠近。

不久之后,渔船来了,一条,两条,三条,四条……渔船从上游陆续穿过井泽面前,摇曳着"8"字形的火光。打火渔的渔船靠近一之桥,慢慢地减速。井泽掏出裁纸刀,戳穿了口袋,向西取川倾倒消石灰。桥的另一头,渔民们已经把船停在建网的前方,两个人一组,喊着口号,合力拉起建网。

许多人聚集在下上町的河畔,注视着那个场景,人群中有大人,有小孩,还有老人……渔民们拉起的建网反射着金色的光芒,那是香鱼鳞片映出的火光。可是,渔民立刻察觉到了异常——出水的香鱼全都无力挣扎,软软地耷拉在渔网上。渔民们疑惑地面面相觑,他们的说话声也传到了河边看客的耳中。为了听清渔民们议论的内容,看客们纷纷靠近水边……

尖厉的电话铃声打破了想象中的画面。

她屏住呼吸,回过头去。电话摆在靠墙的电视柜上,尖厉的铃声充满黑暗的房间,就像某种锐利的物体在剧烈地摇晃。逸子手脚并用地爬了过去,刺耳的声音渐渐逼近。她最终来到了电话边,伸出右手抓起电话听筒,瞬间,房间里骤然恢复沉寂,宛如她的双耳失去了听觉。

她把电话听筒放在耳边。

"我正在河边的公共电话亭给你打电话!"

是井泽!

"我最后确认一遍——你傍晚没有在家,难道是你有别的事情?"

他的声音背后还有汽车引擎声。

"现在还来得及!我已经准备好了消石灰,如果你已经准备好了那笔钱,我就立刻返回。如果没有……"

井泽的声音渐渐模糊,变成了阵阵虫鸣,她再也听不清他的话,声音消失了。

逸子的手紧紧按着放回原处的电话听筒,仿佛一松手又会听到井泽的声音。她紧闭双眼,脑海中再次出现了刚才想象的画面,那画面宛如真实的场景般鲜明!为了摆脱那些画面的困扰,逸子睁开了眼睛。她在黑暗中撑起身子,松开按着电话听筒的手,摸索其他可以握住的东西。

她走出客厅,进入厨房,打开橱柜门,握住了菜刀。接着,她又抓起拧干后放在滤水架旁边的抹布,把它摊开。明明是自己的双手在黑暗中挪动,她却觉得自己看到了蠕动的陌生阴影。阴影用抹布包住菜刀,继而拿起了放在厨房角落里的塑料袋,倒出装在里面的三个南瓜。她用抹布包住的菜刀,将其放了进去。

下一个瞬间,她已经在黑暗中奔跑了。她挑选了一条人烟稀少的小路,向西取川跑去。

菜刀在塑料袋里跳动,逸子将它紧紧地抱在胸前。儿子一岁时发了一场高烧,她也是这样抱着他,一路跑向儿科诊所。她来到西取川沿岸的道路,朝着下游的一之桥飞奔。她的背后传来汽车的引擎声,那声音迅速靠近她。逸子回过头,一辆没有打开车灯的汽车正在急速靠近她。她扭转身子,闪到路旁,瞬间怀疑开车的人是井泽,但当她转头看向驾驶座时,发现司机并不是他!

虽然黑暗阻挡了她的视线,但逸子捕捉到了一个留着短发的瘦削轮廓。

下一刻,逸子跌倒在地,抱在胸前的塑料袋也滚落在地。她气喘吁吁地抬起头,发现刚才开过去的是一辆轻型卡车。司机仿佛没有察觉到逸子的存在。那辆车消失在前方的黑暗中。

逸子抓起塑料袋,发现其底部已经摔出了一个洞,于是她从里面拿出菜刀,抓住用抹布包住的菜刀,站起身来,再次朝一之桥的方向奔跑。黑暗遮住了她的视线,她分不清哪里是路,但是她依旧奋力摆动双腿。泪水不受控制地流淌,打湿了她的脖颈。

不一会儿,右侧的树丛背后出现了橙色的光,那是打火渔的火光。她离一之桥还有多远?黑暗过于深邃,她不知道自己跑了多久。井泽藏在哪里?火光逐渐清晰,清晰的速度越来越快!可能是渔船减速了,她离一之桥不远了!不,船可能已经停在了一之桥下游!

就在那时,一个声音响起。

那是一个男人惊恐的叫声。

又有声音响起,这次是好几个人的叫声。

(六)

"你是否知道……那年火渔季的最后一天发生了事故。有人在一之桥上推落石头,砸中了桥下的渔民!"

这种感觉就像家人突然出现在电影画面中,源哉彻底忘记了刚才的愤怒,愣愣地注视着野方逸子。他看了一眼步实,她似乎也惊呆了。但是野方逸子没有注意到他们的反应,继续说了下去。

"我跑到一之桥上,看到了火光映照下的现场。有一个年轻的渔民躺在其中的一条船上,头部流了好多血。很快,救护车开了过来,将那个渔民送往医院……"

逸子呆立在桥头,不明白究竟发生了什么事。

"混乱之中,我还在猜测那是不是井泽干的!说不定那个人没有倾倒消石灰,而是用石头砸伤了渔民!我不知道他这样做有什么目的,但这个念头始终挥之不去。直到现在,我都不知道那件事的真相,因为到最后,人们都没有找到扔石头的凶手,而井泽也从此消失无踪……"

"他再也没找你要过钱吗?"

听了步实的问题,野方逸子虚弱地点点头。

"整整三十四年,他都没有再来找过我!到最后,我也不知道那个井泽究竟是谁……"

"那是我父亲!"

源哉一开口,野方逸子就瞪大眼睛,看了过来。

"啊,我不是说井泽!我是说,被石头砸到且受了重伤的渔民是我父亲!"

"是这样吗?"

她眼中的惊讶少了一些,但是没有完全消失。

"你刚才说,有可能是井泽扔石头砸到了我父亲,是吗?"

"不,我只是……"野方逸子困惑地摇了摇头。

与此同时,步实也很肯定地摇了摇头。

"不可能!"

"为什么?"

"我是凭直觉这么判断的！那不可能！"

"为什么？"

步实被追问得烦了，猛地拍了一下源哉的腿，示意他不要再问。

"我是这样想的。那天晚上，井泽准备按照预定的计划倾倒消石灰，但是正好有人在桥上扔石头，砸中了源哉君的父亲，使其受了重伤。因为这场骚动，井泽错过了倾倒消石灰的时机，最后就放弃了！"

这个猜测的确比井泽推石头砸人更说得过去。如此一来，是谁推石头砸伤父亲的疑问也就不重要了。关于这件事，他从小就听过很多种猜测，虽然胡乱猜测有点儿对不起父亲，但是他早就不在意了！

话虽如此，他还是因这个巧合而感到震惊。那天晚上，如果父亲没有被石头砸伤，井泽有可能按照计划倾倒消石灰，从而导致网中的香鱼大量死亡。那么，接下来会发生什么事呢？井泽会向杂志社透露这个消息，说一之桥的桥墩工地发生了消石灰泄漏事故，导致香鱼死亡。到那时，可能已经有专家对死鱼和西取川的水进行了调查。杂志社肯定会将这个消息和调查结果一起公之于众。

即使不说出野方建筑公司的名字，只要文章中出现"消石灰"这个词，人们就会想起上一起消石灰泄漏事故，然后猜测是不是又有工地泄漏了消石灰，进而怀疑正在修缮桥墩的野方建筑公司。野方建筑公司可能会因此声誉尽毁,最后无法继续经营下去,但是人们抗议的声音可能没有井泽想象的那样大,如此一来,井泽又可以按照计划,把自己和野方逸子的谈话录音卖给杂志社了。不管怎么说,野方逸子和野方建筑公司都会陷入进退两难的境地!

可是,就在井泽准备倾倒消石灰时,父亲被石头砸到了。后来的骚动影响了井泽的计划,从那以后,那个人再也没有出现过。他不知道井泽为何消失,但可以肯定,正是三十四年前火渔季的最后一天落在父亲头上的那块石头,阻止了井泽向河中倾倒消石灰,拯救了野方逸子和野方建筑公司!

可是,如果石头砸中父亲的头顶,父亲可能会死。如此一来,源哉就不会出生。如果源哉没有出生,步实可能就不会在镜影馆碰到野方逸子了。当时步实正打算离开镜影馆,由于源哉碰巧坐在她旁边,她才留了下来。

无论时间、地点还是机缘,那天晚上,在一之桥推落石头的人,可能万万没想到,那块石头竟会惹出这么多事!

(七)

"逸子女士其实也是没办法!"

步实和源哉穿过停车场,走向摩托车停放区。

他们在病房里待到了探望时间结束。宽阔的停车场上，车已经不多了，剩下的车可能都是医护人员的。

"毕竟我外祖父也为了保护公司做过不诚实的事！"

"他只是被骗了！"

"他并不知道自己被骗，所以性质是一样的！"

步实为什么能保持冷静？她为什么不生气？在源哉看来，这件事跟她也有直接关系，他就是认为野方逸子跟井泽联手做了卑鄙的事，让步实的家人受了很多苦。当然，他理解野方逸子的苦衷，可是与步实的家人相比，她的痛苦是微不足道的！

"能算一样吗？"

他叹了一口气，看向天空。模糊的银河中，夏季大三角①显得格外明亮。步实也看向天空，自言自语地喃喃道：

"那个井泽后来究竟怎么样了？"

最让野方逸子感到不安的，应该也是这个问题。

"井泽可能还保存着我们的对话录音！"

不知从何时起，她那瘦削的脸颊上已经满是泪水，源哉发现后，她立刻低下了头，仿佛想掩饰。因为那个动作，泪水顺着鼻尖，一滴又一滴地落在被子上。直到八点钟探望时间结束，她的眼泪都没有停下。步实和源哉坐在寂静的病房中，默默倾听着她那仿佛随时都要破碎的呼吸声。由于祖父平时不怎么表达自

---

① 夏季的东南方高空里由天琴座的织女星、天津四及牛郎星组成的三角形。

己的情感,源哉还是第一次看到上了年纪的人哭泣。离开病房时,步实拿出上次没能交出去的绘本,递给野方逸子。

"逸子女士虽然没有说出来,但是她一定从未忘记过录音的内容,直到自己生病,面对死亡,也还在担心那份录音会被曝光出来!"

源哉也有同感。

不记得是小学二年级时还是三年级时,有一次,他擅自拿了父亲的相机走到庭院里,假装拍照玩耍。就在将镜头对准仓库屋顶上的灰喜鹊时,他失手将相机掉在了地上,相机的镜头磕掉了,源哉怎么装都装不回去,只好哭着把相机和镜头偷偷地放回二楼父亲的房间。虽然他把东西放回了原位,但是连续好几天都心神不宁,害怕父亲发现自己做了坏事。但是父亲从未对他说过什么,等他下次再看到那台相机的时候,镜头已经被装回去了。

他当时可能只是不懂得如何安装镜头,但不管怎么说,在看见那台相机安然无恙前,源哉的心始终没有平静过。野方逸子的不安恐怕比他那时的不安还要强烈一万倍,死期越是临近,那种不安就越强烈!

"我还是无法同情那个人!"

步实没有说话,于是,源哉飞快地继续说:

"不过,如果没有那个人,步实姐就不会降生到这个世界上,因此,对步实姐来说,她也算是一个很重要的人!"

她突然停下了脚步。源哉也连忙停了下来,由于没站稳,他差点儿摔倒。

步实回头一看,露出了微笑。

"你也这样想吧?"

"如果逸子女士以前……"

"不对,你一定觉得只有我会这样想,只有我可能不会降生吧!"

"不,也有别人。过去发生一些改变,会影响到未来的很多事,可能有很多人都会……"

步实扬起嘴角。

"源哉君,你觉得自己快乐吗?"

"啊?"

"你觉得活在这个世界上是件好事吗?"

他的确这样认为。

虽然没有点头,但他的表情反映出了他的想法,于是,步实继续说:

"你能不能答应我,不把我接下来说的话告诉任何人?"

"大家今天怎么都要我答应这种事啊!"

"尤其不能告诉你妈妈!你能答应我吗?"

源哉答应了她。

（八）

离开医院停车场十分钟后,源哉和步实面对面地坐在家庭餐厅里。然而,步实在停车场讲述了自己的母亲与源哉的父亲的爱情故事。他们落座时,已经九点多了。

源哉匆匆点了菜,迫不及待地问出开车时出现在脑海里的问题。

"三十五年前,井泽不是把消息卖给了杂志社,说中江间建筑公司误将消石灰泄漏到西取川里并隐瞒了事故吗?杂志社会不会保留了当时的沟通记录呢?上面可能有井泽的身份信息!"

他一口气把自己的想法全都说了出来。

"就算有,我们也看不到啊!如果我们说明情况,杂志社搞不好又会大做文章,可能连逸子女士的秘密都被曝光!"

"可是……"

步实忍住了笑意。

"没想到,源哉君会有这么大的变化!"

他自己也没想到!

步实的母亲曾经跟自己的父亲交往过,这件事让他感到震惊。刚听到这件事时,他的心情很不好,但不知不觉中,他也沉浸在步实讲述的故事里了。由于中江间建筑公司倒闭,步实的外祖父不得不带家人搬到远方去,因此,两个人也被迫分开了。

正因为这样,步实和源哉才能出生。三十五年前,如果野方逸子没有接受井泽的计划,不仅是步实,就连他自己也不会出现在这个世界上!

今天傍晚,步实独自走进野方逸子的病房时,也对她讲了同样的故事。当然,她讲述的内容没有源哉后来听到的那么详细。但也许因为这个故事,野方逸子才同意让源哉也知道那件事。

一旦直接涉及自己的人生,野方逸子及其过去,突然变得截然不同了。她是让自己降生到这个世界上的人——虽然源哉不至于这样想,但她感到的痛苦和不安却好像成了源哉自己的问题,压着他的心。听到野方逸子的故事时,步实的脸上竟然没有怒容,他一度感到这很不可思议,但是后来,他总算理解了她。现在想起他自己一时冲动对野方逸子说的话,他感到十分羞愧!虽然很羞愧,但是探望已经结束……不,就算探望没结束,他也不知如何收回自己的话,不知如何向她道歉!

野方逸子面对死亡,依旧怀抱着沉重的源哉想打消的那种不安。当然,他知道那很困难。因为野方逸子的不安已经持续了三十多年,最让她担忧的是井泽的失踪,以及两个人第一次对话的录音究竟去了哪里。可是,他们不知道井泽是谁,甚至没有任何线索。步实说连"井泽"这个姓氏都可能是假的,源哉也有同感!

"录音带有多大啊?"

"我在外祖父的房间里看见过,大概有这么大!"

步实用双手比画出了一个长方形。

"会不会是混进垃圾里扔掉了？"

"逸子女士肯定也想象过几百次那种可能。但是，如果不查清真相，再怎么猜测也没有意义！"

"要是知道井泽长什么样就好了！"

"现在我们只知道他又高又瘦，戴着眼镜。眼镜还可能是变装的道具。"

步实说完，伸手去拿红茶，但是她突然停下了动作。

她盯着空中，完全静止了。

"怎么了？"

"照片……"步实喃喃自语道。

"照片？"

"可能有……"

"什么照片？"

"井泽的。"

"在哪里？"

步实说，照片可能在源哉家里。

"三十四年前火渔季的最后一天，我妈妈拍了照片。她说源哉君的爸爸当时拜托她给相机装上万花筒，在下上町的河边拍了好多照片！"

步实飞快地说明了当时的情况。

"后来我跟妈妈一起找到源哉君的家，把那台相机还给了他。那是在七年前，我第一次见到源哉君的那天。如果井泽在火渔季的最后一天带着消石灰藏在一之桥附近,我猜他应该是躲在上上町那边的树丛里。当时河上有火光,他有可能被别人拍到啊!"

虽然那种可能性很低……

"他的确可能拍到!"

"我们还相机时,源哉君的爸爸说,会把照片冲洗出来!"

"那我爸的相册里可能有那张照片!"

两个人同时离开了座位。源哉点的牛肉咖喱饭和步实点的千层面都没端上来,他们到收银台询问,得知后厨还没做,于是他们便说突然有急事,取消了订单,向店员道歉后走出了餐厅。源哉很想立刻跨上摩托车,猛踩油门儿掉头就冲,却没有那么好的技术,他只好用双腿撑地,让摩托车倒退,慢慢地掉转车头,等步实坐上摩托车之后,将摩托车驶出了停车场。

摩托车开到西取川沿河的路上,他立刻加速,不一会儿,他们就看见了打火渔的火光。其中一个光点就是源哉的父亲。源哉的父亲不知道自己收藏的照片可能马上就要被儿子看见了。源哉想对步实说出这个想法,最后还是没开口,而是一口气追上了火光。

(九)

"应该不容易啊……"佐佐原先生歪着硕大的脑袋说道,"这卷胶卷都放了三十四年了吧？"

昨晚，他在父亲房间里翻遍了所有相册，却没有发现可疑的照片。他猜测父亲还没冲洗那卷胶卷，便开始寻找那台相机。最后，他在壁橱最深处的旧冰盒里找到了它。步实还记得那台相机的样子，确定就是它。源哉查看相机背面的小窗，胶卷还在里面。

得知源哉的父亲还没有冲洗照片，步实感到有些遗憾，但是源哉告诉她，父亲可能是因为担心冲洗出来的效果不好，所以没有冲洗。当然，他并不知道其中真正的原因。第二天是星期六，步实不用上班，他们一大早就拿着相机去了镜影馆，请老板冲洗这卷三十四年前的胶卷。

"失败了也没关系，请你试试吧！"源哉极力请求道。

穿着围裙的佐佐原先生噘起嘴，皱着眉头。

"万一失败，这卷胶卷就完蛋了！"

"完蛋？"

"就是报废了！"

"没关系！"

"真的吗？"步实反问道。

源哉点点头，表示没关系。佐佐原先生终于答应下来，拿出一张订单表格，没等源哉签完名，他就拿着相机走进了里屋。

"你们急着要照片，对吧？"他扶着暗房的门把，回头问道。

"对，急着要！"

佐佐原先生用力点头,假装做了个挽起袖子的动作,消失在门的后面。

夫人端来了茶水和上次的那种纪念饼干。两个人便坐在沙发上,一边吃一边等。暗房里几次传出闷哼,仿佛佐佐原先生正在挑战一项艰难的工作。他们不时还能听见几句话,"这家伙可真麻烦""只能硬着头皮上了"。步实怀疑他是故意这样说的,两个人都没有说话,只是默默地等待佐佐原先生完成这项工作。

一个小时后,暗房的门打开了。两个人立刻站起来,看见佐佐原先生满头大汗地走出来,笑着走向他们。他的笑容有点儿像妇产科的医生,仿佛要对他们说:"恭喜你们,是个健康的男孩儿!"

"我的身上有点儿酸,但这是冲洗照片用的醋酸的味道,不是汗臭味哦!"

他们点了点头,然而佐佐原先生像是在开玩笑,见他们没什么反应,竟有些失望。

"怎么样?"源哉凑过去问了一句。

佐佐原先生笑着说:

"简直是奇迹!没想到真的冲洗成功了!一定是因为相机保存得好!"

步实告诉他,相机一直藏在壁橱的深处。

"相机在我家放了将近三十年,后来又在他家放了好几年!"

"哦,原来相机放在完全没有光线的地方啊!"

步实的母亲还非常注意除湿,经常更换壁橱里的干燥剂。相机到了源哉家后,被放在一个旧冰盒里保存了七年。可见冰盒也制造了很适合保存相机的环境。

"里面的胶卷是当时市面上感光度最高的产品。尽管这些照片都是在夜间拍摄的,但细节部分仍然清晰可见。不过,这些照片看起来有些奇怪,它们究竟是怎么拍摄的?"

步实又告诉他,那是将万花筒装在镜头上拍摄的打火渔的照片。佐佐原先生闻言,兀自感叹了一会儿。然而,他一直不让他们看照片。步实的母亲三十四年前用万花筒拍摄的打火渔的照片就放在他右手拿着的白色大信封里,源哉恨不得将其一把夺过来,打开它。就在他即将采取行动时,佐佐原先生终于把信封给了他们。两个人取出照片,将其一张张地摆在茶几上。

老实说,这些照片让他们大失所望!

从佐佐原先生的态度可以推测出,照片的质量可能不太好,事实上,情况比预想的还糟糕。不仅大部分照片模糊不清,有的照片还一片漆黑,什么也没拍到。不过,考虑到这是三十多年前的胶卷,能有这个效果,或许也可以算是"奇迹"了!

照片被分割成许多三角形,橙色的光芒拖着长长的尾巴,分裂成数不清的光斑。前面的照片光点很小,后面的光点越来越大,越来越亮,可见拍摄者渐渐靠近了拍摄物。然而最重要的并非打火渔的光芒,而是光芒映照出的背景。

源哉和步实凑近照片,仔细查看。远景照片对他们来说没有什么帮助,于是,他们重点查看了近景照片。拖着长尾的火光均匀分布在河面上,其中一点光斑特别明亮。这是为什么呢?虽然他们不清楚原因,但是有几张照片中的火光恰好照亮了对岸的树丛。有的甚至照亮了树干凹凸不平的表皮和边界分明的枝叶。源哉在这些照片中寻找人影,哪怕没有全身,只有面部,甚至只有部分面部也好……

"啊!"

步实比他早一步发出了叫声。

两个人的脸几乎贴在一起,注视着同一张照片。

树丛中有一张人脸,在火光的映照下,脱离了黑暗的掩护。那是一张瘦削的长脸,没有戴眼镜。那个人的头发很短,脖子细长。

"啊,拍到人了!"

佐佐原先生的大脸突然从源哉和步实身后探了出来,源哉条件反射地想挡住照片。

"嗯?"

佐佐原先生的身体继续向前倾,紧接着抽开身子,眯起眼睛,突然又俯下身来,瞪大双眼,说了一句惊人的话。

"我好像认识这个人!"

两个人同时看向佐佐原先生。

"但是我不太确定……因为我只在楼梯那边瞥了他一

眼……但是我对当时的事记得很清楚……"

当时的事是什么时候的事？楼梯在哪里？佐佐原先生说完这些莫名其妙的话后，陷入了沉思。源哉连忙追问，他便指着地板说：

"我在这里见过他！"

"我也不太确定，我觉得我见过的那个人就是他！你们想知道他是谁吗？"

两个人用力点头，于是，佐佐原先生从围裙口袋里拿出了手机。

"当时还有一个人见过他，我问问那个人吧！你们能把照片借给我拍一下吗？"

源哉把照片递给佐佐原先生。佐佐原先生用手机拍下了照片，用粗壮的手指笨拙地点了几下屏幕，拨通了电话。待机铃声响了一会儿。

"啊，小豆！不好意思，打扰你工作了……啊，你没在工作吗？哦，今天是星期六啊！嗯……嗯……嗯？没什么，我想让你看一样东西！那是一张照片！啊？不是，没有孩子！小豆家的几岁了？六岁了？我们去医院看过，好像不太容易怀上……但我们并没有放弃，毕竟还没到急着要孩子的年纪，哈哈哈……"

佐佐原先生又闲聊了好久，终于回到了正题上。

"那我这就把照片发过去，你看看这是谁！"

结束通话后，他把照片发送了出去。

很快，他的手机收到了消息。佐佐原先生看了一眼，点点头，然后把手机屏幕转向源哉和步实。

"果然是他！"

两个人扑过去盯着屏幕，一个叫"小豆"的联系人发来了消息。

这是在相机店二楼被你爸揍了一顿的那个人吧？

"啊，这是怎么回事？"

他们仔细一问，原来这家店以前是相机店，多年以前还发生过一次骚乱。

"当时的店主是我父亲，他不小心惹上了坏人，确切地说，那时，他被关在这里。那好像是二十……不对，三十……嗯……"

"是不是三十五年前？"

他说出了井泽出现在野方逸子面前的时间，佐佐原先生屈指一算，露出了惊讶的表情。

"对，是三十五年前，那时我上小学五年级！你是怎么知道的？"

佐佐原先生好像不太在意这个问题的答案，他突然很怀念地打量起了井泽的照片。

"虽然我也不知道这人是谁……"

原来他不知道这个人是谁啊！

"但是他很可怜。这个人喜欢摄影，有一天早晨，他去西取川拍照，不巧拍到了很可怕的东西，后来惹上了大麻烦！哦，对了，上次给你们看的就是其中一张照片。在那张照片上，水里有发光的物体，我本以为那是海萤，但照片里的发光物体也许不是海萤。那一年，有一家建筑公司负责西取川的护岸工程，不小心泄漏了某种化学品，工人为了隐瞒事故，就去河里捞死鱼了，没想到正好被这个人拍到了。因为那张照片，后来发生了好多事，这个人和他的同伙企图把照片卖给杂志社，最后我父亲没把照片交给他们，因此他们没有得逞！"

他有点儿理解不了那件事。

"现在回想起来，这个人真的很可怜啊！当然，他想利用碰巧拍到的照片赚钱这一点是不对的，可他最后却因为一时的贪念，被我爸在二楼揍了一顿！"

"他还有其他同伙吗？"步实抢先一步说出了源哉的疑问。

"你知道那些人是谁吗？"

"不太清楚！我只记得有一个人留着佛像一样的卷发，另一个人留着寸头！"

只知道发型没有意义！线索又断了，源哉气得想跺脚！

"佛像一样的卷发和寸头……卷毛……寸头……"

步实在他的旁边念念有词。

"妈妈以前好像也提到过这两个人！"

"步实的妈妈见过他们吗？"

步实没有回答,而是猛然抬起了头。

"问问就知道了!"

"问谁?"

"当时还有另一个人!"

"谁?"

"源哉君,你爸爸现在方便接电话吗?"

(十)

正在干农活儿的源哉的父亲接起了电话,听到源哉的提问,他似乎非常惊讶。不,他并非对那个问题感到惊讶,而是因儿子竟然知道那件事而惊讶。那是很久以前,源哉的父亲与步实的母亲谈恋爱时的故事,发生在三十四年前——井泽出现在野方逸子面前、佐佐原先生的父亲被软禁事件发生后的第二年。步实的母亲对女儿说起那个故事时,提到了源哉的父亲被小混混殴打的情景。其地点在一家居酒屋外面,对方有两个人。

源哉问父亲:

"那两个人究竟是什么人?"

父亲慌忙反问:

"你是怎么知道那件事的?"

源哉告诉他,自己不会问多余的问题,也不感兴趣,只想知道那个问题的答案。他不确定母亲是否在旁边,总之,他父亲用很快的语速描述出了那两个人的外貌特征。领头的人果真留着像佛像一样的卷发,他的同伴则留着寸头。

源哉的父亲所说的那两个人就是他们要找的那两个人的可能性有多大呢？他不清楚世界上到底有多少留着卷发的人和留着寸头的人,但如果是三十几年前出现在小镇附近的两个那样的人,那么他们要找的人就是这两个人的可能性很大！

"也有可能不是啊！"源哉喊了一声。

步实大声说：

"不确认一下,怎么知道不是呢？"

摩托车载着两个人行驶在通往下上町市区的路上。他们要去一个叫真也子的人的住处。

"那个人可能知道那两个人是谁！"

这次还是步实想到的主意。

"我说的是真也子阿姨的母亲！"

真也子阿姨也是步实的母亲曾经提到过的人,当时两个人是好朋友。步实的母亲与源哉的父亲去居酒屋约会时,发现真也子的母亲就在那里工作。那天,她看见卷毛和寸头走进来,还用"怎么又来了"的表情盯着他们。

真也子的母亲有可能知道那两个人是谁。他们很想立刻上门拜访,然而并不知道真也子的住址和电话号码。就在那时,步实想起了母亲的葬礼。所有能联系到的母亲的老同学都去参加了葬礼，其中就有真也子阿姨！

"我不知道究竟是哪一个，不过后来整理慰问金时，我看到了真也子的名字，我猜她可能是妈妈的朋友。不过，她不姓秋川！"

真也子阿姨可能结婚后改姓了。源哉和步实离开镜影馆，去了步实家。他们查看了吊唁宾客的名单，并在上面找到了"吉冈真也子"的名字，名字的旁边还写了住址。源哉用手机查到了那个住址，两个人再次跨上摩托车，因此，就有了刚才的对话。

"找到了！"

源哉把车停在下上町市区边缘的一个靠近海的地方。他们在一片造型相同的住宅中找到了带有"吉冈"名牌的房屋。

（十一）

四十分钟后……

"人真的会有那么大的变化吗？"

"我母亲去世前不久，相貌也发生了变化！"

源哉和步实走进站前大道中段那栋宛如爬满霉菌的楼房。

"坏人也会变成好人吗？"

"见面后，你直接问她吧！"

五层高的旧楼被两侧更高大的新楼房夹在中间。走进满是灰尘的门厅后,两个人在邮箱区找到了那家事务所的名称。他们要找的人在四楼。

这座楼没有电梯,他们只能爬楼梯上楼。

"我叫藤下步实!"

真也子接起了吉冈家的可视门铃电话后,步实报上了自己的姓名,然后解释道:

"我是中江间奈津实的女儿!"

对方吃了一惊,立刻结束通话,飞快地跑到玄关去开门。一见面,步实就知道,真也子是个表情如实反映心情的人。真也子手撑着门,一看到步实,就眯着眼睛笑起来,接着,她闭上眼,脸上闪过一丝忧伤。她轻启双唇,像是在回忆着什么,突然,她又瞪大了眼睛。

"感谢您来参加我母亲的葬礼!"

简单问候完,步实马上说明了来意。他们正在调查三十五年前中江间建筑公司的化学品泄漏事故,希望真也子的母亲提供一些信息。

"什么? 步实,你当上警察了?"

步实又解释道:她并非警察,而是护士,由于对过去的事情感兴趣,才跟朋友一起展开了调查。她说的朋友就是源哉。真也子虽然很惊讶,但是没有怀疑,她立刻请源哉和步实进了屋。她那个身材微胖的丈夫正躺在起居室里看电视。见有人进来,他惊讶地坐起来,不知为何,他一边抓起运动衫下摆往裤子里塞,一边看向真也子。

真也子挥了挥手,他就匆匆地离开了起居室,但是很快又回来,抓起遥控器并关掉电视,又走了出去。她的丈夫走上二楼后,真也子倒了两杯冰镇大麦茶,放在桌子上,然后打开落地窗,走进了庭院。不一会儿,她领着一个头戴遮阳帽、手持剪枝器的老太太走了回来。

"我记得他们!"

步实问起曾经出现在居酒屋的卷毛和寸头,真也子的母亲就很快想了起来。她不仅想了起来,还说了一句让人惊讶的话。

"你们应该知道吧?"

源哉和步实只是瞪大眼睛,无言以对。

"他们现在可出名了,不过你们这些年轻人可能不熟悉。我们这儿不是有个志愿者组织,叫上下振兴会吗?"

两个人同时表示知道。

"它就是那两个人成立的组织!那两个人,一个叫丸山,一个叫谷垣。尽管他们并非社团成员,但他们曾是这一带出了名的小混混!我以前工作的那家店也曾多次被他们找麻烦!他们经常醉酒闹事,招惹其他的客人,不过那家居酒屋不在这里。他们在上上町和下上町干过许多坏事,给居民和警察都添了不少麻烦!"

如今,那两个人居然成了上下振兴会的会长和副会长!

"如果没有这个会,我可能都不记得他们了。他们再怎么不好,毕竟事情也过去了三十多年了……"

源哉突然想起了什么。

"步实姐,我见过他们!"

他瞪大了眼睛,张大嘴巴,转头看着步实。

"我也见过!"

步实也用同样的表情看着他。

没错,那是源哉在镜影馆第一次见到步实那天。当时源哉正要走进店门,玻璃门突然打开,两个六十多岁的男人走了出来。那两个人都留着花白的短发,对源哉露出了笑容。

"好多年轻人啊!"

"就是,真有意思!"

"这种事情很奇怪吧,我们应该告诉电视台的人!"

那两个人正是三十五年前跟井泽合作过的人,是把佐佐原先生的父亲软禁在相机店的井泽的同伙!没想到源哉和步实都见过那两个人!

真也子和她的母亲都不清楚上下振兴会的事务所地址,不过,他们用手机上网一查就查到了。后来,他们聊了步实的母亲过去的事,还不小心说出了她母亲三十四年前交往过的渔民就是源哉的父亲!惊叹平复之后,两个人简单地向真也子和她的母亲道了别,匆匆地离开了真也子家。

他们来到那个刚才查到的地方。他们先是一步并作两步地上楼梯,中途改成一级级地上楼梯,好不容易走到了四楼。他们来到了一扇油漆剥落的铁门前。门边装了门铃,他们对视了一眼,两个人都想知道应该谁去按门铃,最后步实走过去,按响了门铃。门铃可能快要没电了,室内传来声音有延迟的铃声。

"来啦,来啦!"

前来应门的正是他们在镜影馆门口碰到的那两个人中的一个。那个人的脸上挂着温和的笑容,疑惑地看着源哉和步实,似乎不记得他们了。

步实告诉他,自己正在调查一件多年前发生在西取川的事。

"那是学校布置的作业吗?"

"不,我已经工作了,但是他还是高中生!因为某种原因,我们正在私下调查那件事,想请您介绍一下当时的情况!"

"啊,你们为什么找我?算了,你们先进来再说吧!"

他们被带到了室内。

兼做厨房的狭窄走廊的尽头摆着小小的会议桌和几张折叠椅,墙边只有一张电脑桌。那天他们见到的另一个人就坐在电脑桌旁。他伸出双手食指,在缓慢地打字。此刻,他停下了动作,好奇地抬头看着他们。

"不好意思,这两张名片请一起收下吧!"

开门的人分别给源哉和步实发了两张名片。他本人是谷垣,头衔是"副会长",坐在电脑边的人是丸山,头衔是"会长"。

源哉和步实并排坐在会议桌旁的折叠椅上。丸山转过电脑椅,看着他们,谷垣则从小冰箱里拿出大麦茶,倒进杯子里。

“丸哥喝吗？”

“嗯，喝点儿吧！”

按照他们搜集到的信息，丸山应该就是卷毛，谷垣则是寸头。三十四年前，他们在居酒屋碰到了源哉的父亲和步实的母亲，后来在小巷子里揍了源哉的父亲。此外，他们还干了很多坏事，给别人添了很多麻烦。不过，这两个人看起来都不像坏人。当然，他也不清楚坏人究竟长什么样。

总而言之，他们关注的重点是井泽。

他们还不确定这两个人是否参与过三十五年前软禁佐佐原先生父亲的行动。如果是真的，那么丸山和谷垣应该认识井泽。可是，他们应该如何向他们打听当时的情况呢？

“怎么，你们想问西取川的事吗？”

谷垣在桌上放下三杯大麦茶。他给丸山递了一杯，然后拉来旁边的折叠椅，坐了下来。

步实轮流看了看他们的脸，然后开口道：

“我们正在调查三十五年前中江间建筑公司的消石灰泄漏事故！”

瞬间，那两个人像画一样静止了。源哉相信，他们就是三十五年前跟井泽一起软禁了佐佐原先生的父亲的人！步实好像也有同样的想法，她乘胜追击道：

“另外，还有一件相关的事。坡顶的镜影馆还是相机店时，有人把当时的老板软禁在店里了！我们来这里就是想知道那些人是谁！"

源哉忍不住想象这样的场景：步实话音未落，丸山和谷垣的眼中都闪过凶光，其中一人还立刻起身挡住两个人的退路。然而，他们只是瞪大了眼睛，依旧没有任何动作。

"具体来说，我想了解一下软禁相机店老板的那三个人！"

丸山和谷垣的眼睛瞪得更大了。

"再具体一些，我想了解一些除了你们之外的另一个人！"

他万万没想到步实会一口气逼问出所有问题。他那本来已经紧缩的胃，现在缩得更紧了，几乎要碎了！丸山和谷垣对视一眼，丸山用几乎难以看清的动作飞快地摇了摇头。

"我们不清楚……能不能请两位先回去？"谷垣看着手上的茶杯，低声喃喃道，"我今天有点儿忙！"

他们不肯说，源哉和步实也毫无办法！毕竟源哉和步实的手上没有证据，更没有打听这种事情的权力！仔细想想，他们怎么可能轻易地承认自己曾经软禁过相机店老板呢？丸山和谷垣以前在镇上干过不少坏事，连真也子的母亲都知道，这应该不是什么秘密。

然而，现在提及相机店的事实在太不妙了，因为他们正在联系耿直佐藤上门采访的事。现在正是对外宣传镜影馆的重要时机，他们更不可能承认自己以前在那里软禁过相机店老板！

说到电视节目，佐佐原先生应该也跟丸山和谷垣见过面，商量过相关事宜。不过那件事毕竟过去了三十五年，他可能早就认不出他们了。他很想把一切都告诉佐佐原，然后请他帮忙，可是那样一来，耿直佐藤恐怕就做不了采访了。佐佐原有可能不愿意跟三十五年前软禁自己父亲的人合作！

"请问两位认识井泽这个人吗？"

听到这个问题，对方的反应出乎意料。他们都呆滞地看向了步实。

"不是井泽，是井……"

谷垣刚开口，就被丸山狠狠地踹了一脚。然而谷垣既没有皱眉，也没有揉搓被踹的地方，而是像一个做错事的手下，缩着脖子露出了苦笑。他可能已经习惯挨踹了。

"不好意思，我们帮不了你们！"

丸山放下茶杯，站了起来，显然想立刻送他们离开。源哉在犹豫，他是应该站起来，还是应该赖着不走呢？他突然想到，步实是否应该表明自己的身份呢？那样或许能让他们开口！不，那也有可能出现他们不想看到的局面。如果步实说出了自己跟中江间建筑公司的关系，他们有可能更不愿意开口！步实保持沉默，源哉也只好坐着不动。万一他们动粗怎么办？万一他们破口大骂怎么办？

就在这时，外面传来了沉重的脚步声。脚步声越来越响，最终停在门口。他听见喘息声——熊发现猎物时的兴奋喘息声。丸山使了个眼色，谷垣站起来，绕过会议桌，走向门口。

"啊，是镜影馆的……"

谷垣打开门,站在门外的竟然是佐佐原。爬了四层楼的他喘着粗气,源哉和步实坐在屋里也能看见他张大的鼻孔。

"突然来访,真是不好意思!我想感谢你们安排了那场采访……咦?"

他看见源哉和步实,皱起了眉头。

"你们怎么在这里?"

丸山和谷垣困惑地看了彼此一眼。

"有客人来了,你们走吧!"

丸山挥挥手催促他们离开,而佐佐原还站在门口,看着他们。

这个人应该没问题!

就算他知道了丸山和谷垣就是三十五年前软禁他父亲的人,他可能也不会生气。

"那……我能问一个问题吗?"

源哉鼓起勇气,指着丸山和谷垣的脸,开门见山地问:

"把你父亲软禁在相机店的人,就是他们吧?"

丸山的脸色瞬间阴沉了下来。

"这些人?啊,你说是刚才我提到的那件事吗?为什么?"佐佐原一边反问,一边打量着旁边的谷垣。

谷垣扭过头去,不想让他看到自己的脸,然而佐佐原把头伸了过去,谷垣只好又扭开头。佐佐原追着他打量了片刻,继而突然转过头,盯着丸山。丸山措手不及,愣在原地,站在门口的谷垣顿时慌了。趁着这个机会,佐佐原迅速转回身,成功地捕捉到了他的脸。

屋里的人都沉默了,只能听到挂钟秒针转动的声音。在那片寂静中,佐佐原突然猛吸一口气,喊了一声:

"完……"他弯下腰,静止了片刻,"完全认不出来!"

(十二)

"你说,风是怎么吹起来的?"

步实抬头看着夏日的天空。

医院停车场并没有风,烈日照耀着柏油路面,周围的汽车都在反射耀眼的光芒。

"什么意思?"

"风一开始是怎么吹起来的?"

蝉鸣声中融入了步实的声音。

"风起的地方在哪里?"

他想了想,但是没有想到答案。

步实好像并不期待源哉的回答,而是呆呆地凝视着天空。一名身穿制服的医院女职员提着水壶,正在给医院门口花坛里的花浇水。他们走近后,女职员看见步实,冲她笑了笑。步实也笑着说了一声"辛苦了"。

他们到医院来,是为了把刚才在上下振兴会听到的消息告诉野方逸子。

他们把摩托车开到停车场后,商量了一下是否应该把所有的事都告诉她。然而,他们最终没有得出结论,只是决定先告诉逸子那些她想知道的事,若是她再追问,就把其他的事也说出来。

其实,井泽真正的姓氏是井川。他的假姓只改了一个字,他们似乎能想象到他本人当时的心情。

后来,谷垣给佐佐原倒了大麦茶,五个人围坐在会议桌旁。步实说明了自己的身份,源哉也做了自我介绍,所有人约定绝对不会把真相外传后,丸山和谷垣讲述了三十五年前软禁真锅相机店老板的事。

两个人先向佐佐原深深地低头道歉,而佐佐原似乎毫不在意,反倒好奇地听着两个人的话,时而沉吟,时而震惊。最后,他弓着身子,抿起嘴唇,脸上露出马上就要哭出来的表情,沉默下来。源哉和步实也因为那个意想不到的真相,再也说不出话来了。

井川是丸山和谷垣的高中时的后辈。

他们认识时,丸山读高三,谷垣读高二,井川读高一。

"那小子头脑很灵活,是一个做事认真的人。他很喜欢跟在我们屁股后面转!"

丸山提起往事,露出了怀念的表情,但他的目光却显得无比黯淡。谷垣也露出了相似的表情。现在回想起来，源哉觉得自己在看到他们那个表情的瞬间，就已经预料到了结局。

"高中毕业后，那小子读了大学，我们则在外面鬼混，我们和他很长时间没有见面，后来听说他在水产试验场上班，还结了婚，生了孩子。"

当三个人都到三十岁出头的年纪时，井川的孩子出事了。

那个孩子叫小悟，当时在读小学三年级。

"我跟谷垣一起去看望了他。"

那时他们才知道，井川的夫人结婚没几年就离开了。

"我没见过那个人，所以不太了解……怎么说呢？她可能不太适合组建家庭吧。孩子出生后，她也不怎么照顾孩子，将其丢给井川，自己跑出去喝酒，最后干脆扔下父子俩，独自离开了！"

于是，井川就一边在水产试验场上班，一边用托儿所的延长托管、小学的学童托管等服务，独自抚养小悟。小悟升到三年级后，井川不再申请学童托管，而是让小悟带上了自家的钥匙。因此，小悟可以在放学后离开学校，跟朋友玩耍，或是独自在家中等待父亲回家。

然而，一个春日的放学后，发生了溺水事故。

小悟跟几个朋友到西取川河边玩，不慎掉进了冰冷的河水里。同行的朋友说，当时大家一起在下游水边的大石头上蹦跳，突然有一阵强风吹来。孩子们吓了一跳，纷纷抱住了石头，唯独小悟来不及反应，失去平衡，掉进了河里。当时，冬天的积雪正在融化,西取川水流大而湍急,小悟一下子就不见了!

"偏偏是井川的儿子遭了殃啊!"

丸山的话让源哉感到奇怪,后来他才明白,那并不是指自己熟人的儿子遭到了不幸。

"其实,井川因为家里有个小孩子,他自己又在水产行业上班,所以很早以前就开始宣传西取川进行护岸工程的重要性了。他认为应该用水泥加固堤岸,设置围栏,他还搞过联名建议书的活动。在修建护岸之前,在二之桥下游一带游泳是很危险的。不过,那条河是上上町和下上町的分界线,项目很难谈妥,所以迟迟没有动工。"

因此,井川时常叮嘱小悟不要到西取川边玩耍。

"你们也知道,小孩子就是不听话!"

小悟没有听父亲的话,跟朋友到西取川边玩耍,然后就出事了。

"那小子特别后悔,说肯定是他太唠叨了,小悟才会这么不听话,非要去河边玩,男孩子的确会这样!"

丸山等人到医院探望时,小悟仍然处在昏迷状态。

"他的脸和被子里伸出来的手都没有受伤,但是听医生说,他的大脑受伤了!"

后来,小悟一直没有醒过来。丸山和谷垣多次去看望他,给井川打气,祈祷用呼吸机维持生命的小悟能够早日苏醒。当然,不只有他们两个人在祈祷,他们总是能在小悟的病房里看到许多小悟的同学送来的书信和千纸鹤!

与此同时,西取川护岸工程动工了。虽然井川的多次建议都未能推动工程的进展,但由于小悟的事故以及同年夏天发生的另一起溺水事故,镇上的官员最终决定采取行动!

说到这里,佐佐原补充说,那年夏天溺水事故的受害者正是他好朋友的父亲。而他的那个好朋友,正是那天佐佐原在镜影馆联系过的小豆。那年夏天,小豆的父亲在暴雨过后的第二天,拿着相机到西取川边拍照,却再也没有回来。

"所有的事都能联系起来啊!"

丸山揉了揉自己满是皱纹的手。那就是以前殴打过源哉父亲的手!

"镇子这么小,这倒也不奇怪!"

西取川的护岸工程正在施工时,小悟被转移到家中看护。

他又躺了一年,始终昏迷不醒!

"那段时间,每天白天由护士上门看护小悟,晚上则由井川自己看护小悟。在井川自己家看护,可能比在医院看护便宜一些。尽管如此,但看护费依旧很贵,这使他欠下了巨额的债务。我们手头宽裕的时候也会给他一点儿慰问金,但那段时间我们没什么正经工作,所以也拿不出几个钱!"

后来有一天,丸山和谷垣去井川家中看望小悟,听到了井川的请求。

"他说自己偶然拍到了不得了的照片!"

他们问是什么照片,然后得知是正在负责西取川护岸工程施工的中江间建筑公司发生了化学品泄漏的证据照片!

其实那并不是偶然拍到的,而是井川事先与野方逸子商定后,故意拍到的照片,但源哉和步实都没有说出真相,因为他们跟野方逸子约定过,不把那件事告诉任何人!

"他找了一家上上町的相机店,想把照片冲洗出来,后来考虑到那家店离事发地点太近,就转身离开了。没想到老板突然追上来,抢走了胶卷!"

于是,井川请求他们帮他夺回胶卷。

接着讲述人换成了佐佐原,他的故事里又出现了小豆。小豆的父亲酷爱摄影,准备分期付款买一台新相机。他还答应小豆,等新相机到手,就把旧相机送给小豆。可是相机还没买,小豆的父亲就掉进大雨后的西取川,意外去世了。小豆很想像父亲那样拍照片,可是他跟母亲相依为命,生活拮据,没有钱买相机,于是他便决定去偷一台相机。

为了偷相机,小豆撒了一个谎。他告诉相机店老板,那个碰巧走进店里的穿白衬衫的男人偷走了货架上的胶卷。因为这句话,佐佐原的父亲才会夺走了井川的胶卷。丸山和谷垣好像并不知道这个内情,他们听后都露出了震惊的表情。不过,可能因为事情过去很久了,他们的惊讶很快就消失了。等到丸山接过话题时,眼中只剩下哀伤的阴霾。

"我问他为什么要夺回胶卷,那小子说要把胶卷卖给杂志社。于是,我跟谷垣都劝他不要干这种蠢事,还说我们会想办法帮他凑钱。可是井川不听,于是我们只好答应帮忙。其实,我们那时候……说句难为情的话,比起老实工作,反而更擅长做那种事!"

两个人跟井川一起去了真锅相机店,试图从佐佐原的父亲手中夺回胶卷。可是对方死不松口,他们只好把相机店老板软禁起来了。其实他们本来不想那么做,可是为了遭遇不幸的朋友,他们决定尽力帮助他。第二天,当时还在上小学五年级的佐佐原和小豆闯进真锅相机店,救出了佐佐原的父亲。而佐佐原的父亲直到最后也没有把胶卷还给井川,所以他们的行动失败了。

"后来,过了三个月左右,杂志还是报道了消石灰泄漏的事故。虽然杂志没有刊登照片,但是那篇文章还是使中江间建筑公司不得不撤出护岸工程,最后破产了!"

"我们也不知道把消息卖给杂志社的人是不是井川。后来我们去看望小悟,拐弯抹角地问过他一次,他将这件事搪塞过去了!"

没有人知道究竟是谁透露了消息。

即使没有胶卷,井川或许也能按照计划把消息卖给杂志社,他提供的消息足够杂志社的人将其写成文章。也许,杂志社是从别的渠道碰巧得到了消息,井川则利用这个巧合,告诉野方逸子那是自己的所作所为。不管怎么说,井川的计划成功了。

"那是我们最后一次看望小悟！"

说到这里，丸山沉默了。他凝视着喝了一半的大麦茶，许久没有说话。源哉注意到他眼中的阴霾渐渐扩散，猜到了他接下来要说什么。

"小悟走了！"

小悟最终没有醒过来，他在家中离开了人世。

"那是他出事后第三年的事。现在算起来，那应该是三十四年前的事了。那年秋天，火渔季结束后，小悟就没了！"

按照野方逸子的说法，三十四年前的那个火渔季结束后，井川就再也没有出现过。看来，这就是他消失的原因！为了照顾小悟，井川需要很多钱，因此才不断要挟野方逸子。后来，小悟去世了，他再也没有要挟她的理由了！

可是，他想错了！

现实比想象更令人悲痛！

"不久之后，我们就听说井川自杀了！"

有人发现他在家中上吊了！

"他把所有家具和杂物都清理干净，然后在空荡荡的房间里上吊了！"

井川没有留下遗书，身边只有一本放满小悟照片的相簿。丸山一边说，一边流泪，泪水顺着脸上的皱纹淌了下来。坐在他旁边的谷垣也抽了几张纸巾擦眼睛。佐佐原低垂着硕大的脑袋，仿佛刚刚目睹了一个人去世。

故事到这里就结束了。

一些问题已得到解答，但还有一些细节没有弄清。

"井川先生为什么要用那种方式筹钱呢？"步实站在医院的电梯前，小声嘀咕道。

远远传来了"啪嗒、啪嗒"的拖鞋声，像是一个孩子在走路。

"他为什么要污蔑我外祖父的公司制造了泄漏事故，后来又不断以此来要挟逸子女士呢？就算不干坏事赚大钱，他应该也有别的方法赚钱啊！"

这只是单纯的想象！

不过，源哉似乎能理解井川的心情。

井川早就呼吁当地政府在西取川边修建防护堤岸，然而，没有人听取他的意见。直到小悟和小豆的父亲出事，护岸工程才启动。井川可能对这件事心怀怨恨，因此决定利用护岸工程来获得给小悟治病的钱！

源哉笨拙地组织着语言，表达出了这个想法。步实抬头看着电梯门口液晶屏上显示的楼层，微微点头，没有说话。她可能也这样想。

源哉和步实一直站在那里，等待迟迟不来的电梯。

不知不觉中，他又想起了步实在停车场说过的话。

"你说，风是怎么吹起来的？"

"风一开始是怎么吹起来的？"

西取川河边的风很大。

风神之手无情地将小悟推进了冰冷的河水之中,迫使他陷入漫长的沉睡。为了给沉睡的小悟交医药费,井川需要很多钱,于是他找到野方逸子,向她提出了那个计划,她接受了计划。井川很快就实施了计划,污蔑中江间建筑公司发生了消石灰泄漏事故,导致中江间建筑公司破产。与此同时,野方逸子不断遭到井川勒索,即使在井川消失后,她仍然在恐惧和不安中度过了三十多年。

经营中江间建筑公司的步实的外祖父不得不拖家带口搬到很远的地方去,这也导致步实的母亲和源哉的父亲被迫分离,各自过上了不同的生活。正因为如此,才有了步实和源哉,现在他们才会站在这里。几十年前的一阵风引发了一连串的悲剧。如果没有那些悲剧,源哉和步实都不会来到这个世界上!

等电梯时,源哉感到脑中的迷雾渐渐集中到一点,形成了疑问。他们的降生真的是好事吗? 如果没有他和步实,是否会有更多幸福的人? 他当然明白这些问题毫无意义。可是,他依旧忍不住将其说出来。

"我怎么会知道?"步实面向电梯门回答道,"我们已经站在这里了,事实无法改变!"

仅仅是他们两个人站在这里等电梯,就关系到无数的过去。如果小豆的父亲没有出事,那么小豆就不会去真锅相机店偷相机。如果没有那件事,佐佐原的父亲就不会遭到软禁,佐佐原和小豆也就不会闯进真锅相机店救父亲,更不会看到井川的样子。

如此一来,源哉和步实永远都查不到在三十四年前的万花筒照片上的人究竟是谁。而且,如果不是即将搬家,步实的母亲可能也不会拍那些万花筒照片。就算真的拍了,如果步实的母亲没有得病,步实可能永远都不知道那些照片的存在!

除了这些,还有很多可能。火渔季的最后一天砸中他父亲的石头,祖父在镜影馆留下的遗照,他去看遗照时坐到了步实旁边……这一切都成了他们站在这里的原因!

的确,再怎么想也没用!

"我们只能做好自己能做的事情!"

的确如此!

电梯门终于打开了。两个人走进去,来到了上次的楼层,穿过安静的走廊,走过拐角,快要到达野方逸子的病房时,步实突然发出了细小的声音。源哉没听清她在说什么,正要反问,却见她加快了脚步。

"不在……"

野方逸子的病房大门敞开着,病床上已经空无一人。步实带来的绘本孤零零地躺在床边的小桌子上。

"我去问问!"

步实走向护士站,没过多久就回来了。原来,昨晚野方逸子的病情突然恶化,目前已经被转移到重症监护室接受治疗了!

五天后的下午,源哉在学校午休时接到了步实发来的消息。

野方逸子在医院里去世了!

尾声　待宵月

"可以用猪肝喂它们！"

间宫先生从他坐在屁股底下的冰盒里拿出一个超市塑料袋，里面装着用保鲜膜包装着的红褐色物体。因为月光明亮，可以看出那些东西很有弹性。

"用从市场上买的就行！"

秋季的海风扫过海面上的栈桥。创的身上穿着救生衣，只有胸口热烘烘的！

"它们虽然很小，但是食欲旺盛，会将食物啃得乱七八糟的，因此，我们需要用纱布包住猪肝，以免猪肝的碎渣使海水浑浊。"

"它们是海洋生物，却喜欢吃猪肝？"

上大学的源哉哥说出了创心里的疑问。当护士的步实姐也在旁边露出了疑惑的表情。他们俩骑着一辆摩托车到了渔港的会合点，难道他们是恋人？

"只要是蛋白质类的食物，它们什么都吃，连竹轮^①也吃！但是经过测试，它们最喜欢吃的食物好像是猪肝，所以我只喂这个！"

间宫先生提起超市的袋子晃了两下。

"今天的月光那么亮，真的能看见海萤吗？"智绘阿姨抠着眼角问道。

她是爷爷的妹妹、创的姑妈，而间宫先生是她的丈夫，因此创应该叫间宫先生姑父。不过创学父母的叫法，分别叫他们"智绘阿姨"和"间宫先生"。

"海萤的光很亮，不用担心！"

间宫先生的周围站着三个人和一条狗。那条狗是间宫先生和智绘阿姨带来的老狗OB。创还在妈妈肚子里的时候，OB得过病，还差点儿死掉。但是智绘阿姨在网上查询完动物墓园的价格后，它不知为何突然恢复了健康，现在创已经六岁了，OB依然活着。在他们这群人中，只有创一个小孩子，除了他之外，还有智绘阿姨、创的爷爷奶奶和爸爸妈妈、爸爸的那个大额头的朋友、源哉哥和步实姐、上下振兴会的丸山爷爷和谷垣爷爷，以及经营建筑公司的野方叔叔。此外，还有一个他不认识的老爷爷。

人们都很随意地跟那个老爷爷说话，可是谁也没叫过他的名字，因此创始终不知道他是谁。但是，他总觉得自己见过这个

---

① 一种日本的鱼肉料理。

人。老爷爷来到渔港时，说他有一天想起这座小镇，正好在网上看到了海萤观察会的消息，就过来参加了。创猜测，他应该不住在这里。如此一来，他就更猜不到这个人是谁了。大家跟老爷爷说话时都有点儿紧张，他肯定是个大人物！

远处不时传来说笑声。那边还有另一组人在听关于海萤的知识讲解。

举办"海萤观察会"的主意是他爸爸想到的。

上上町和下上町的海萤一度消失了，但是这几年又变多了。他希望让更多人知道这件事，就向镇上的相关机构提出了建议。爸爸的老熟人丸山爷爷和谷垣爷爷答应帮忙，因此，他们今天举行了第一次海萤观察会的活动。

丸山爷爷在杂志上发布了召集信息，没想到竟然来了这么多人！这样一来，他们怕无法让所有人都听到详细的知识讲解并看到海萤，因此，今天来的人被分成了两组。可是只有他爸爸一个人知道如何准备捕获海萤的工具并介绍海萤，于是，他爸爸又请来了在大学研究动物生态学的间宫先生。大家在渔港集合后，互相认识的人都加入了间宫先生这一组，创也跟在旁边听他的讲解。

一开始，间宫先生拿出一个小塑料瓶，用锥子在上半部分戳了很多小洞，并说那是让海萤钻进去的小洞。然后，他让参加者帮忙，一共做了三个这样的小塑料瓶，创也在小塑料瓶上戳了几个洞。这是他第一次使用锥子，由于塑料瓶表面非常光滑，锥子尖部不断打滑,因此很难戳进去。

"好了,请把猪肝也装入另外两个塑料瓶里!"

间宫先生把两个塑料瓶分别递给了旁边的丸山爷爷和创的爷爷。创的奶奶很快把爷爷的塑料瓶抢走了。

"你这个人总是笨手笨脚的,还是我来吧!"

"傻瓜,往塑料瓶里塞肉谁不会!"

爷爷把塑料瓶抢了回去, OB 也走到了他的旁边。它闻了闻冰盒旁边的猪肝,张嘴就要吃,野方先生慌忙把托盘拿了起来。

丸山爷爷拿着塑料瓶,在野方先生旁边蹲了下来。

"我们年轻的时候,这一带有很多海萤。社长应该也见过吧?"

"是啊,我经常在沙滩和护岸上看到海萤。水一动,它们就会发光,是吧? 风大浪大的日子,浪花拍岸的地方经常能看到发光的海萤!"野方先生一边说,一边用纱布包起了一块猪肝。

"我爸没开公司前,经常带着我妈和还在上小学的我去捉海萤。那时我们不知道用饵料来捉,都是三个人走在岸边,看到哪里发光,就用水桶去哪里捞!"

野方先生做了个捞海萤的动作。

"有一次,我还真捞上来几只海萤,它们发出了很微弱的光!后来我提着那桶海萤回去,以为把它们放到小瓶子里就能照亮房间了!那天晚上,海萤的确一直在发光,可是第二天早上他们就不再发光了。当我放学回家时,我发现它们全都死了!"

渔船的灯火出现在大海与天空的交界处,像一条长长的虚线。大家的脚下传来了海水的低语声。

"各位都有关于大海的记忆,真好啊!"神秘的老爷爷说着,在两个人的旁边蹲了下来。

"我出生在山上,十几岁就去了东京,说到大海,我只记得上小学时学校组织过去海边的活动!"

"我年轻时太忙了,也没时间去海边玩!"

谷垣爷爷这样说,仿佛早就认识那个人,可是看他今天的表现,两个人一点儿都不像老熟人,这使得那个神秘的老爷爷变得更加神秘了!

"后来,我的工作需要经常出差,我偶尔也会去海边,只不过从来不会到沙滩上散步,也不会在这种栈桥上待很长时间,更别说看海萤了!"

谷垣爷爷一边听,一边点头,然后指着西取川河口说:

"现在河水汇入大海的地方也能看到海萤了! 海萤已经消失很久了,现在水质又变好了,它们也回来了!"

"我所在的行业总说'水至清则无鱼',不过,有的生物还是只能生活在清澈的水里啊!"

两个人说话时,源哉哥戳了一下步实姐的手臂,步实姐开心地笑了。

"好,准备拍照吧!"

爸爸从包里拿出相机,还把三脚架递给了创,于是创在栈桥上组装好了三脚架。爸爸经常让创帮忙,他早就知道怎么操作相机了!

"创君将来也会变成一个大高个儿吗?"爸爸的朋友走过来问道。

"谁知道呢,这孩子更像他的妈妈!"

爸爸长得很高大,不过,妈妈在女性中属于小个子。创好像遗传了妈妈的身材特征,他在班级里排队总是被排在第二排。他不仅个子小,胆子也很小,跟同学一起玩时,他总是在旁边看着大家玩。班上同学给他起了个"边边角"的绰号,不知这是不是因为他总待在一边。他从来没有问过同学们为什么给他起了这个绰号。

"小豆也把老婆和孩子带过来该多好啊!"

"我跟老婆说了,可是孩子的补习班明天有小测验,这里离我家太远了,就来不了了!"

"你的孩子多大了?"

"上小学六年级。咱俩不是好久没见了吗?后来,你向我介绍了你的夫人。那年我就结婚了,很快就有了孩子!"

海风吹来,小豆叔为了让额头显得不那么大,微微收了收下巴。他的头顶上挂着一轮满月。月亮在周围的云朵上洒下洁白的光。

满月的日子还没到。

间宫先生演示了做法后,源哉哥和步实姐分别往三个塑料瓶里装了一些石子儿，以便让塑料瓶沉入水里。他们拧上瓶盖，然后用鱼线系住瓶颈，这样，捕捉海萤的工具就制作好了。

"我们赶紧把塑料瓶放下水吧！"

间宫先生走到栈桥的尽头。

"各位，请到这边来！"

大家纷纷走到间宫先生的两侧站好。间宫先生自己拿了一个塑料瓶，递了一个塑料瓶给源哉哥，又递了一个给创。

"塑料瓶一开始会浮在水面上，但是海水会慢慢地渗入小孔，让塑料瓶沉下去。这里的海水深度大约有三米。你们觉得塑料瓶沉到底了，就轻轻拉动鱼线，一松，一拽，一松，一拽，你们就能感受到塑料瓶是否接触到海底了。但是你们千万不要完全松开鱼线，一松开，塑料瓶就收不回来了！"

间宫先生说完这些话，就喊了个口号。三个人同时扔出了塑料瓶。三个塑料瓶落在水面上，漂浮了一会儿，接着就冒着小泡泡沉入水里。创的右手中的鱼线随着塑料瓶一起下坠，过了一会儿就停下了。他拽了一下，觉得塑料瓶有点儿重，接着又松开，不一会儿塑料瓶就变轻了，看来塑料瓶已经落到了海底。

"接下来，就该耐心等待了！"

间宫先生抬起手腕，看了一眼手表。

"应该只需要十分钟就能捉到海萤，为了保险起见，我们还是等十五到二十分钟吧！海萤越多，它们发出的光越漂亮！"

间宫先生收起三根鱼线，系在了冰盒的背带上。

这样做真的能捉到很多海萤吗?

爸爸描述过几次海萤的光芒,但是创还没有亲眼见过。

妈妈来到他的身边坐下,创也坐在栈桥上,双手放在膝盖上。海风拂面,他一转过脸,就能听到风声也随之改变了音调。

据说海萤会发出浅蓝色的光,若是把手泡在水里再抽出来,仿佛连手也会发光!每次想象到那种情景,创都会联想到"透明人"这个词。手能发光明明应该更显眼,他为何会想到这个词呢?

"你说,风是怎么吹起来的?"源哉哥突然问道。

"风?"

间宫先生转过头,他的眼镜片倒映着月光。

"我只是在想:风从哪里来,又是如何吹拂我们的呢?"

"风的源头啊⋯⋯"

间宫先生说着,抬头看向夜空,突然露出愉快的表情,他转向源哉哥,仿佛突然打开了什么开关,双眼闪闪发光,还推了一下并没有滑下来的眼镜。

"风的起源是太阳!"①

真的吗?

"太阳光照在地球表面上,使地表温度升高,地表的空气受热膨胀变轻而往上升。热空气上升后,低温的冷空气横向流入,

---

① 因情节需要,小说中的部分内容与事实略有出入。

上升的空气因逐渐冷却变重而降落。由于地表温度较高又会加热空气使之上升，这种空气的流动产生了风。"

间宫先生从包里拿出一个备用的空塑料瓶。与刚沉入海里的塑料瓶一样撕掉标签。

"不过，这也跟地球自转有关！"

间宫先生抓着瓶口，缓缓转动起来。

"假设这是地球，或者说，假设这是我们所在的北半球，瓶盖部分就是北极。"

清洗塑料瓶时残留在瓶内的水滴随着间宫先生的动作从左向右滑动起来。

"从上到下，也就是从北极到赤道，地球的直径逐渐变大，其自转的速度也越来越快，你能理解吗？用同样的时间转动一圈，直径越大的地方，地球表面的自转速度就越快！"

的确，瓶身的水滴比瓶口的水滴滑动得更快。

"假设北半球存在自北向南吹拂的风，也就是从上到下。此时的风看起来是笔直地吹着，实际上却是跟着地表一起横向移动的！"

这就像投球一样！

"假设自北向南投球，球其实是跟随地表横向移动，因此才会表现为垂直前进。如果不这样，球的轨道就会弯曲。风也一样，因为它跟随地表横向移动，所以才会笔直地吹拂。无论是球、风，还是我们，只要待在地球上，就时刻都在横向移动！"

间宫先生说完那些让人难以置信的话,他的话题重新回到了风上。

"从北边吹来的风越是向南移动,地表横向移动的速度就越快,于是风的速度就变慢了。换言之,它会一点点地向西偏移。从各位的角度来看,就是向左偏移。因此,自北向南吹的风实际是从东边吹过来的! 反过来,自南向北的风就成了西风! 这两种风分别称作信风和偏西风。若是到了南半球,情况就会完全相反!"

虽然他的话整体很难理解,但创还是听懂了"因为地球自转,所以风向会改变"这一点。

"在这个基础上,还存在山峦、高楼和各种住宅,以及人类活动等因素,因此,我们实际感觉到的风,其实是经过了复杂变化的。那种变化极为复杂,谁也无法计算!"

结果他还是不明白源哉哥的问题到底有没有得到解答。

他抬起头,感觉掠过鼻尖的风带有北极寒冰的气味。

他正忙着闻风的气味,却听见旁边传来声音。

"我想起了以前看过的一部外国小说!"

那个神秘的老爷爷走到他们的旁边,盘腿坐下来。

"虽然书里讲的故事我差不多都忘记了,但是我对其中的一个情节印象很深刻!"

那是老爷爷上高中时看过的书。他说出了作者的名字,创没有听过。不过那个作者姓和名都是两个字的,他觉得那个作者的名字很好记。

"广袤的海底有一颗小小的沙粒,有一天,它落到了贝壳里。海贝包裹住沙粒,其身体分泌出一种物质,使沙粒逐渐变成了珍珠。潜水员捞起珍珠,将其卖给杂货商,杂货商又将其卖给宝石商。接着,宝石商把珍珠卖给了客人。后来买珍珠的人家里进了两个小偷,偷走了那颗珍珠。那两个小偷虽然作案成功,但是因分赃不均而打了起来,一个小偷把另一个小偷给杀死了。杀了人的小偷最后被抓起来,判了死刑!"

老爷爷的声音并不大,但是创听得入了神。

"仔细想想,那就是一颗小小的沙粒害死了两个人啊!哪怕沙粒并没有那种想法,还是无法阻止事情发生。刚才间宫先生说,我们感觉到的风受到了各种因素的影响,也许世上的一切都是这样的!"

创想起很久以前跟妈妈一起逛超市时发生的一件事。他不记得那是去年的事还是前年的事了。当时,路边有很多蒲公英,那时应该是春天。在回家的路上,他发现他们经常路过的那座破房子开着窗户,窗户里露出一个老太太的侧脸。房子里传出电视机的声音,老太太似乎正在看电视,口中念念有词,还一脸怨恨。从那以后,创每次看到那座破房子,就忍不住想象里面有一个那样的老太太,心里就有点儿害怕。不过,那个老太太一定不知道创的想法!

不知何处传来了汽笛声。他看着遥远的水平线上的灯火,觉得声音好像是从那里传来的。可是当他的目光转向不远处的港口时，又觉得声音是从停在那里的一条船上发出来的。

"如果我冒犯了您，那么我先向您道歉！"

小豆叔伸过头来，看着那位老爷爷。

"因为您的变化实在是太大了……"

老爷爷挑起花白的眉毛，似乎在问什么意思。

"不是，那个……"

小豆叔摊开手，有点儿为难地笑了。

"真不好意思，我一直不知道该怎么称呼您！叫您佐藤先生好像有点儿奇怪，叫耿直先生就更奇怪了！"

啊，创总算想起来了！

这个人经常在电视上出现！

"叫我阿耿吧！"

阿耿先生微笑起来，眼角堆起好多皱纹。

"你看见的都是我工作时的样子。虽然我在电视节目里总干蠢事，在舞台上总是逗大家笑，但实际上，我就是现在这个样子，一点儿都不好玩儿！"

"哪里，哪里……"小豆叔想反驳，但是好像不知该怎么说，最后只能含糊地点头。他弯腰拾起落在栈桥上的石子儿，将其扔进海里。石子儿很快就沉入海底，消失不见，连落水的声音都听不到了。他面向映着月光的水面看了一会儿，似乎想起了什么，突然站起身来，走向冰盒。

"这些石子儿不要了吧？"

冰盒旁边的塑料袋里还装着很多给塑料瓶增重的石子儿。

"不要了！"

间宫先生回答完，小豆叔又问那些石子儿能不能扔。

"扔到哪里去？"

"海里！"

"石子儿本来就是从海边捡的，应该没问题！"

"喂，阿大！"

小豆叔抓起一颗石子儿扔给爸爸，爸爸单手接住了。

"你能扔多远？"

"不知道呢！"

爸爸半张着嘴看向水平线，几秒钟后，又转过头喊了他一声。

"创，你过来！"

创站起来，走到爸爸的身后。

"准备好了吗？"

爸爸左手握住石子儿，扭转身体，继而抬起右腿，膝盖抬高到腹部，猛地向前一跨，身体随之转动。石子儿飞出掌心，成为月光下的一个黑点，渐渐缩小，缩小……最后仿佛被吸进月光里，消失不见了。周围有几个人发出惊叹，小豆叔也喃喃地说了一声"真了不起"。阿耿先生说了一句"耿直球"，他可能是在开玩笑！

"啊，那是满月吗？"智绘阿姨问道。

"那叫待宵月！"

间宫先生摸着下巴，望向天空。

"什么啊！"

"待宵月是指离满月还差一天的月亮！"

塑料瓶已经下水多久了？已经过了十五到二十分钟了吧！

"它的意思是很期待即将到来的满月！"

创想知道现在几点了，可是没戴手表。就算有手表，他也不知道塑料瓶下水的时间。他有点儿困，就用力撑开了一直想往下滑的眼皮，可是海风一吹，眼泪顿时涌了出来，于是他干脆闭上了眼睛。他的眼前浮现出离满月还差一天的月亮，刚才那颗石子儿仿佛还在月亮中间，让他觉得远处也有一些陌生人在抬头仰望那颗石子儿。另一边传来欢呼声，莫非他们已经拉起了捉海萤的塑料瓶？大人的声音和小孩子的声音混杂在一起，宛如来自他前一刻想象到的遥远的人群。

"快了！"父亲在旁边低声说道。

快了，创也这样想。可是，他觉得这句话并非在说海萤。那是指什么呢？他也不清楚。总之，创认为，快了！他凝视着眼睑中的黑暗，然后睁开眼睛，看着天空中的月亮。它是满月吗？遥远的人们也在满月下欢笑、哭泣吗？他的心中仍然有一轮圆月，圆月的中间有一颗石子儿的黑影。

海风拂过脸颊，带来潮水的气息。一个人的鞋底摩擦着栈桥的木板……除此以外，尚未有事发生。

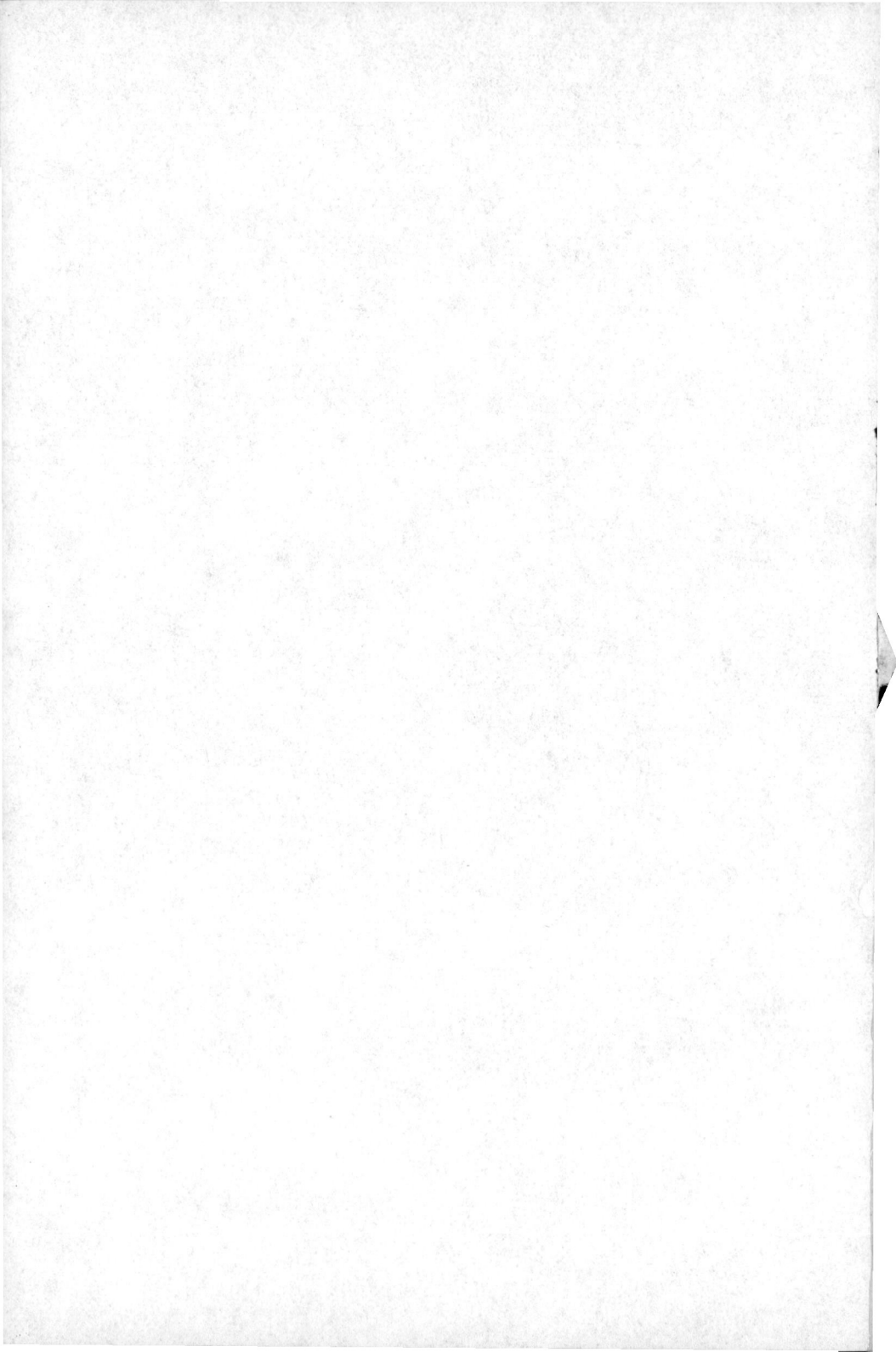